이방인 外

알베르 카뮈 지음

일신서적출판사

이방인

차례

이방인

나는 처음으로 세계의 다정한 무관심에 마음을 열었다.
그처럼 세계가 나와 비슷하고 형제 같음을 느끼며,
나는 행복했었고, 지금도 행복하다고 생각했다.

이방인

제1부

1

오늘 어머니가 세상을 떠났다. 어쩌면 어제였는지도 모른다. 양로원에서 전보가 왔다.

'모친 사망, 내일 장례식. 조의를 표함.'

그것만으로는 알 수가 없다. 아마 어제였는지도 모르겠다.

양로원은 알제에서 한 20km쯤 떨어진 마랑고에 있다. 2시에 버스를 타면, 날이 저물기 전에 도착할 수 있을 것이다. 그러면 밤샘을 할 수도 있을 것이고, 내일 저녁엔 돌아올 수 있으리라. 나는 사장에게 이틀 동안의 휴가를 신청하였다. 사장은 이유가 이유니만큼 거절할 수는 없었지만 좋아하지는 않는 눈치였다. 나는 이런 말까지 하였다. "그건 제 탓이 아닙니다." 사장은 아무 대답도 하지 않았다. 그때서야 나는 그런 소리는 하지 않았어야 했을 것이라고 생각했다. 결국 내가 변명을 할 필요는 없었던 것이다. 오히려 그가 나를 위로해 주는 것이 마땅한 일이었다. 아마 모레, 내가 상복을 입고 있는 것을 보고서는 무슨 말이 있겠지! 지금은 어쩐지 어머니가 돌아가시지 않은 것이나 별 다름이 없는 것 같다. 장례식이 지난 다음에는 그 반대로 기정 사실이 되어 모든 것이 더 격식을 갖추게 될 것이다.

2시에 버스를 탔다. 날씨가 몹시 더웠다. 나는 늘 하는 버릇대로 셀레스트네 레스토랑에서 점심을 먹었다. 레스토랑 사람들은 모두 나를 가엾게 여겨 슬퍼해 주었고, 셀레스트는 이런 말까지 하였다.

"어머니는 하나밖에 없는 거요."

내가 레스토랑을 나올 때는 모두들 문간까지 배웅해 주었다. 나는 좀 멍해 있었던 것 같다. 왜냐하면 도중에서야 생각이 나서, 엠마뉘엘의 집에 들러 검은 넥타이와 완장을 빌려야 했기 때문이다. 엠마뉘엘은 몇 달 전에 그의 아저씨를 잃었었다.

버스를 놓치지 않으려고 나는 뛰어갔다. 그처럼 서두르며 뛰어다니고, 버스에 흔들리고, 게다가 가솔린 냄새, 하늘과 길 위에 반사하는 일광, 그러한 모든 것이 뒤죽박죽이 되어 나는 잠이 들었던 모양이다. 버스 속에서 거의 내내 자 버렸다. 눈을 떴을 때는 어떤 군인의 어깨에 기대어 있었는데, 그는 나에게 웃어 보이며 먼 데서 오느냐고 물었다. 나는 더 말하기가 싫어서 그렇다고 대답했다. 양로원은 마을에서 2km쯤 떨어진 곳에 있다. 나는 걸어서 갔다. 곧 어머니를 보려고 했지만, 관리인이 원장을 먼저 만나야 한다고 했다. 원장은 바빠서 조금 기다려야만 하였다. 그 동안 관리인은 줄곧 이야기를 하였고, 이윽고 나는 원장을 만났다. 원장은 자기 사무실로 나를 맞아 주었다. 레지옹도뇌르 훈장을 단 키가 작은 노인이었다. 그는 맑은 눈초리로 나를 쳐다보았다. 그러고는 내가 내민 손을 붙들고 너무나 오랫동안 놓지 않았기 때문에, 어떻게 손을 빼내야 할지 매우 난처하였다. 원장은 서류를 뒤적이고 나서 말했다.

"뫼르소 부인은 이곳에 3년 전에 들어왔었습니다. 의지할 사람 이라고는 다만 당신 하나밖에 없었습니다."

나는 그가 나를 나무라는 것이라고 생각하고, 사정을 설명하기 시작했다. 그러나 그는 나의 말을 가로막았다.

"변명할 필요는 없습니다. 당신 어머니의 서류를 읽어 보았는 데, 어머님을 부양하실 수가 없었더군요. 어쨌든 어머니께서는 여 기 계셔서 더 행복하셨습니다."

"네, 그렇습니다. 원장님." 하고 나는 말하였다. 그는 덧붙였다.

"어머님께는 같은 연배의 친구들이 계셔서 그들과 함께 지나간 옛날 이야기를 할 수도 있었지만, 당신은 젊으니까 함께 살면 아무 래도 적적하셨을 것입니다."

그것은 사실이었다. 집에 있었을 때, 어머니는 아무 말 없이 나 를 바라보기만 하며 시간을 보내곤 했다. 그러나 그것은 습관 때문 이었다. 몇 달 뒤에 양로원에서 모셔 오겠다고 했더라도 역시 습관 때문에 우셨을 것이다. 마지막 해에 내가 별로 양로원에 오지 않은 것은 그런 이유도 조금은 있었다. 그것은 또 일요일을 허비해야 하 고, 버스 정류장까지 가서 차표를 사 가지고, 몇 시간 동안이나 여행 을 해야 하는 것이 귀찮기 때문이기도 했다.

원장은 다시 이야기를 계속하였다. 그러나 나는 거의 듣고 있지 않았다. 그러더니 그는 이렇게 말했다.

"물론 어머님이 보고 싶으실 테지요."

나는 아무 대답도 하지 않고 일어섰고, 그는 방문 쪽을 향해 걸음을 옮겼다. 계단 위에서 그는 나에게 설명했다.

"시체는 조그만 빈소(殯所)로 옮겨 놓았습니다. 다른 노인들을 자극하지 않기 위해서 그렇게 하는 것입니다. 원내에서 사망자가 생길 때마다, 다른 사람들은 이삼 일 동안 신경이 날카로워져서 일을 어렵게 만들어 버리니까요."

우리는 안뜰을 지나갔는데, 거기에는 늙은 사람들이 많이 있었다. 두서넛씩 모여서 이야기들을 하고 있었다. 우리가 지나갈 때에는 잠시 말이 없다가, 지나간 뒤에는 다시 이야기가 시작되곤 했다. 마치 재잘거리는 앵무새들의 소리와도 같았다. 조그만 집 문 앞에 이르러, 원장은 나를 두고 가 버렸다.

"그럼 저는 가겠습니다, 뫼르소 선생! 언제든지 사무실로 오시면 뵙겠습니다. 장례식은 아침 10시로 예정되어 있습니다. 밤샘하실 것을 생각해서 그렇게 정한 것입니다. 끝으로 한 말씀 드리겠는데, 어머니께서는 가끔 동료들에게 장례식은 종교 의식대로 해주었으면 하고 말씀하셨던 모양입니다. 매장에 필요한 모든 준비는 제가 해놓았습니다. 미리 알려 드립니다."

나는 원장에게 사례를 하였다. 어머니는 무신론자랄 것도 없었지만, 생전에 종교에 대해 생각한 적은 없었다.

나는 안으로 들어갔다. 하얗게 회칠을 하고, 천장에 유리창이 달린 매우 밝은 방이었다. 의자들과 X자 모양의 버팀대들이 놓여 있었다. 방 한가운데 있는 두 개의 버팀대 위에는 뚜껑이 덮인 관이 놓여 있었다. 호두 기름을 칠한 판자 위에 대충 박아 둔 번쩍거리는 나사못만이 드러나 보였다. 관 곁에는 흰 블라우스를 입고 머리에 짙은 빛깔의 스카프를 쓴 아라비아 인 간호사가 있었다.

그때 관리인이 내 뒤로 들어왔다. 뛰어온 모양이었다. 그는 조금 더듬거리며 말했다.

"입관을 했습니다만 보실 수 있도록 뚜껑을 열어 드려야죠."

그러면서 관으로 가까이 다가갔지만, 나는 그를 붙잡았다. 그는 말했다.

"안 보시렵니까?"

"그만두겠습니다."

그는 말을 끊었고, 나는 그런 말은 하지 말았어야 했다고 느껴져서 어색해졌다. 조금 뒤, 간호사는 나를 쳐다보고 물었다.

"왜 보고 싶지 않으십니까?"

그러나 나무라는 어조는 아니었고, 그저 이유를 알고 싶은 것 같았다.

"글쎄, 모르겠습니다."

그러자 그는 흰 수염을 어루만져 비틀면서, 나를 보지 않고 말했다.

"하긴, 그러실 겁니다."

푸르고 맑은 그의 눈은 아름다웠으며, 얼굴빛은 조금 붉었다. 그는 나에게 의자를 권하고는, 자기도 내 뒤에 조금 떨어져서 앉았다. 간호사가 일어나서 문으로 걸어갔다. 그때, 관리인이 나에게 말하였다.

"종기가 나서 저렇답니다."

나는 무슨 말인지 알아차리지 못하고 간호사를 쳐다보았다. 간호사는 눈 밑을 붕대로 감고 있었는데, 그것이 머리까지 둘러싸고 있었다. 코 끝 언저리에도 붕대를 편평하게 감고 있었다. 그녀의 얼굴에는 다만 하얀 붕대만이 보일 뿐이었다.

간호사가 가 버리자, 관리인은 말했다.

"저도 가 보겠습니다."

내가 어떤 몸짓을 했는지 모르겠지만, 그는 그 자리에 멈춰 선 채 나가지 않았다. 그가 등 뒤에 서 있는 것이 나를 거북하게 했다. 방안은 저녁이 가까운 늦은 오후의 아름다운 빛으로 가득 차 있었다. 나는 졸음이 엄습해 오는 것을 느꼈다. 고개를 돌리지 않고, 나는 말했다.

"여기 오신 지 오래 되십니까?"

"5년 되었습니다."

그는 곧 대답했다. 마치 처음부터 그 물음을 기다리고 있었다는 듯이.

그러고는 수다스럽게 이야기를 계속했다. 마랑고 양로원에서 그가 관리인으로 일생을 끝마치게 될 것이라고 말했다면, 아마 그는 매우 놀랐을 것이다. 그의 나이는 예순 살이며, 파리 태생이라고 했다. 그때 나는 그의 이야기를 가로막고 말했다.

"그래요? 이 고장 사람은 아니시군요."

그러고는 그가 나를 원장실로 인도하기 전에 어머니의 이야기를 했던 생각이 떠올랐다. 관리인은 나에게 산이 없는 평지에서는, 더구나 이 지방은 몹시 더우니까 속히 매장을 해야 한다고 말했었다. 그가 파리에 살았었고, 파리는 좀처럼 잊혀지지 않는다고 말한 것도 그때였다. 파리에서는 시체를 사흘이고 나흘이고 놓아 두는 경우도 있지만, 여기서는 서둘러야 한다. 실감이 날 겨를도 없이 곧 영구차를 따라가야 한다는 것이었다. 그때 관리인의 아내가 그에게 말했다.

"여보, 그만둬요. 그런 것은 이분에게 할 얘기가 아니에요."

영감은 낯을 붉히고 사과를 하였다. 나는 그들의 대화를 끊고,

"천만에, 그러실 필요 없습니다." 하고 말했다.

관리인의 이야기가 그럴 듯하고 재미있다고 생각했기 때문이다.

관리인은 조그만 빈소에서 그가 양로원에 극빈자 자격으로 들어왔다는 이야기를 했다. 그는 건장하고 일을 할 수 있으리라 생각하였으므로, 그 관리인 자리를 자원하였다는 것이었다. 나는 그에게 결국 그도 역시 재원자(在院者) 중 한 사람이 아니냐고 지적했더니, 그는 아니라고 했다. 나는 관리인이 재원자의 이야기를 하면서, '그들', '그네들', 또 간혹 어쩌다가는 '늙은이들'이라는 말투를 쓰는 것을 듣고 놀랐다. 재원자 중에는 그보다 나이가 많지 않은 사람들도 있었다. 그러나 그는 물론 그들과는 같지 않다. 그는 관리인이니까, 어느 정도 그들에게 권리를 가지고 있는 것이었다.

그때, 간호사가 들어왔다. 갑자기 땅거미가 내렸다. 그러고는 무척 빠르게 밤이 유리창 위에서 짙어 갔다. 관리인이 스위치를 켰을 때, 별안간 쏟아지는 불빛 때문에 나는 앞이 캄캄하도록 눈이 부셨다. 관리인이 식당으로 저녁을 먹으러 가자고 권했으나, 나는 배가 고프지 않다고 말했다. 그랬더니, 그는 카페오레(밀크 커피)를 한 잔

가져오겠노라고 말했다. 나는 카페오레를 매우 좋아했으므로 가져
오라 하였다. 조금 뒤에 그는 쟁반을 하나 들고 돌아왔다. 나는 커
피를 마셨다. 커피를 마시고 나니 담배가 피우고 싶어졌으나, 어머
니의 시체 앞에서 담배를 피워도 좋을지 어쩔지 몰라 망설였다. 생
각해 보니, 조금도 꺼릴 이유는 없었다. 나는 관리인에게 담배 한
대를 권하고, 둘이서 함께 피웠다.

그는 갑자기 말하였다.

"돌아가신 어머님의 친구들도 밤샘을 하러 올 겁니다. 관습이
그러니까요. 의자와 블랙커피를 가져와야겠습니다."

나는 전등 두 개 중 하나를 끌 수 없겠느냐고 물었다. 담 벽에 반
사되는 불빛이 견디기 어려웠기 때문이다. 관리인은 그럴 수 없다
고 말하였다. 전기 가설이 그렇게 되어 있어서, 다 켜든지 아주 꺼
버리든지 하는 수밖에 없다는 것이었다. 나는 더 이상 그에게 주의
를 하지 않았다. 그는 나갔다가 들어와서 의자들을 늘어놓고, 한 의
자 위에다가 커피 주전자와 그 둘레에 찻잔을 두 개 놓았다. 그러고
나서 어머니 쪽으로 가서, 나와 마주 앉았다. 간호사도 방구석에 등
을 돌리고 앉아 있었다. 그녀가 무엇을 하고 있는지는 보이지 않았
으나, 팔을 놀리는 것으로 보아 털실로 무엇을 짜고 있다는 것을 짐
작할 수 있었다. 방안은 훈훈했고, 커피를 마셔서 몸도 훈훈했다.
열린 문을 통해서 밤의 그윽한 꽃향기가 흘러 들어오고 있었다. 나
는 좀 졸았던 모양이다.

무엇인가 스치는 소리에 나는 눈을 떴다. 눈을 감았던 탓에 방
의 흰색은 더욱 눈부셔 보였다. 내 앞에는 그림자 하나 없었고 모든

것들이—모서리 하나하나 곡선 하나하나가—눈에 아프게 새겨질 정도로 뚜렷이 드러나 보였다. 그때 어머니의 친구들이 들어왔다. 모두 한 여남은 명은 되었는데, 그들은 아무 말 없이 그 눈부신 빛 속을 살며시 미끄러져 들어왔다. 그들은 의자 하나 삐걱거리지도 않고 앉았다. 나는 그때 그들을 본 것처럼 자세히 사람을 본 적은 일찍이 없었으며, 그들의 얼굴, 옷차림의 사소한 모습 하나까지도 내 눈에 띄지 않는 것은 없었다. 그러나 그들은 말을 하지 않았으므로, 이 세상 사람들이라고는 믿기 어려웠다. 여자들은 거의 모두 앞치마를 두르고, 허리를 끈으로 졸라매어, 그들의 불룩한 배를 더욱 드러내고 있었다. 나는 그때처럼 늙은 여자들의 배가 얼마나 커질 수 있는지를 목격한 일이 없었다. 남자들은 거의 모두 몹시 여위고 지팡이를 짚고 있었다. 그들의 얼굴을 보고 놀란 것은, 눈은 보이지도 않고, 다만 주름 바탕 한가운데 희미한 빛만이 보이는 것이었다. 그들은 앉으면서 거의 모두가 나를 쳐다봤다. 이가 빠져 버린 입 속으로 입술이 말려 들어간 얼굴들을 어색하게 기울였는데, 그것이 내게 대한 인사인지 혹은 그들의 버릇인지는 알 수 없었다. 나에게 인사를 한 것이 아니었을까?…… 그들이 모두 관리인을 둘러싸고 나와 마주 앉아서 고개를 끄덕거리고 있는 것을 내가 본 것은 바로 그때였다. 잠시 나는 그들이 나를 심판하기 위해서 거기에 와 앉아 있다는 어처구니없는 인상을 받았다.

조금 뒤, 한 여자가 울기 시작하였다. 둘째 줄에 앉은 여자였는데, 앞에 앉은 다른 여자에게 가리워져 잘 보이지 않았다. 짧은 소리를 잇달아 내며 하염없이 우는 것이었다. 나에게는 언제까지나 그녀가 울음을 그치지 않을 것처럼 생각되었지만, 다른 사람들에게는 들리지도 않는 듯하였다. 그들은 맥없이 침울한 낯으로 묵묵히 앉아 있었다. 모두들 관이라든지, 지팡이라든지, 다른 무엇을 들여다보고 있었으며, 또 그저 그 한 가지만을 보고 있었다. 여자는 그냥 울고 있었다. 그렇게 울고 있는 여자가 나에게는 알지도 못하는 사람이라는 것이 자못 이상스러웠다. 나는 그 울음소리가 듣기 싫었다. 그렇다고 그런 말을 할 수도 없었다. 관리인은 그 여자에게 고개를 숙이고 무슨 말을 하였으나, 그녀는 머리를 흔들고 뭐라고 중얼거리고는 다시 계속해서 울기 시작하였다. 관리인이 그때 내 곁으로 와서 앉았다. 잠시 아무 말 없이 있더니, 나의 얼굴을 보지 않으며 말했다.

"저 사람은 돌아가신 어머님과 매우 자별하게 지냈답니다. 어머님은 원내에서 그녀의 유일한 벗이었는데, 이제는 그야말로 혼자가 되고 만 것입니다."

우리들은 그렇게 오랫동안 앉아 있었다. 여자의 한숨과 흐느낌은 차츰 간격이 뜸해졌다. 그녀는 몹시 훌쩍거리더니, 마침내 울음을 그쳤다. 졸음은 오지 않았으나, 나는 피곤하고 허리가 아팠다. 오직 대면하고 있기가 거북한 그 모든 사람들의 침묵이 있을 뿐이었다. 다만 때때로 이상한 소리가 들렸는데, 나는 그것이 무슨 소리인지 알 수가 없었다. 결국 알고 보니, 그것은 그 중의 어떤 늙은이들이 뺨의 안쪽을 빨아서 그런 야릇한 입소리를 내는 것이었다. 하지만 그들 자신은 그런 소리가 나는 것을 깨닫지 못하고 있었다. 제각기 깊은 생각에 잠겨 있었기 때문이다. 그들 앞에 눕혀진 이 시체는 그들의 눈에는 아무런 의미도 없다는 인상까지 나는 받았었다. 그러나 지금 생각해 보면, 그것은 틀린 인상이었던 것 같다.

우리들은 모두 관리인이 따라 준 커피를 마셨다. 그러고는 무슨 일이 있었는지 모르겠다. 밤이 지나갔다. 한 번 눈을 떠보았을 때, 노인들은 모두 쪼그린 채 잠이 들어 있었는데, 한 사람만은 지팡이를 움켜쥔 손등 위에 턱을 괴고, 마치 내가 깨기만을 기다리고 있었다는 듯이 나를 뚫어지게 바라보고 있었던 것을 나는 기억하고 있다. 그러고는 다시 잠이 들어 버렸다. 허리의 통증이 더욱 심해져서 나는 눈을 떴다. 유리창 위로는 빛이 미끄러지고 있었다. 조금 뒤에, 노인 한 사람이 잠이 깨어 기침을 하였다. 그는 바둑 무늬가 있는 커다란 손수건에 침을 뱉고 있었는데, 침을 뱉을 때마다 그것은 토한다기보다 마치 잡아 뽑는 듯하였다. 그는 다른 사람들을 깨웠고, 관리인은 갈 시간이 되었다고 알려 주었다. 그들은 일어섰다. 괴로운 밤샘 때문에 얼굴은 재처럼 부석부석해 있었다. 방문을 나서면서 매우 놀라운 일이었지만, 그들은 모두 내 손을 잡고 악수를 하였다. 마치, 서로 이야기 한 마디도 주고받지 않은 그날 밤이 우리들의 친밀감을 두텁게 할 수 있었다는 것처럼.

나는 피곤했다. 관리인이 나를 자기 방으로 인도하여 주어, 나는 간단히 세수할 수 있었다. 그리고 또 카페오레를 마셨는데, 무척 맛이 좋았다. 밖으로 나왔을 때는 해가 높이 떠올라 있었다. 바다와 마랑고 사이에 있는 언덕들 위에서 하늘은 붉은 빛을 가득히 담고 있었다. 언덕 위로 부는 바람은 소금기 풍기는 냄새를 실어 오고 있었다. 아름다운 하루가 시작되려는 것이었다. 나는 오랫동안 야외에 가 본 일이 없었으므로, 어머니만 없다면 산책하는 것이 얼마나 즐거울까 하는 생각이 들었다.

그러나 나는 뜰의 플라타너스 나무 밑에서 기다렸다. 신선한 흙 냄새를 들이마셨고, 이제 졸음은 오지 않았다. 회사의 동료들 생각이 났다. 바로 이 시간에 그들은 회사로 가려고 일어날 것이다. 나에게는 언제나 그것이 가장 어려운 시간이었다. 나는 그러한 것을 좀더 생각하였으나, 이윽고 집 안에서 울린 종소리에 주위가 끌려 버렸다. 창문 뒤에서는 한동안 소란스럽더니, 다시 잠잠해졌다. 해는 좀더 높이 떠올랐다. 햇빛이 내 발을 쬐기 시작했다. 관리인이 마당을 건너와서, 원장이 나를 부른다고 일러 주었다. 나는 원장실로 갔다. 원장이 시키는 대로 여러 가지 서류에다 서명을 하였다. 나는 그가 줄무늬 있는 바지에 검은 웃옷을 입고 있는 것을 보았다. 그는 전화기를 손에 들고 나에게 말했다.

"장의사(葬儀社) 사람들이 조금 전에 왔습니다. 관을 닫아야겠는데, 그 전에 한 번 더 어머님을 보시겠습니까?" 나는 보고 싶지 않다고 말했다. 원장은 수화기 속으로 목소리를 낮추어서 지시했다.

"피자크, 인부들에게 일을 하라고 말하게."

그러고는 장례식에 참석하겠노라는 말을 하기에, 나는 그에게 사례를 하였다. 그는 자기 책상 뒤에 걸터앉아 짧은 다리를 포갰다. 우리 두 사람 외에 당번 간호사도 참석하게 될 것이라고, 그는 덧붙여 말했다. 원칙적으로 재원자들은 장례식에 참석할 수 없었다. 밤샘만 시킨다는 것이었다.

"그건 인정(人情) 문제입니다."

하고 그는 말했다. 그러나 이번에는 특별히 어머니와 절친한 친구였던 토마 페레라는 노인에게 장지(葬地)까지 따라가는 것을 허락했다고 말했다. 원장은 빙그레 웃고 나서 말하였다.

"그야 좀 어린애 같은 감정이지요. 그와 어머님은 떨어져 있는 일이 거의 없었습니다. 원내에서 놀리느라고 페레에게 '당신의 약혼자로군' 하면, 그는 웃곤 했어요. 그렇게 말해 주는 것이 그들에겐 좋았던 것입니다. 그러니까 뫼르소 부인이 세상을 떠난 것을 그가 몹시 슬퍼하고 있는 것은 사실입니다. 그래서 장례식에 참석하는 것을 허락해야 될 거라고 생각한 것이지요. 그러나 왕진 의사의 권고에 따라, 어젯밤에 밤샘만은 금하였습니다."

우리들은 꽤 오랫동안 말없이 있었다. 원장은 일어서서 사무실 창문으로 밖을 내다보았다. 문득 그는 말하였다.

"마랑고 신부님이 벌써 오십니다. 꽤 이르시군."

마을에 있는 성당까지 가자면, 적어도 45분은 걸릴 것이라고 그는 나에게 알려 주었다. 우리는 내려갔다. 빈소가 있는 건물 앞에는 신부와 복사(服事) 아이 둘이 있었다. 하나는 향로(香爐)를 들고 있었는데, 신부는 은줄의 길이를 조절하려고 그에게로 허리를 굽히고 있었다. 우리가 앞으로 가자, 신부는 몸을 일으켰다. 그는 나를 '아들'이라고 부르면서 몇 마디 이야기를 하였다. 그러고는 안으로 들어갔다. 나도 그 뒤를 따랐다.

방안에는 나사못이 박힌 관과 인부 네 사람이 있었다. 영구차가 길에서 기다리고 있다는 원장의 말과 기도를 시작하는 신부의 목소리가 들렸다. 그러고 나서는 모든 것이 빨리 진행되었다. 인부들은 큰 보자가를 들고 관 앞으로 나섰고, 신부와 그를 따르는 복사들과 원장과 나는 밖으로 나왔다. 문 앞에 알지 못하는 한 여인이 서 있었다.

"뫼르소 씨입니다."

하고 원장은 말하였다. 나는 그 부인의 이름을 듣지 못했고, 다만 그녀가 당번 간호사임을 알았을 뿐이다. 그녀는 웃는 기색도 없이, 뼈가 앙상하게 드러난 긴 얼굴을 숙였다. 그리고 우리들은 관이 지나갈 수 있도록 나란히 비켜 섰다. 우리는 인부들을 따라 양로원을 나왔다. 문 앞에 영구차가 기다리고 있었다. 모양이 기다란데다 옻칠을 하여 반짝거리는 모양이 필갑(筆匣)을 연상케 하였다. 영구차 옆에는 십장(什長)이 서 있었는데, 그는 괴상한 옷차림을 한, 키가 작은 남자였다. 그리고 옷차림이 도무지 어울리지 않는 노인 한 사람이 있었다. 나는 그가 페레 씨임을 알았다. 그는 윗부분이 동그랗고 테가 널찍한 펠트 모자를 썼고(그는 관이 문을 나갈 때, 그 모자를 벗었다), 바지가 구두 위에 우그러져 늘어진 옷차림을 하고 있었다. 흰 와이셔츠에는 커다란 칼라에 비해 지나치게 작은 검은 넥타이를 매고 있었다. 주근깨가 난 코 밑에서 입술이 떨리고 있었다. 꽤 섬세한 백발이 축 늘어져 못생긴 야릇한 귀 밑으로 흘러내리고 있었다. 창백한 얼굴에 귀만이 피처럼 새빨간 것이 무엇보다도 이상스러웠다. 십장이 우리들에게 자리를 정하여 주었다. 신부가 앞장을 서고, 다음에 영구차, 둘레에 네 사람의 인부, 그 뒤로 원장과 나, 끝으로 당번 간호사와 페레 씨가 따르기로 되었다.

하늘에는 벌써 햇빛이 가득히 퍼져 있었다. 햇볕은 땅 위에 무겁게 내리쬐기 시작하였고, 더위는 빠른 속도로 더해 갔다. 떠나기 전에 왜 우리들은 그렇게 오랫동안 기다렸는지 모르겠다. 검은 옷을 입은 나는 더웠다. 모자를 썼던 노인은 다시 모자를 벗었다. 고개를 조금 돌리고 그를 보고 있으려니까, 원장이 그의 이야기를 하였다. 원장은 어머니와 페레 씨가 저녁마다 간호사와 함께 마을까지 산책을 하곤 했다는 얘기를 들려주었다. 나는 주위의 벌판을 바라보고 있었다. 하늘 밑으로 보이는 언덕까지 잇닿은 측백나무 숲이며, 검붉고 푸른 땅, 드문드문 흩어져 있는 그린 듯한 집들을 통하여, 나는 어머니의 마음을 이해할 수 있었다. 이 지방에서 저녁은 우울한 휴식 시간과도 같았을 것이다. 오늘은 대기에 흘러넘친 햇빛이 풍경을 흔들려 보이게 해서 잔혹하고 무기력한 분위기를 만들고 있었다.

우리는 걷기 시작했다. 그때 나는 페레씨가 약간 다리를 전다는 것을 알았다. 영구차의 속도가 점점 빨라져서 영감은 점점 뒤떨어졌다. 영구차 곁을 따라가던 인부 한 사람도 지금은 뒤에 처져서 나와 나란히 걸어가고 있었다. 나는 태양이 하늘로 그렇게 빨리 떠오르는 것을 보고 놀랐다. 벌써 오래 전부터 벌판에서는 붕붕거리는 벌레 소리와 바스락거리는 풀잎 소리가 소란스럽게 들리고 있었다. 뺨 위로 땀이 흘러내렸다. 나는 모자를 가지고 있지 않았으므로 손수건으로 부채질을 하고 있었다. 옆에 걸어가던 인부가 그때 나에게 뭐라고 말하였으나 나는 듣지 못했다. 그러면서 그 인부는 오른손으로 모자의 챙을 들어올리고 왼손에 들고 있던 손수건으로 이마를 닦았다. 나는 그에게 말했다.

“뭐라고 하셨지요?”

그는 하늘을 가리키며 되풀이했다.

“무던히 내리쬡니다.”

나는 “네.” 하고 말했다. 조금 뒤에, 그는 다시 물었다.

“어머님이 돌아가셨지요?”

나는 또 “네.” 하고 말했다.

“연세가 많으셨습니까?”

“꽤 많으셨습니다.”

정확한 나이를 몰라서 그렇게 대답할 수밖에 없었다. 그러자 그는 말이 없었다.

고개를 돌려보았으나, 페레 영감이 우리 뒤로 약 50m나 떨어져서 따라오고 있었다. 그는 모자를 벗어 들고 팔을 휘저으며 걸음을 재촉하고 있었다. 나는 눈을 돌려 원장을 보았다. 그는 필요 없는 몸짓은 전혀 하지 않고, 매우 점잖게 걷고 있었다. 이마 위에는 땀이 몇 방울 흐르고 있었으나, 그것을 닦으려고도 하지 않았다.

내가 보기에는 행렬이 좀 빠른 것 같았다. 주위에는 한결같이 햇빛을 머금어 눈부시게 빛나는 벌판뿐이었다. 하늘에서 쏟아지는 빛은 견딜 수 없을 지경이었다. 우리는 새로 포장을 한 길을 지나게 되었다. 뜨거운 햇볕에 녹은 아스팔트가 눅진하여 발이 빠져 들어가서는 번쩍거리는 바닥에 자국을 내어 놓았다. 영구차 위에 드러나 보이는 마부의 가죽 모자는 마치 이 검은 역청 속에 넣어 짓이긴 것 같았다. 푸르고 흰 하늘과 그 단조로운 빛깔들, 끈적거리는 갈라진 아스팔트의 검은 빛깔, 거무스름한 의복 빛깔, 옻칠한 영구차의 까만 빛깔들 사이에서 나는 정신이 좀 흐리멍덩했었다. 햇빛, 가죽 냄새, 영구차의 말똥 냄새, 옻 냄새, 향 냄새, 자지 못한 하룻밤의 피로, 그러한 모든 것이 나의 눈과 머리를 어지럽게 만들었다.

나는 다시 한 번 뒤를 돌아보았다. 먹구름처럼 드리운 무더운 공기 속으로 페레 영감이 까마득히 멀리 나타났다 다시 사라졌다. 나는 눈으로 그를 찾았다. 길을 벗어나서 벌판을 가로질러 가는 그가 보였다. 동시에 나는 내 앞에 길이 구부러지고 있는 것을 보았다. 페레는 이 지방을 잘 아니까, 우리들을 따라오려고 지름길로 접어든 것임을 알았다. 길이 구부러진 곳에 이르렀을 때, 그는 우리들을 따라왔다. 그러고는 또 보이지 않았다. 그는 다시 벌판을 가로질러 갔고, 그러기를 여러 차례나 하였다. 나는 관자놀이에서 핏줄이 뛰는 것을 느꼈다.

그 다음에는 모든 것이 매우 빠르고 순조롭게 또 자연스럽게 진행되었으므로, 내 기억에는 아무 것도 남아 있지 않다. 단지 한 가지 기억에 남은 것은 마을 어귀에서 당번 간호사가 나에게 말을 걸었던 일이다. 얼굴과는 어울리지 않는 독특한, 아름답고 떠는 목소리로 그녀는 말하였다.

"천천히 가면 더위를 먹을 염려가 있고, 너무 빨리 가도 땀이 나서, 교회당에 들어가면 오한이 납니다."

그건 사실이었다. 어쩔 도리가 없었다. 그 밖에 그날의 몇 가지 광경이 머릿속에 남아 있다. 가령 페레가 마지막으로 마을 근처에서 우리들을 따라왔을 때의 그 얼굴, 흥분과 슬픔의 굵은 눈물이 그의 뺨 위에 줄줄 흐르고 있었다. 그러나 주름살 때문에 눈물이 흘러

내리지 않았다. 눈물은 맺혔다가 그 쭈그러진 얼굴 위에, 옻을 바르 듯 물칠해 놓은 것 같은 형상을 이루었다. 그 밖에 교회당, 보도 위에 서 있던 마을 사람들, 묘지 무덤 위의 제라늄, 페레의 기절(마치 무슨 인형이 부서져서 쓰러지는 것처럼), 어머니의 관 위로 굴러떨어지던 붉은 흙, 그 속에 섞이던 흰 나무뿌리, 또 다른 사람들, 목소리, 어느 카페 앞에서 기다리던 일, 끊임없는 엔진 소리, 그리고 버스가 마침내 빛나는 알제 시가지에 다다라서, 이제는 드러누워 실컷 잠을 잘 수 있겠구나 하고 생각하였을 때의 나의 기쁨, 그러한 것들이 생각난다.

2

잠이 깨자, 나는 이틀 동안 휴가를 신청했을 때, 왜 사장의 기색이 좋지 않았는지 그 까닭을 알 수 있었다. 오늘이 바로 토요일인 것이다. 말하자면 나는 그것을 잊어버리고 있었는데, 자리에서 일어나자 그러한 생각이 들었다. 사장은 자연히 내가 일요일까지 나흘 동안 쉬게 될 것을 예상했을 것이므로, 그것이 마음에 흡족했을 리가 없다. 그러나 한편으로 어머니의 장례식을 오늘 치르지 않고 어제 치른 것은 내 탓이 아니었기에, 또 다른 한편으로는 어차피 나는 토요일과 일요일은 쉬게 되었을 것이다. 물론 그렇다고 해서 사장의 심정을 이해할 수 없는 것은 아니다.

어제 하루 일로 피곤했기 때문에 일어나기가 괴로웠다. 수염을

깎으면서 오늘은 무엇을 할까 하고 생각한 끝에 해수욕을 하러 가기로 하였다. 항구 해수욕장으로 가려고 나는 전차를 탔다. 그리하여 곧 바닷물 속으로 뛰어들었다. 젊은이들이 많이 있었다. 전에 우리 회사의 타이피스트로 있었던 마리 카르도나를 거기서 만났다. 그 전에 나는 그녀에게 마음이 있었다. 그녀 역시 그런 것 같았다. 그러나 조금 뒤에 그녀는 회사를 그만두었고 우리는 만날 기회를 갖지 못했었다.

나는 그녀가 부표(浮漂) 위로 오르는 것을 거들어 주었는데, 그러면서 내 손이 그녀의 가슴을 스쳤다. 그녀가 부표 위에서 배를 깔고 엎드렸을 때도, 나는 그냥 물 속에 있었다. 그녀는 나에게로 몸을 돌렸다. 머리털을 눈 밑으로 흐트러뜨린 채 웃고 있었다. 나는 부표 위 그녀의 곁으로 기어올랐다. 그저 기분이 좋았고, 희롱을 하는 것처럼 머리를 뒤로 젖혀 그 여자의 배 위에 몸을 올려놓았다. 그녀는 아무 말도 하지 않았고, 나는 그대로 그렇게 하고 있었다. 나는 온 하늘을 나의 눈 속에 담았다. 푸른 하늘엔 황금빛이 돌고 있었다. 목덜미 밑에서 나는 마리의 배가 오르락내리락 하는 것을 느끼고 있었다. 우리는 오랫동안 그렇게 부표 위에서 어렴풋이 잠이 들어 있었다. 햇볕이 너무 뜨거워지자, 마리는 물 속으로 뛰어들었고, 나도 뒤를 따랐다. 나는 그녀의 곁으로 따라가서 팔로 허리를 감고 같이 헤엄을 쳤다. 마리는 줄곧 웃고 있었다. 물가로 나와 서로 몸을 말리고 있을 동안, 그녀는 나에게 말하였다.

"당신보다도 내가 더 탔어."

나는 저녁에 영화 구경 가지 않겠느냐고 그녀에게 물어 보았다.

그녀는 웃으면서 페르낭델이 주연한 영화를 보고 싶다고 말하였다. 우리들이 옷을 다 입었을 때, 내가 검은 넥타이를 매고 있는 것을 보고 마리는 매우 놀라는 표정을 짓더니, 상사(喪事)가 있었느냐고 물었다. 나는 어머니가 돌아가셨다고 대답하였다. 언제 돌아가셨는지 알고 싶어하는 마리에게 나는 '어제'라고 대답했다. 그녀는 조금 뒤로 물러섰으나, 아무런 나무람도 하지 않았다. 그건 내 탓이 아니라고 말할까 하였으나, 그런 소리를 사장에게도 한 일이 있었던 것을 생각하고 그만두었다. 그런 말을 해보았자 무의미한 일이었다. 어차피 말이란 좀 틀리게 마련이다.

마리는 저녁에는 모든 일을 다 잊어버렸다.

영화는 때때로 우습고, 너무나 싱거웠다. 마리는 다리를 내 다리에 기대고 있었다. 나는 그녀의 젖가슴을 어루만졌다. 영화가 끝날 무렵 키스를 한다는 것이 서툴게 되고 말았다. 영화관을 나와 그녀는 내 집으로 왔다.

내가 눈을 떴을 때, 마리는 가 버리고 없었다. 그녀는 아주머니한테 가야만 한다는 이야기를 했었다. 그날이 일요일이라는 것에 생각이 미치자, 기분이 언짢았다. 나는 일요일을 좋아하지 않는다. 그래서 침대 속에서 몸을 뒤척여 마리가 베개에 남긴 머리털의 소금기 냄새를 더듬으면서 10시까지 자 버렸다. 그러고는 침대에 누운 채 12시까지 담배를 피웠다. 나는 여느 때처럼 셀레스트네 레스토랑에 가서 아침을 먹고 싶지 않았다. 왜냐하면 레스토랑 사람들이 던질 여러 가지 질문에 대꾸하기가 싫었기 때문이다.

나는 달걀 프라이를 주문하여, 빵도 없이 접시에다 입을 대고 먹었다. 빵이 없는 것을 알면서도 사러 내려가기가 싫었기 때문이다.

아침을 먹고 나니, 조금 심심해져서 아파트 안을 서성거렸다. 어머니가 있었을 때는 알맞은 크기의 아파트였다. 그러나 지금 나에겐 너무 커서 식당의 테이블을 내 방으로 가져올 수밖에 없었다. 나는 이 방 안에서, 조금 망가진 의자들과 유리가 누렇게 된 옷장과 화장대 그리고 구리 침대 사이에서 살고 있을 뿐이다. 그 외에는 모두 버려 둔 채로 있다. 조금 뒤에, 나는 할 일이 없어서 오래 된 신문을 한 장 들고 읽었다. 크뢰 향염(香鹽) 광고를 오려서 재미있는 기사들을 모아 두는 스크랩북에다 그것을 붙였다. 나는 또 손을 씻고, 나중에는 발코니에 나가 앉았다.

내 방은 교외의 한길로 향하고 있다. 오후의 날씨는 아름다웠다. 그러나 길은 눅진했고, 행인들은 적고 걸음도 빨랐다. 우선 산책하는 가족들이 지나갔다. 바지가 무릎 밑까지 내리덮인 해군복을 입고 잔뜩 풀이 매겨진 빳빳한 옷 속에서 어색해 보이는 두 소년, 다음으로 커다란 리본을 달고 칠피구두를 신은 소녀, 그 뒤로 자주빛 옷을 입은 뚱뚱한 어머니와 키가 후리후리한 사나이, 그리고 얼굴만은 나도 알고 있는 그의 아버지가 따랐다. 그는 나비 모양의 끈이 달린 밀짚모자를 쓰고 손에는 단장을 짚고 있었다. 그의 아내와 함께 그를 보았을 때, 나는 그 동네에서 사람들이 왜 그를 보고 잘생긴 사람이라고 하는지 까닭을 알 수 있었다.

조금 뒤에 교외의 젊은이들이 지나갔다. 모두들 머리에는 기름을 바르고, 붉은 넥타이에 허리가 잘록한 웃옷, 수를 놓은 주머니, 코가 네모진 구두 차림을 하고 있었다. 나는 그들이 시내로 영화 구경을 가는 길임을 짐작할 수 있었다. 그렇기 때문에, 그들은 그렇게 일찌감치 길을 떠나, 소리 높이 웃으면서 전차를 타러 서둘러 가고 있는 것이었다.

그들이 지나간 뒤에, 길에는 점점 인기척이 없어졌다. 아마 어디선가 구경이 시작된 모양이었다. 이제 길에는 가게를 보는 주인들과 고양이들이 있을 뿐이었다. 길가에 늘어선 가로수 위로 보이는 하늘은 맑았으나 윤택함이 없었다. 맞은편 인도 위 담배 가게에 주인이 의자를 문 앞에 내놓고 등받이 위에 두 팔을 괴고 거꾸로 타고 앉았다. 조금 전에는 터질 듯이 들어찼던 전차들도 지금은 거의 비어 있다. 조그만 카페 '피에로네 집'에서는 보이가 담배 가게 주인 옆에서 텅 빈 방안을 쓸고 있었다. 확실히 일요일이었다.

나도 의자를 돌려서 담배 가게 주인처럼 놓았다. 그것이 더 편리할 거라 생각했기 때문이다. 나는 담배를 두 대 피우고 나서, 방안으로 들어가 초콜릿을 한 조각 가지고 창 앞으로 와서 먹었다. 하늘은 점점 어두워져서, 여름철의 소나기가 오려는 것이려니 생각했다. 그러나 하늘은 차차 다시 밝아졌다. 그래도 구름이 지나가며 길 위에 비를 약속하는 듯한 빛을 남겨 놓아 거리는 어스름하였다. 나는 오랫동안 하늘을 쳐다보고 있었다.

5시에 전차들이 요란한 소리를 내며 달려왔다. 야외 경기장으로부터 발판이며 난간에까지 매달린 구경꾼들을 싣고 오는 것이었다. 그 다음 전차는 운동선수들을 싣고 왔는데, 손에 든 보스턴백으로 그들이 운동선수임을 짐작할 수 있었다. 그들은 고함을 지르며, 그들의 클럽은 결코 지지 않을 것이라고 있는 힘을 다하여 소리 높이 노래를 부르고 있었다. 그 중의 몇몇 사람은 나에게 손짓을 하였고, 한 사람은, "우리가 이겼어." 하고 나에게 부르짖기까지 하였다. 그래서 나는 머리를 끄덕여 '그렇다' 는 표시를 했다. 그때부터 버스들이 몰려오기 시작했다.

해는 조금 더 기울어졌다. 지붕들 위로 하늘은 불그스름하게 되고, 깃드는 저녁과 함께 시가지는 활기를 띠었다. 행인들은 점점 늘어 갔다. 사람들 속에 섞인 그 잘생긴 신사가 눈에 띄었다. 어린애들은 울며, 또는 손목을 잡혀 끌려오고 있었다. 그러자 곧 거리의 영화관에서 구경꾼들의 물결이 쏟아져 나왔다. 구경꾼들 가운데 젊은이들이 여느 때보다 굳은 결심이나 한 듯한 몸짓을 하고 있는 것을 보고, 나는 그들이 활극 영화를 구경한 것이라고 생각했다. 시내 영화관에서 들어오는 사람들은 조금 뒤에 오기 시작했다. 그들은 아까보다 좀 신중해 보였다. 아직도 웃기는 하고 있었으나 그것은 이따금 그랬을 뿐, 피곤해 보였고 생각에 잠겨 있는 듯하였다. 그들은 맞은편 인도 위를 서성거렸다. 거리의 젊은 여자들이 모자도 쓰지 않고 서로 팔을 끼고 걸어오고 있었다. 젊은이들이 나란히 서서 그녀들과 마주치며 희롱하자, 여자들은 고개를 돌리고 웃었다. 그 중 내가 아는 몇몇 여자들은 나에게 손짓을 했다.

그때 갑자기 가로등이 켜지며 어둠 속에 떠오르던 첫 별빛들을 흐리게 하였다. 그처럼 사람들과 빛깔이 바뀌는 인도를 바라보고 있자니, 눈이 피로해졌다. 가로등은 눅진한 인도를 비추고, 전차들은 일정한 간격을 두고 반짝거리는 머리털과 웃음을 띤 얼굴들, 혹은 팔목시계 위에 불빛을 던졌다. 조금 뒤에 전차들의 사이는 점점 멀어지고, 밤은 나무들과 가로등 위에서 깊어 갔다. 거리에는 차차 인기척이 없어지고, 마침내 다시 쓸쓸해진 길을 고양이가 천천히 건너가는 시각이 되었다. 그때에야 나는 저녁을 먹어야 한다는 생각을 했다. 오랫동안 의자 등받이에 턱을 괴고 있었기 때문에, 몸이 좀 아팠다. 나는 빵과 젤리를 사러 내려갔다. 그것으로 요리를 하여 선 채로 먹었다.

다시 창 앞으로 가서 담배를 한 대 피우려 하였으나, 바람이 차가워 조금 추웠다. 나는 창문을 닫고 방 안으로 돌아오며 거울 속에 알코올 램프와 빵 조각이 놓여 있는 테이블 한쪽 끝이 비치는 것을 보았다. 그때 나에게는 일요일이 또 하루 지나갔고, 어머니의 장례식도 이제는 끝났고, 내일은 다시 일을 시작해야 하겠고, 그러니 결국 달라진 것은 아무 것도 없다는 생각이 들었다.

3

오늘 나는 회사에서 일을 많이 했다. 사장은 친절했다. 그는 나에게 너무 피곤하지 않느냐고 물었고, 어머니의 나이도 알고 싶어 하였다. 나는 틀리게 대답하지 않으려고, "한 육십 되셨었소." 하고 대답했다. 왜 그런지 알 수는 없었으나, 사장은 한 시름을 덜었다는 듯한, 그리고 그건 이미 지나간 일이라고 생각하는 듯한 눈치였다.

나의 테이블 위에는 선하증권(船荷證券)이 산더미처럼 쌓여 있었는데, 일일이 읽어 봐야만 했다. 점심을 먹으러 회사를 나오기 전에 손을 씻었다. 정오가 되어, 손 씻는 시간을 나는 좋아한다. 저녁때에는 수건이 눅눅하여 좀 기분이 나쁘지만 온종일 같은 수건을 쓰기 때문에 그럴 수밖에 없다는 것이다. 어느 날, 나는 그러한 이야기를 사장에게 한 적이 있었다. 사장의 대답은 그도 그것을 유감스럽게 생각은 하지만, 그러나 그것은 하찮은 문제라는 것이다.

나는 조금 늦어서 12시반에 운송과에 근무하고 있는 엠마뉘엘과 함께 회사를 나왔다. 회사는 바다로 향하고 있어서, 우리들은 잠시 햇볕이 뜨겁게 내리쬐는 항구에 머물러 있는 화물선들을 바라보았다. 바로 그때 화물 자동차 한 대가 쇠사슬 소리와 엔진 소리를 요란스럽게 내면서 달려왔다.

엠마뉘엘이 나에게,

"집어 탈까?"

하고 물었다. 그래서 나도 뛰기 시작했다. 자동차가 우리들을 지나쳐 버리자, 우리는 뒤를 따라 달려갔다. 나는 소음과 먼지 속에 잠겨 버렸다. 나의 눈에는 아무것도 보이지 않았고, 다만 권양기(捲揚機)며 또 다른 기계들, 수평선 위에서 춤추는 돛대 옆을 지나치는 선체들 가운데서 마구 달리는 육체의 약동을 느낄 뿐이었다. 내가 먼저 발을 올리고, 매달려 가면서 뛰어올랐다. 그리고는 엠마뉘엘이 기어오르는 것을 거들어 주었다. 우리는 숨이 찼다. 자동차는 부두의 고르지 못한 보도 위로, 먼지가 자욱한 햇빛 속을 흔들거리며 달렸다. 엠마뉘엘은 허리가 끊어지게 웃고 있었다.

우리들은 땀을 뻘뻘 흘리면서 셀레스트네 레스토랑에 이르렀다. 언제나 다름없이 흰 수염을 기른 셀레스트는 뚱뚱한 배에다 앞치마를 두르고 있었다. 그는 나에게 "많이 상심하지 않았는가?" 하고 물었다. 나는 괜찮다고 대답하고, 배가 고프다고 말했다. 나는 얼른 먹고 나서 커피를 마셨다. 그러고는 집으로 돌아와 술을 너무 많이 마셨던 탓인지 잠깐 잠이 들었다. 잠이 깨니, 담배를 피우고 싶었다. 그러다보니, 시간이 늦어서 전차를 타러 뛰어나갔다.

오후에 나는 줄곧 일을 하였다. 회사 안은 몹시 더웠다. 저녁에 퇴근해서 부둣가를 천천히 걸으면서 돌아오게 되었을 때는 유쾌하였다. 하늘은 푸르고 마음은 즐거웠다. 그러나 나는 감자 요리를 만들고 싶었기 때문에 바로 집으로 돌아왔다.

컴컴한 계단을 올라가다가, 나와 같은 층의 이웃에 사는 살라마노 영감과 부딪쳤다. 영감은 개를 데리고 있었다. 8년 전부터 영감과 개는 늘 함께 있었다. 개는 내가 알기에는 홍버짐이라는 피부병을 앓아서 털이 거의 다 빠지고 온몸이 벌겋게 껍질과 헌데투성이가 되어 있었다. 그 개와 함께 단둘이 조그만 방에서 오랫동안 살아온 탓으로 살라마노 영감은 개의 모습을 닮고 말았다. 그의 얼굴에는 불그스름한 딱지가 있고, 수염도 누렇고 성기다. 개는 목을 늘이고 코끝을 앞으로 내민 모습이 주인이 허리를 굽힌 자세를 닮았다. 그들은 아무래도 동일한 족속 같은데 서로 미워한다. 하루에 두 번씩 11시와 6시에 영감은 그 개를 데리고 산책을 나선다. 8년 전부터 그들은 한 번도 다른 길을 산책한 적이 없다. 언제나 리옹 거리에서 그들을 볼 수 있는데, 개가 늙은이를 끌고 가다가는 기어코 살라마노 영감의 발부리가 땅에 부딪쳐 버리고 만다. 그러면 영감은 개를 때리고 욕지거리를 하곤 한다. 개는 무서워 기며 끌려간다. 이번에는 영감이 개를 끌고 갈 차례이다. 개가 잊어버리게 되면 다시금 앞서서 주인을 끌고, 그러면 또 매를 맞고 욕을 먹는다. 그때는 둘이 다 멈춰 선 채, 개는 공포에 떨고, 주인은 화가 나서 서로 노려본다. 매일처럼 그 모양이다. 개가 오줌을 싸고 싶어할 때도 영감은 시간을 주지 않고 끌어당겨, 스패니엘은 오줌방울을 찔끔찔끔 흘리면서 따라간다. 어쩌다가 개가 방안에서 오줌을 싸면 또 매를 맞는다. 그러기를 이제는 8년이나 된 것이다. 셀레스트는 늘 '가엾다'고 하지만, 사실인즉 아무도 영문을 모른다. 내가 계단에서 그를 만났을 때, 살라마노는 개에게 욕지거리를 퍼붓고 있는 참이었다.

"빌어먹을 ! 망할 자식!"

하고 야단을 치고, 개는 끙끙거리고 있었다. 나는,

"안녕하십니까?"

하고 인사를 하였으나, 영감은 그냥 욕지거리를 계속하고 있었다. 그래서 나는 개가 무슨 짓을 저질렀느냐고 물었다. 그는 대답이 없었다. 영감은 다만,

"빌어먹을 ! 망할 자식!"

하고 말할 뿐이었다. 그는 개 위로 몸을 굽히고 있었는데, 목걸이 속의 무엇인지를 고쳐 주고 있는 것을 짐작할 수 있었다. 나는 목소리를 높여서 말해 보았다. 그때에야 그는 고개를 돌리지 않고, 복받치는 화를 억지로 삼켜 버리듯이,

"아직도 안 가고 있어?"

하고 대꾸하였다. 그러고는 개를 잡아끌고 가 버렸다. 개는 네 발 걸음으로 끌려가면서 끙끙거리는 것이었다.

바로 그때 나와 같은 층에 사는 또 하나의 다른 이웃 사람이 들어왔다. 동네에서는 그가 여자들을 뜯어먹고 산다고 한다. 그러나 그에게 직업이 무엇이냐고 물을라치면 그는 '창고 감독'이라고 대답을 한다. 대체로 그를 좋아하는 사람은 별로 없다. 그러나 가끔 그는 나에게 말도 걸고, 또 내가 그의 말을 들어 주는 탓으로 내 방에 잠깐 들어와 앉는 일도 있다. 나는 그의 이야기가 재미있다고 생각한다. 그리고 그와 말을 하지 않을 어떠한 이유도 없다. 그의 이름은 레이몽 서테스라고 한다. 키가 무척 작은데, 어깨가 바라지고, 코는 마치 권투 선수의 코 같다. 옷차림은 언제나 말쑥하다. 그도 역시 살라마노의 이야기를 하며,

"참 가엾기 짝이 없어요!"

하고 말했다. 그 꼴을 보면 진저리가 나지 않느냐고 묻기에, 나는 뭐 그렇지도 않다고 대답하였다.

계단을 다 올라와서 막 헤어지려 할 때, 그는 말하였다.

"우리 집에 소시지와 술이 있는데, 같이 좀 잡수시지 않겠어요?"

나는 그러면 식사를 준비하지 않아도 좋을 것이라고 생각되어 허락하였다. 그에게도 역시 방은 하나밖에 없고, 창문 없는 부엌이 딸려 있을 뿐이다. 그의 침대 위에는 하얗고 불그스름한 석회로 만든 천사와 운동선수들의 사진과 여자의 나체 그림이 두서너 장 걸려 있다. 방안은 더럽고 침대는 어질러져 있었다. 그는 먼저 석유 램프를 켠 다음, 호주머니에서 몹시 허름한 붕대 하나를 꺼내어 오른손을 싸맸다. 내가 손을 다쳤느냐고 물었더니, 어떤 녀석이 시비를 걸어서 그 녀석과 싸움을 하였다고 했다.

"그건 말입니다. 뫼르소 선생. 내가 마음이 나빠서가 아니라, 성미가 급한 탓이죠. 그 녀석이 나에게 하는 말이, '사나이라면 전차에서 내려라.' 그러더란 말이오. 나는 '괜히 쓸데없는 소리 마.' 하고 말했지요. 그 녀석은 나더러 사나이답지 못하다고 합디다. 그래 나는 내려가서 말했어요. '듣기 싫어! 잔소리 말라고. 그렇지 않으면 본때를 보여줄 테니!' 그러자 '본때가 무슨 본때야?' 하고 녀석이 대꾸를 하더군요. 그래서 한 대 갈겼지요. 그랬더니 나가 자빠지길래 일으켜 주려니까, 녀석은 땅에 자빠져서 발길질을 하였지요. 그래서 무릎다짐을 한 번하고 두어 번 쐐기질을 하였지요. 녀석의 얼굴은 피투성이였어요. 나는 그 녀석에게 '그만큼 경을 쳤으면 되었느냐?' 고 물었더니, '그렇다' 고 하더군요." 그런 말을 하면서 레이몽은 붕대를 감고 있었다. 나는 침대 위에 앉았다. 그는 다시 말을 이었다.

"그러니까 내가 싸움을 건 게 아니라 그 녀석이 버릇없이 굴다가 그렇게 된 겁니다."

그것은 사실이었다. 그래서 나는 정말 그렇다고 말했다. 그러자 그는 마침 나에게 그 사건에 관해서 충고를 듣고 싶다고 말하면서, 나는 사나이다워서 세상 물정을 잘 알 테니까 자기를 도와 줄 수 있을 것이고, 그러면 그는 내 친구가 되겠다고 했다. 나는 아무런 대답도 하지 않았다. 그는 다시 자기와 친구가 되고 싶으냐고 물었다. 내가 그래도 괜찮다고 말하였더니, 그는 만족해하는 눈치였다. 그는 소시지를 꺼내서 화덕에다가 굽고, 컵, 접시, 스푼, 그리고 술 두 병을 늘어놓았다. 그 모든 동작을 하는 동안 우리는 아무 말도 하지 않았다. 그러고 나서, 우리들은 자리를 잡고 앉았다. 먹으면서 그는 이야기를 시작했는데, 처음에는 약간 망설이는 말투였다.

"어떤 여자를 내가 알게 되었는데…… 이를테면 나의 정부이지요."

그와 싸움을 한 사나이는 그 여자의 오빠라는 것이었다. 여자의 생활비를 그가 대주었다는 말도 하였다. 나는 아무런 대답도 하지 않았으나, 그는 곧 덧붙여 동네 사람들이 자기를 뭐라고 말하는지 알고 있지만, 양심에 거리낄 것은 조금도 없고, 자기는 창고 감독이라는 것이었다.

"그런데 말입니다. 내가 속고 있었다는 사실을 알게 되었어요." 그는 여자에게 생활비를 꼬박꼬박 대주고 있었다. 그는 직접 여자의 방세를 치러 주고, 식사비로 하루에 20프랑씩을 주고 있었다. "방세가 3백 프랑, 식비가 6백 프랑, 이따금 양말도 사주고, 그래서 한 천 프랑 들었습니다. 그런데 그년은 일도 하지 않고, 내게 한다는 소리가, '그 돈으로는 겨우 입에 풀칠이나 할 수 있을 뿐이고, 내가 대주는 돈으로는 도저히 생활을 할 수가 없다.'는 것이었어요. 그렇지만 나는 이렇게 말했지요. '왜 반나절만이라도 일을 안 해? 그럼 내 짐도 퍽 덜어지겠는데. 이 달에는 앙상블 한 벌도 사주었고, 하루에 20프랑씩 용돈도 주고 방세도 내주었잖아. 넌 오후에 친구들과 커피도 마시면서 뭘 그래! 넌 친구들에게 커피와 설탕을 대접하지만, 그 돈을 내는 건 나란 말이야. 난 너에게 잘해 주었는데, 넌 나를 신통치 않게 대한단 말이야.' 그래도 그년은 일을 하지 않은 채, 이대로는 생활할 수가 없다며 그냥 고집을 부리고 있었어요. 그래서 무언가 내가 속고 있다는 사실을 알게 된 거지요."

그는 여자의 핸드백 속에서 복권 한 장을 발견하였는데, 여자는 그것을 어떻게 샀는지 설명하지 못하더라는 이야기를 하였다. 조금 뒤에는 여자의 방에서 전당표 쪽지를 한 장 발견했는데, 그걸 보니 팔찌 두 개를 잡힌 것이 분명하다는 것이었다. 그때까지 그는 그 팔찌들이 있는 줄도 모르고 있었다.

"나는 속고 있었다는 것을 확실히 알았어요. 그래서 그 여자와 관계를 끊었습니다. 그러나 먼저 그년을 때려 주었지요. 그리고 사실대로 죄다 이야기를 했습니다. 네까짓 건 그걸 가지고 노는 것밖에는 바라지 않은 년이라고 말해 주었어요. '네가 내게서 받은 행복을 사람들은 부러워하고 있어. 좀 있으면 너도 지난날의 행복을 알게 될 테니, 두고 봐!'"

그는 피가 나도록 여자를 패주었다. 그 전에는 여자를 때린 적이 없었다고 했다.

"전에도 때리긴 했었지만 그저 다정스럽게 툭툭 건드리는 정도였지요. 그년이 소리를 지르면 나는 문을 닫아 버리고, 결국은 매번 마찬가지로 끝나곤 했어요. 그렇지만 이번에는 본격적으로 때렸죠. 그런데 나로서는 그년에게 아직 충분한 벌을 주지도 못했어요."

그러더니 그는 나에게, 그 일 때문에 충고가 필요하다고 설명하였다. 그러고는 그을음을 뿜는 램프의 심지를 조절하려고 일어섰다. 나는 줄곧 그의 이야기를 듣고 있었다. 술을 거의 한 병이나 마셨기 때문에, 관자놀이가 몹시 뜨거웠다. 내 담배가 떨어져서 나는 레이몽의 담배를 피우고 있었다. 마지막 전차들이 지나가며, 지금은 아득하게 들리는 교외의 소음을 실어 가고 있었다. 레이몽은 이야기를 계속하였다. 그가 난처한 것은 '아직도 그녀와의 잠자리에 조금 미련을 느끼고 있다.'는 것이었다. 그렇지만 혼을 내주어야겠다는 것이었다.

먼저 그는 여자를 호텔로 데려다 놓고, '풍기 단속반'을 불러들여 스캔들을 일으켜서 여자의 이름을 리스트에 오르게 할 생각이었다. 그 다음에는 그의 친구인 깡패들에게 이야기를 해봤지만, 그들은 별로 좋은 방법을 가르쳐 주지 못하였다. 사실 레이몽이 나에게 말한 것처럼 깡패란 위인들이 그런 것 하나쯤 몰라서야 말이 아니었다. 레이몽이 그런 말을 하니까, 그들은 여자에게 '문신(文身)'을 새겨 주면 어떠냐고 하였다. 그러나 그는 그렇게 하고 싶지는 않았다. 그는 좀더 잘 생각해 봐야겠다는 것이었다. 그러나 먼저 나에게 한 가지 묻고 싶은 것이 있다고 말하였다. 그런데 그것을 물어 보기 전에, 그 이야기를 내가 어떻게 생각하는지 알고 싶어했다. 나는 별로 생각하는 바도 없지만, 어쨌든 재미있는 이야기라고 대답했다. 그가 속고 있었다고 생각하느냐고 묻기에, 생각해보니 과연 속고 있었던 것 같다고 말하였다. 혼을 내주어야 할 텐데, 그렇다면 내가 그의 입장이라면 어떻게 하겠느냐고 물었다. 나는 어떻게 할는지는 알 수 없으나, 그가 여자를 혼내 주겠다는 마음은 이해할 수 있다고 대답했다.

나는 또 술을 마셨다. 그는 담배에 불을 붙이고 나서 자기의 생각을 털어놓았다. 그는 여자에게 '발길로 차 버리는 뜻의, 그러나 동시에 여자의 육욕을 도발시킬 만한 사연을 섞어서 쓴 편지'를 보내겠다는 것이었다. 그러면 여자가 돌아오게 될 테니까. 그때는 여자와 함께 잠자리에 들고는 '바로 끝나갈 무렵에' 여자의 낯짝에다 침을 뱉어 주고는 밖으로 내쫓아 내버린다는 것이었다. 그렇게 하면 정말 여자에게는 징계가 될 것이라고 나도 생각했다. 그러나 레이몽은 말하기를, 자기는 적당한 편지를 쓸 수가 없을 것 같아서, 편지를 나에게 부탁할까 하고 생각한다고 하였다. 내가 아무 대답도 하지 않으니까, 그는 나에게 지금 곧 편지를 쓰는 것이 귀찮겠느냐고 물었다. 나는 그렇지도 않다고 대답했다.

그러자 그는 술을 한 잔 마시고 일어서서 접시들과 먹다 남은 소시지를 한 옆으로 밀어놓았다. 그러더니 초칠을 한 테이블보를 정성스럽게 닦았다. 그리고 그는 나이트 테이블 서랍에서 모눈종이 한 장과 노란 봉투, 붉은 나무 펜대와 보랏빛 잉크가 들어 있는 네모난 병을 꺼냈다. 여자의 이름을 들어 보니, 무어 인이었다. 나는 편지를 썼다. 되는 대로 쓰기는 하였지만, 그래도 레이몽의 마음에 들도록 애썼다. 왜냐하면 레이몽의 마음에 들지 않게 할 아무런 이유도 없었기 때문이다. 그리고 나서 소리를 높여 편지를 읽었다. 레이몽은 담배를 피우며 머리를 끄덕거리면서 듣고 있더니, 다시 한 번 읽어 달라고 하였다. 그는 매우 흡족해 하였다.

"자네가 세상 물정에 밝다는 것을 나는 알고 있었어." 하고, 그는 말했다.

처음엔 그가 나에게 자네라고 말한 것을 무심히 듣고 있었으나 "이제 자넨 내 친구야." 하고 그가 말했을 때에야, 나는 비로소 그 말에 놀랐다. 거듭 그렇게 말하였고, 나는 "그야 그렇지." 하고 대답했다. 나로서는 그의 친구라고 하여도 무방한 일이었고, 그는 정말로 나와 친구가 되고 싶은 모양이었다. 그는 편지를 봉하고, 우리는 남은 술을 마저 마셨다. 그리고 잠시 서로 말없이 담배를 피웠다. 밖은 쥐 죽은 듯이 고요했다. 미끄러지듯 지나가는 자동차 소리가 들렸다.

"너무 늦었는데!"

나는 말하였다. 그는 시간이 빨리 지나가 버린다는 이야기를 하였는데, 어떤 의미로 그렇다고 할 수 있었다. 나는 졸음이 왔지만, 일어서기가 거북하였다. 내가 피곤하게 보였던지, 레이몽은 나에게 너무 상심할 일이 아니라고 말하였다. 처음엔 무슨 말인지 알아차리지 못하였다. 그는 나에게 어머니가 사망한 것을 알았다는 이야기와, 그러나 그것은 어차피 한 번은 당해야 할 일이라는 말을 하였다. 내 의견도 마찬가지였다.

나는 일어섰다. 레이몽은 굳게 나의 손을 움켜쥐고, 사나이끼리는 언제나 이해할 수 있는 것이라고 말하였다. 그의 방을 나서자, 나는 문을 닫고 층계참 위에서 어둠 속에 잠시 서 있었다. 집 안은 고요하고 계단 밑에서 우중충하고 습한 냄새가 올라오고 있었다. 귀밑의 핏줄이 뛰는 소리밖에는 아무 소리도 들리지 않았다. 나는 그냥 우두커니 서 있었다. 살라마노 영감 방에서 개가 나직이 낑낑거리는 소리가 들려왔다.

4

일주일 동안 나는 줄곧 일을 많이 하였다. 레이몽이 와서 그 편지를 보냈노라고 말하였다. 엠마뉘엘과 함께 영화 구경을 두 번 갔었는데, 엠마뉘엘은 스크린 위에서 일어나는 이야기가 무엇인지 이해 못하는 때가 가끔 있었다. 그러면 설명을 해주어야 했다. 어제는 토요일이라 약속대로 마리가 찾아왔다. 나는 몹시 정욕을 느꼈다. 마리가 붉고 흰 무늬 있는 아름다운 옷을 입고 가죽 샌들을 신고 있었기 때문이다. 탄력 있어 보이는 젖가슴이 완연히 드러나 보이고, 햇볕에 그을린 살갗이 얼굴을 꽃처럼 아름답게 만들고 있었다. 우리는 곧 버스를 타고, 알제에서 몇 km나 떨어져 있는, 좌우에는 바위가 솟고 기슭에는 갈대가 우거진 바닷가로 나갔다.

4시의 태양은 그렇게 뜨겁지는 않았으나 물은 미지근하고, 길게 퍼진 게으른 듯한 물결이 나직이 넘실거리고 있었다. 마리가 장난을 하나 가르쳐 주었다. 헤엄을 치며 물결의 맨 위에서 물을 들이마시고 입 속에 거품을 가득 채운 다음, 반듯이 누워서 하늘로 향하여 그것을 내뿜는 것이다. 그러면 물거품 레이스가 되어서 공중으로 사라지기도 하고, 미지근한 보슬비처럼 얼굴 위로 떨어지기도 했다. 그러나 잠시 뒤에는 입 속이 짜서 얼얼하였다. 그러자 마리가 다가와 물 속에서 나에게 달라붙었다. 마리는 자기의 입술을 나의 입에 갖다 댔다. 그녀의 혀끝이 나의 입술에 산뜻하게 닿았다. 잠시 동안 우리는 물결 속을 뒹굴었다.

바닷가로 나와서 옷을 갈아입을 때, 마리는 빛나는 눈길로 나를 보았다. 나는 그녀에게 키스를 하여 주었다. 그때부터 우리는 아무 말도 하지 않았다. 나는 그녀를 껴안았다. 그러고는 급히 버스를 잡아타고 돌아왔다. 우리는 방안으로 들어서자, 곧 침대 속으로 뛰어들었다. 나는 창문을 열어 두었다. 여름밤이 우리들의 검게 그을린 육체 위로 흐르는 것을 느낄 수 있어 기분이 좋았다.

오늘 아침, 마리는 돌아가지 않고 있었다. 나는 점심을 같이 먹자고 말해 놓고 고기를 사러 내려갔다. 돌아오면서 레이몽의 방에서 여자의 목소리가 나는 것을 들었다. 조금 뒤에 살라마노 영감이 개를 꾸짖는 소리가 들렸다. 나무 계단 위에서 구두창 소리와 개발톱 소리가 나더니,

"빌어먹을, 망할 자식." 하는 소리가 들려왔다. 그들은 길가로 나가 버렸다. 영감의 이야기를 마리에게 해주었더니, 마리는 웃었다. 마리는 내 파자마를 입고 소매를 걷어 올리고 있었다. 그녀가 웃었을 때, 나는 또 욕정을 느꼈다. 조금 뒤에, 마리는 나에게 자기를 사랑하느냐고 물었다. 그런 것은 아무 의미도 없는 말이지만, 사랑하고 있는 것 같지는 않다고 나는 대답했다. 마리는 슬픈 빛을 보였다. 그러나 점심을 준비하면서 아무 이유도 없이 깔깔거리고 웃었으므로, 나는 또 키스를 해주었다. 바로 그때 레이몽의 방에서 말다툼 소리가 터져 나왔다.

먼저 여자의 날카로운 목소리가 들리더니, 이어 레이몽의 목소리가 들렸다.

"이년이 나를 속였어, 나를 속였단 말이야. 자, 나를 속이면 어떻게 되는지 이제 가르쳐 주마."

툭툭 무슨 소리가 나고, 여자가 비명을 질렀다. 너무나 비참하게 소리 질렀기 때문에, 층계참에는 곧 사람들이 모여들었다. 마리와 나도 복도로 나갔다. 여자는 그냥 소리를 지르고, 레이몽은 계속 때리는 것이었다. 마리는 사태가 험악하다고 말하였으나, 나는 아무 대답도 하지 않았다. 그녀는 나에게 경찰을 불러 오라고 하였지만, 나는 경찰이 싫다고 말했다. 그러나 3층에 사는 납땜장이와 함께 경찰 한 사람이 들어왔다. 경찰은 문을 두드렸으나 아무 대답도 없었다. 더 크게 두드리자, 조금 있더니 여자의 울음소리가 들리고, 레이몽이 문을 열었다. 그는 입에 담배를 물고 유순한 태도를 하고 있었다. 여자가 문으로 뛰어나와 레이몽이 때렸다고 경찰에게 말하였다.

"이름이 뭐야?" 하고 경찰이 물었다. 레이몽이 대답했다. "말을 할 때는 입에서 담배를 뽑아." 하고 경찰이 말했다. 레이몽은 망설이고 나서 나를 쳐다보더니 담배를 입에 문 채 서 있었다. 그러자 경찰은 느닷없이 두꺼운 손바닥으로 힘껏 레이몽의 뺨을 후려갈겼다. 담배가 몇 미터 앞에 떨어졌다. 레이몽은 안색이 변하였으나, 그 당장에는 아무 말도 없었다. 그러더니 공손한 목소리로 꽁초를 주워도 좋으냐고 물었다. 경찰은 그러라고 하면서, "다음부터는 경찰이 웃음거리가 아니라는 걸 알도록 해." 하고 덧붙여 말하였다.

그 동안 여자는 줄곧 울면서, "날 때렸어요. 저놈은 뚜쟁이예요." 하고 몇 번이나 말하였다.

"나리님!" 하고 이번에는 레이몽이 물었다. "남자에게 뚜쟁이라는 말을 해도 된다는 게 법률에 있습니까?"

경찰은, "잔소리 말아!" 하고 호통을 쳤다. 그러자, 레이몽은 여자에게 고개를 돌리고는 말했다. "가만 있어, 요년아, 그러면 다시 만나지 않을 줄 아느냐?"

경찰은 레이몽에게 잔소리를 그치라고 말한 다음, 여자는 가도 되지만, 레이몽은 방으로 들어가서 경찰서의 소환을 기다려야 한다고 말했다. 그는 덧붙여서 레이몽에게 그렇게 몸이 떨리도록 술에 취했으면 부끄럽게 생각해야 할 노릇이라고 말하였다. 그 말을 듣자, 레이몽은 설명을 하였다.

"나리님, 나는 취하지 않았소. 그저 나리 앞에 서 있으니 떨릴 뿐이오, 별도리가 있습니까?"

그는 문을 닫아 버렸고, 구경꾼들도 다 가 버렸다. 마리와 함께 점심 준비를 끝마쳤으나, 마리가 먹고 싶은 생각이 없다기에 내가 혼자서 거의 다 먹었다. 마리는 1시에 가 버리고, 나는 잠깐 잠을 잤다.

3시경에 문을 두드리는 소리가 나더니, 레이몽이 들어왔다. 나는 누워 있었다. 레이몽은 내 침대가에 앉았다. 그는 잠시 말이 없었다. 나는 아까 소동은 어찌 된 일이냐고 물었다. 그는 계획대로 했었는데, 여자가 따귀를 때리기에 때려 준 것뿐이라고 대꾸하였다. 그 뒤에 일은 내가 목격한 대로였다. 나는 그에게 이제는 여자가 혼이 났을 테니까 만족했느냐고 말했다. 그의 의견도 역시 그렇다는 것이었다. 그리고 그는, 제 아무리 경찰이 뭐라고 해보았댔자 여자가 당한 망신에는 아무 변함이 없으리라는 것을 지적했다. 그는 또 덧붙여서, 자기는 경찰들의 심리를 알고 있으므로 그들과 대할 때는 어떻게 해야 할 것인지 알고 있다고 말했다. 그러고는 경찰이 따귀를 때린 것에 그가 응수하리라고 기대하고 있었느냐고 나에게 물었다. 나는 아무 기대도 하지 않았다고 대답하고, 정말 경찰은 싫어한다고 말하였다. 레이몽은 매우 만족한 눈치였다. 그는 함께 나가지 않겠느냐고 물었고, 나는 일어나서 머리를 빗기 시작했다. 그때 그는 내가 그의 증인이 되어 주어야 한다고 말했다. 나는 아무래도 좋았으나, 무슨 말을 해야 좋을지 몰랐다. 레이몽에 의하면, 여자가 그를 속였다고 말하기만 하면 된다는 것이었다. 나는 그의 증인이 되기로 했다.

우리는 밖으로 나갔다. 레이몽이 권하여 브랜디를 마셨다. 그러고는 당구를 한 판 쳤는데, 나는 잘 맞히지 못했다. 그 다음에는 윤락가에 가자고 했지만, 나는 그런 것을 좋아하지 않았으므로 싫다고 하였다. 그리하여 우리는 천천히 집으로 돌아왔다. 레이몽은 자기 정부를 혼내 줄 수 있어서 얼마나 기분이 좋은지 모르겠다고 말했다. 나에게는 그가 다정스럽게 대해 주는 것 같았고, 그렇게 지내는 시간이 유쾌하게 여겨졌다.

멀리서 보니, 문간에 살라마노 영감이 흥분한 듯한 모습으로 서 있는 것이 눈에 띄었다. 그에게 가까이 가 보니, 그는 개를 데리고 있지 않았다. 그는 이리저리 사방을 둘러보더니, 두서없는 말을 중얼거리며 컴컴한 복도를 들여다보고는, 다시 그 충혈된 눈을 두리번거려 길가를 훑어보았다. 레이몽이 무슨 일이 있었느냐고 물어도 곧 대답을 하지 않았다.

"빌어먹을, 망할 자식!" 하고 중얼거리는 것이 어렴풋이 들렸다.

노인은 계속해서 어쩔 줄을 몰랐다. 개가 어디 있느냐고 내가 물으니까, 달아나 버렸다고 불쑥 대답했다. 그러더니 갑자기 수다스럽게 이야기를 시작하였다.

"여느 때처럼 연병장에 데리고 갔었죠. 노점 근처에는 사람들이 많이 있었어요. '탈주왕(脫走王)'이란 간판이 붙은 것을 보려고 잠시 멈춰 섰다 가려니까, 그놈이 없어진 거예요. 미리 좀 작은 목걸이를 사주려고 생각했었지만, 그 빌어먹을 자식이 그렇게 도망쳐 버리리라고는 꿈에도 생각지 않았어요."

레이몽은 개는 아마 길을 잃어버렸을지도 모르니 어쩌면 돌아올 것이라고 말하고, 주인을 찾아오기 위해서 수십 킬로미터나 걸어다닌 개가 있었다는 예까지 들어서 설명을 하여 주었지만, 영감의 흥분은 가라앉지 않았다.

"잡혀 버리고 말 거예요. 누가 그걸 길러라도 준다면 몰라도 그럴 리가 없어요. 그렇게 헌데투성이 개를 어디 좋아할 사람이 있을라구? 경찰에게 잡히고 말 겁니다. 틀림없어요."

나는 그에게 경찰서의 개 마당으로 가 보는 것이 좋으리라는 것과, 세금을 얼마나 내면 개를 찾을 수 있으리라는 것을 말해 주었다. 영감은 그 세금은 액수가 많느냐고 물었으나, 나는 알지 못했다. 그러더니 영감은 성을 내며,

"그 빌어먹을 자식 때문에 돈을 내다니, 아아, 죽어 버리라지!"

하며, 욕설을 퍼붓기 시작하였다. 레이몽은 웃으며 집으로 들어갔다. 나도 그의 뒤를 따랐고, 우리는 2층 층계참 위에서 헤어졌다. 조금 뒤에 영감의 발자국 소리가 나더니 내 방문을 두드렸다. 문을

열어 주니까, 그는 잠시 문간에 서 있다가, 이렇게 말했다.

"용서하십시오, 용서하십시오."

안으로 들어오라고 권하였으나, 그는 들어오려고 하지 않고 구두 끝만 들여다보고 있었고, 그의 부스럼투성이 손은 떨리고 있었다. 그러고는 얼굴을 숙인 채 그는 나에게 물었다.

"개를 빼앗진 않겠지요, 뫼르소 선생? 돌려줄 테지요? 그렇지 않으면, 나는 어떻게 되지요?"

개 보호소에는 주인이 찾아갈 수 있도록 사흘 동안 개를 매어 두는데, 사흘이 지나면 적당히 처분해 버린다고 나는 말하였다. 그는 아무 말 없이 나를 쳐다보았다. 그러고는,

"안녕히 계세요."

하고 말했다. 문을 닫는 소리가 나더니, 영감이 자기 방안에서 왔다갔다 하는 소리가 들렸다. 그의 침대가 삐걱거렸다. 그러고는 담벼락을 통해서 조그맣게 들려 오는 야릇한 소리로 나는 그가 울고 있음을 알았다. 나는 왜 어머니를 생각했는지 모르겠다. 그러나 이튿날 아침에는 일찌감치 일어나지 않으면 안 된다. 별로 배가 고프지 않아, 나는 저녁도 먹지 않고 자 버렸다.

5

레이몽이 회사로 전화를 걸어 왔다. 그의 친구 한 사람이(그 친구에게 나의 이야기를 하였다는 것이었다) 알제 근처의 조그만 별장으로

와서 일요일 하루를 지내도록 나를 초대했다고 했다. 나는 그러고 싶지만 어떤 여자 친구와 만날 약속이 있다고 대답했다. 레이몽은 곧 그 여자 친구도 같이 오라고 말했다. 그 친구의 부인은 남자들 패 가운데 여자라곤 자기 혼자뿐이기 때문에 매우 좋아할 것이라고 말했다.

밖에서 전화가 걸려오는 것을 사장이 좋아하지 않는다는 것을 나는 알고 있었으므로 곧 수화기를 놓으려고 하였었는데, 레이몽은 조금 기다리라고 하더니, 이 초대의 건은 저녁에라도 전할 수 있겠지만, 그보다도 다른 이야기를 하나 말해 두고 싶다고 하였다. 그는 하루 종일 옛날 정부의 오빠도 한몫 낀 아라비아 사람들의 한 패에게 뒤를 밟혔다는 것이었다. 그러면서,

"오늘 저녁 퇴근하는 길에 집 근처에서 그놈들을 보거든, 내게 좀 알려 줘."

하고, 말하는 것이었다. 나는 그러마고 대답하였다.

조금 뒤에 사장이 나를 불렀다. 전화는 삼가고 좀더 열심히 일을 하라는 말이려니 생각하니, 그 순간 불쾌한 생각이 들었다. 그런데 그와는 전혀 다른 이야기였다. 아직 막연하지만 어떤 계획에 대해서 나에게 이야기를 하고 싶다는 말이었다. 그는 다만 그 문제에 관하여 나의 의견을 들을 생각이었다. 파리에 출장소를 설치하여, 현지에서 직접 큰 회사들과의 거래를 할 생각인데, 그리로 갈 생각은 없느냐고 나의 의향을 타진하는 것이었다. 그러면 파리에서 생활할 수 있을 것이고, 1년에 얼마 동안은 여행을 할 수도 있으리라는 것이었다.

"자넨 젊으니까, 그런 생활이 마음에 들 걸세."

나는 그렇기는 하지만, 결국 이러나저러나 내게는 마찬가지라고 대답했다. 사장이 생활의 변화에 흥미를 느끼지 않느냐고 물었지만, 사람이란 결코 생활을 바꿀 수는 없는 노릇이고, 어쨌든 어떤 생활이든지 다 비슷비슷하며, 또 이곳에서의 생활을 조금도 불편하게 생각지 않는다고 대답하였다. 그는 좋아하지 않는 눈치를 보이며 하는 말이, 나는 언제나 빗나가는 대답만 하고, 야심이 없어서 사업에 큰 지장이라는 것이었다. 그래서 나는 일을 하려고 자리로 돌아왔다. 나는 시장의 비위를 거스르고 싶지는 않았으나, 나의 생활을 바꿔야 할 아무런 이유가 없었다. 곰곰 생각해 보면, 나는 불행하진 않았다. 학생 때에는 그런 종류의 야심도 많이 있었지만, 학업을 포기해야 했을 때, 그러한 것이 실제로는 전혀 중요하지 않다는 것을 곧 깨달았던 것이다.

저녁에 마리가 찾아와서, 자기와 결혼할 마음이 있느냐고 물었다. 나는 그건 아무래도 좋지만, 마리가 원한다면 결혼해도 좋다고 말하였다. 그러니까 그녀는 자기를 사랑하는지 어떤지 알고 싶어하였다. 나는 이미 한 번 말했던 것처럼 그건 아무 뜻도 없는 말이지만, 아마 사랑하지는 않는 것 같다고 대답했다.

"그렇다면 왜 나하고 결혼을 하지?"

마리는 말했다. 나는 그런 건 중요하지 않은 것이지만, 그녀가 원한다면 결혼해도 좋다고 설명해 주었다. 게다가 결혼을 요구한 것은 마리 쪽이니까, 나는 승낙하는 것으로 족한 것뿐이다. 그러자 마리는 결혼이란 건 중대한 일이라고 말하였다. 나는 그렇지 않다고 대답하였다. 그녀는 잠시 말없이 나를 쳐다보더니 말을 이었다. 자기와 같은 관계를 맺은 다른 여자가 똑같이 청혼을 했더라도 승낙을 하겠는지 어떤지, 다만 그것만을 그녀는 알고 싶어하였다. 나는 "물론."이라고 대답하였다. 그러자 마리는 자기가 나를 사랑하는지 어떤지를 생각해보는 듯하였으나, 나는 그 점에 관해서는 아무것도 알 길이 없었다. 잠시 또 묵묵히 있다가 그녀는 말했다. 내가 이상한 사람이며, 아마 그것 때문에 자기는 나를 사랑하는 것이겠지만, 바로 그 이유 때문에 내가 싫어질 때가 올지도 모른다고 하였다. 더 할 말이 없어 덤덤히 있노라니, 마리는 웃으면서 나의 팔을 붙들고 결혼하고 싶다고 했다. 나는 언제든지 그녀가 원한다면 곧 결혼을 하자고 대답하였다. 그리고 사장의 제안을 이야기하여 주니까, 마리는 파리에 대해 알고 싶다고 하였다. 나는 잠시 파리에서 살아본 일이 있다고 말했더니, 어떠냐고 묻기에 이렇게 대답했다.

"더러워. 비둘기하고 어두운 안뜰만이 눈에 띄지. 사람들은 모두 피부가 희지."

그리고 나서 우리들은 한길을 택하여 거리를 거닐었다. 여자들이 아름다웠다. 나는 마리에게 그렇게 생각지 않느냐고 물었다. 마리는 그렇다고 대답하고 나의 심정을 이해할 수 있다고 말하였다. 잠시 동안 우리는 아무 말이 없었다. 그래도 그녀가 나와 함께 있어주었으면 싶어서, 셀레스트네 레스토랑에서 저녁을 같이 먹으면 어떻겠느냐고 물었다. 마리는 그러고 싶지만 볼 일이 있다고 했다. 그때 우리는 내 집 근처까지 왔기에 잘 가라고 말했다. 그녀는 나를 쳐다보며 말했다.

"내가 무슨 볼일이 있는지 알고 싶지 않아?"

그것을 알고 싶지 않은 것은 아니지만, 그 생각을 미처 못 했을 뿐이었는데, 마리는 그것을 나무라는 눈치였다. 그러고는 나의 어색한 표정을 보고 다시 웃더니 불쑥 앞으로 다가오며 입술을 나에게로 내밀었다.

나는 셀레스트네 레스토랑에서 저녁을 먹었다. 막 먹기 시작하려는데, 키가 작은 이상한 여자가 들어와서 나의 테이블에 앉아도 좋으냐고 물었다. 물론 앉아도 좋다고, 나는 말했다. 그녀의 몸짓은 서두르는 듯했고, 능금 같은 조그만 얼굴에 눈이 빛나고 있었다. 재킷을 벗고, 열에 들뜬 듯이 메뉴를 살펴보더니, 셀레스트를 불러 곧 명확하고 빠른 목소리로 요리를 단번에 주문하였다. 그러고는 오르되브르를 기다리며 핸드백을 열고 네모진 종이 조각과 연필을 꺼내어 미리 계산을 해보더니 지갑에서 팁까지 덧붙여 정확한 금액을 앞에 내놓았다. 오르되브르가 나오자, 그녀는 서둘러서 먹었다. 다음 요리를 기다리며 또 핸드백에서 푸른 연필과 1주일 동안의 라디오 프로그램이 실려 있는 잡지를 꺼내서, 정성스럽게 하나씩 하나씩 거의 모든 방송에 표시를 하였다. 잡지는 열두어 페이지나 되었으므로, 그녀는 식사를 하는 동안 끝까지 세밀하게 그 일을 계속하였다. 내가 식사를 끝마쳤을 때도 그녀는 여전히 열심히 표시를 하고 있었다. 그러더니 일어서서, 그 자동 인형 같은 몸짓으로 재킷을 입고 나가 버렸다. 별로 할 일이 없었으므로, 나도 밖으로 나가서 여자의 뒤를 잠시 따라갔다. 그녀는 인도 가장자리를 따라 믿을 수 없을 만큼 엄청난 속도와 정확한 걸음으로 옆으로 비키지도 않고 뒤

돌아보지도 않은 채 자기 길을 걸어갔다. 마침내 나는 여자를 시야에서 놓쳐 버렸고 왔던 길을 되돌아왔다. 이상한 여자라는 생각이 들었지만 얼마 안 가 잊어버리고 말았다.

문간에 살라마노 영감이 서 있는 것을 보고 방안으로 들어오게 하였더니, 영감은 개 보호소에 가 봤는데도 없으니, 개는 결국 잃어버리고 만 것이라고 알려 주었다. 개 보호소의 사무원들은 아마 차에 치었을 거라고 말하더라는 것이었다. 경찰서 측에 그런 것을 모르느냐고 물으니까, 매일처럼 있는 일이라 아무 흔적도 남지 않는다고 대답하더라는 것이었다. 나는 살라마노 영감에게 다른 개를 기르면 되지 않으냐고 말했지만, 영감은 그 개와 오랫동안 사귀어 정이 들었다고 말했다. 그건 그럴 법한 일이었다.

나는 침대 위에 웅크리고, 살라마노는 테이블 앞 의자에 앉아 있었다. 노인은 낡은 중절모를 쓴 채 나와 얼굴을 마주하고 두 손을 무릎 위에 놓고 있었다. 누런 수염 밑으로 말마디를 씹어 삼키듯이 중얼거리는 것이었다. 그와 대면하고 있기는 좀 거북했으나, 그렇다고 별로 할 일도 없었고, 졸음도 오지 않았다. 무엇이든지 이야기를 하려고 나는 개에 대해서 물어보았다. 개를 기른 것은 그의 아내가 죽은 뒤부터라고 영감은 대답하였다. 그는 꽤 늦게 결혼하였다. 젊었을 적에는 연극을 하고 싶었다. 군대에 있었을 때는 군대의 '보드빌'에 출연도 하곤 했다는 것이었다. 그러나 결국 철도국에 근무하게 되었는데, 그것을 후회하는 일은 없었다. 왜냐하면 적으나마 연금을 탈 수 있기 때문이었다. 아내와의 관계가 그리 행복하지는 못했으나, 전체적으로 보아 익숙하여 정이 들었던 편이었다.

아내가 세상을 떠났을 때, 그는 외로움을 느꼈다. 그래서 작업장 동료에게 부탁하여 아주 어린 강아지 한 놈을 얻어 왔다. 처음에는 우유를 먹여서 길러야 했다. 그러나 개의 수명은 사람의 수명보다 짧으므로, 그들은 함께 늙고 말았다.

"그놈은 성미가 못돼서 가끔 입에다 망을 씌우곤 했었지요. 그렇지만 좋은 개였어요." 하고 살라마노는 말하였다.

혈통이 좋은 개였다고 내가 말을 하였더니, 살라마노는 만족해하면서, "병에 걸리기 전에 보신 일이 없으시죠? 게다가 털이 정말 아름다웠어요." 하고 덧붙여 말했다.

개가 피부병에 걸린 다음부터는, 매일 아침저녁으로 살라마노는 연고를 발라 주었었다. 그러나 노인의 말에 의하면, 개의 진짜 병은 노쇠(老衰)였기 때문에 고칠 수 없었다고 했다.

그때 내가 하품을 하자, 노인은 가겠노라고 말하였다. 나는 좀더 있어도 괜찮다고 말하고 개가 그렇게 된 것을 딱하게 생각한다고 했더니, 고맙다고 했다. 그리고 어머니가 그 개를 귀여워했었다고 말했다. 어머니의 이야기를 하면서 그는 '가엾은 어머님'이라고 말했다. 어머니가 세상을 떠난 이후로 내가 매우 섭섭할 것이라고 그는 말하였지만, 나는 아무런 대답도 하지 않았다. 그러자 그는 빠른 어조로 어색한 낯을 보이며, 동네에서는 어머니를 양로원에 넣은 탓으로 나를 나쁘게 생각하고 있다는 것을 알고 있지만, 그는 내가 어떤 사람인지 잘 알며, 내가 어머니를 퍽 사랑했었다는 것도 알고 있노라고 말하였다. 왜 그랬는지는 모르겠지만, 나는 그 때문에 내가 악평을 받고 있다는 것은 아직 모르고 있었다. 나에게는 어머니를 돌보아 드릴 만한 돈이 없었으므로, 양로원에 보내 드린 것은 당연한 일이었다고 생각했다고 대답하였다.

"그리고 오래 전부터 어머님은 내게 하실 말씀도 없어서 외롭고 적적해 하시던 걸요."

그러자 그가 말했다.

"그럼요, 양로원에서는 친구라도 생기지요."

그리고 그는 자리에서 일어섰다. 가서 자려는 것이었다. 이제 그의 생활이 변한 것이다. 앞으로 어떻게 하면 좋을지 그는 몰랐다. 그와 알게 된 이후 처음으로 그는 슬그머니 나에게로 손을 내밀었다. 내 손에 그의 피부의 비늘이 느껴졌다. 그는 약간 웃어 보이고, 방을 나서려다가, 말했다.

"오늘밤엔 개들이 제발 짖지 않았으면 좋으련만. 우리 집 개가 아닌가 하는 생각이 늘 들어서요."

일요일은 좀처럼 잠이 깨지 않았다. 마리가 와서 이름을 부르며 흔들어 깨워야만 했다. 우리는 일찍부터 해수욕을 하고 싶어 아침도 먹지 않았다. 나는 속이 텅 빈 것 같고, 머리가 조금 아팠다. 담배를 피워도 맛이 썼다. 마리는 나더러, '초상집에 간 사람 같은 얼굴'을 하고 있다고 놀려 댔다. 마리는 흰 옷을 입고 머리를 풀어 늘어뜨리고 있었다. 예쁘다고 말하니까, 그녀는 기뻐하며 웃었다.

내려오는 길에 우리는 레이몽의 방문을 두드렸다. 레이몽은 곧 내려온다고 대답했다. 길가에 나서자, 피곤하기도 했지만 덧문을 열지 않고 있었던 탓으로, 벌써 가득 퍼진 햇볕에 나는 마치 따귀라도 얻어맞은 것 같았다. 마리는 기뻐서 깡충깡충 뛰며 날씨가 좋다고 몇 번이고 되풀이하여 말했다. 기분이 좀 나아지자, 나는 배가 고픈 것을 깨달았다. 이런 이야기를 마리에게 하니까, 마리는 두 사람의 수영복과 수건만 들어 있는 헝겊 가방을 열어 보았다. 기다리는 수밖에 없었다. 이윽고 레이몽이 그의 방문을 닫는 소리가 들렸다. 그는 푸른 바지와 소매가 짧은 흰 셔츠를 입고 있었다. 게다가 밀짚모자를 쓰고 있어서, 마리는 웃음을 터뜨렸다. 그의 팔은 매우 희었지만 검은 털로 덮여 있었다. 그것이 조금 보기 싫었다. 그는 휘파람을 불면서 내려왔는데, 자못 만족스런 눈치였다. 레이몽은 나에게, "잘 잤나, 친구." 하고 말한 다음 마리를 '마드모아젤'이라고 불렀다.

어제 우리는 경찰서에 함께 가서, 나는 그 여자가 레이몽을 '속였다'고 증언했다. 레이몽은 경고 처분만을 받고 나왔다. 나의 진술을 트집을 잡는 사람은 없었다. 문 앞에서 레이몽과 의논을 하여, 우리는 버스를 타기로 결정하였다. 바닷가는 그다지 멀지는 않았으나, 그렇게 말하면 더 빨리 갈 수 있었기 때문이다. 레이몽은 그의 친구도 우리가 일찍 오는 것을 기뻐하리라고 생각하고 있었다. 막 길을 떠나려던 참이었는데, 갑자기 레이몽이 맞은편을 보라는 시늉을 하였다. 아라비아 사람들 한 패가 담배 가게 진열장에 기대어 서 있었다. 그들은 묵묵히 우리를 바라보고 있었는데, 마치 우리들이 돌이나 죽은 나무처럼 아무것도 아니라는 투였다. 왼편에서 두 번째 녀석이 그놈이라고 레이몽이 말하였는데, 그는 걱정스러운 눈치였다. 그렇지만 그건 이젠 끝나 버린 이야기라고 덧붙였다. 마리는 잘 알아차릴 수 없어서, 무슨 일이 있었느냐고 물었다. 아라비아 사람들이 레이몽에게 원한을 품고 있는 것이라고, 나는 대답하였다. 마리는 곧 출발하기를 원하였다. 레이몽은 몸을 젖히고 서둘러야 하겠다고 말하고는 웃어 버렸다.

우리들은 조금 떨어진 정류장으로 갔다. 아라비아 사람들은 따라오지 않는다고 레이몽이 나에게 알려 주었다. 나는 뒤를 돌아보았다. 그들은 있던 자리에 그냥 서서, 우리들이 떠나온 곳을 여전히 무관심한 태도로 바라보고 있었다. 우리는 버스에 올랐다. 레이몽은 아주 안심한 빛으로 마리에게 줄곧 농담을 하고 있었다. 마리가 마음에 든 눈치였는데, 마리는 거의 아무 대답도 하지 않고, 이따금 웃으면서 레이몽을 쳐다볼 뿐이었다.

우리는 알제 교외에서 내렸다. 바닷가는 정류장에서 멀지 않았다. 그러나 바다를 굽어보며 경사진 조그만 언덕을 지나야 했다. 언덕에는 이미 푸르러진 하늘 바탕 위로 노란 돌들과 하얀 국화들이 뒤덮여 있었다. 마리는 헝겊 가방을 휘둘러 꽃잎을 떨어뜨리는 장난을 하고 있었다.

우리는 푸른빛과 흰빛의 울타리를 둘러싼 작은 별장들이 늘어선 사이를 걸어갔다. 어떤 별장은 베란다까지 타마리스크 나무 속에 파묻히고, 어떤 별장은 바위 가운데 덩그렇게 서 있었다. 언덕 끝에 이르기 전에 벌써 움직이지 않는 바다가 눈앞에 나타나고, 멀리 맑은 물 속에 조는 듯 육중한 육지가 곶[岬]이 되어 뻗어 있는 것이 보였다. 가벼운 모터 소리가 고요한 대기를 거쳐 우리들에게 들려왔다. 저 멀리 조그만 어선 한 척이 반짝이는 바다 가운데로 움직이는 듯 마는 듯 가고 있었다. 마리는 창포(菖蒲)를 몇 송이 꺾었다.

바다로 내려가는 언덕길에서 바라보니, 벌써 바닷가에는 수영하는 사람들이 여럿 있었다.

레이몽의 친구는 해변 기슭의 조그만 나무 별장에 살고 있었다. 집은 바위를 등지고 있었는데, 양쪽 밑을 버티고 있는 기둥들은 물 속에 잠겨 있었다. 레이몽이 우리를 소개했다. 친구는 마송이라는 이름이었는데, 어깨가 딱 벌어진 육중하고 키가 큰 사람으로, 파리 말씨를 쓰는 동그랗고 얌전하게 생긴 조그만 여자와 함께 있었다. 그는 곧 우리들에게 거리낌 없이 터놓고 사귈 것을 권하고, 바로 그 날 아침에 낚아 온 생선 튀김이 있다고 말하였다. 내가 그의 집이 어쩌면 그렇게도 아담하냐고 말하였더니, 그는 토요일과 일요일, 그리고 휴일마다 이 별장에 와서 지낸다고 했다.

"물론 제 아내하고 함께 옵니다."

그의 아내는 마리와 함께 웃고 있었다. 아마 그때 처음으로 나는 마리와 결혼할 것을 진정으로 생각했던 것 같다.

마송이 수영하러 가자고 하였으나, 그의 아내와 레이몽은 가고 싶어 하지 않았다. 우리들 셋이서 바다로 내려가자, 마리는 곧 물 속으로 뛰어들었다. 마송과 나는 잠시 동안 기다렸다. 그는 천천히 말을 했는데, 말끝마다 '그뿐만 아니라' 하고 덧붙이는 버릇이 있었다. 실제로 그의 이야기의 뜻에는 보충하는 뜻이 없을 때에도 그러는 버릇이 있었다. 마리에 관해서는, "아주 그만입니다. 그뿐만 아니라, 매력도 있구요." 하고 말했다. 이윽고 나는 햇볕이 기분 좋게 전신에 스며드는 것을 느끼며 그것에 정신이 팔려서, 그의 말버릇에는 주의를 하지 않게 되었다. 발밑에서 모래가 뜨거워지기 시작했다. 물 속으로 들어가고 싶은 욕망을 좀더 참았다가, 나는 마송에게, "들어가 볼까요?" 하고 말한 다음, 뛰어들어갔다. 마송은 천천히 물 속으로 들어가 발이 땅에 닿지 않게 되어서야 몸을 던졌다. 그는 개구리 헤엄을 쳤으나, 퍽 서툴러서 나는 그를 남겨 두고 마리를 쫓아갔다. 물은 차가웠고, 헤엄을 치니 유쾌하였다. 마리와 함께 멀리 헤엄쳐 갔다. 그리고 우리는 동작과 만족감에 있어 서로 일치함을 느낄 수 있었다.

바다 한가운데로 나가서 우리는 몸을 띄웠다. 하늘로 향한 얼굴 위에서 태양은 입으로 흘러내리는 물의 장막을 걷어 주었다. 우리는 마송이 모래사장에서 햇볕을 쬐려고 눕는 것을 보았다. 그와의 거리는 멀었지만, 그는 큼직하게 보였다. 마리는 나와 함께 헤엄을 치고 싶어 하였다. 나는 뒤로 돌아가 마리의 허리를 붙들고 마리가 팔을 놀려 앞으로 나가는 것을 발을 움직여서 도와주었다. 고요한 아침에 철썩거리는 물소리가 지쳐 버릴 때까지 우리들 곁을 떠나지 않았다. 그래서 나는 마리를 남겨 두고 숨을 크게 쉬면서 규칙적으로 헤엄을 쳐서 돌아왔다. 바닷가로 나와서, 나는 마송 곁에 배를 깔고 엎드려 모래 속에 얼굴을 파묻었다. "참 기분이 좋은데요." 하고 말했더니, 그도 그렇게 생각한다고 말했다. 이윽고 마리가 왔다. 나는 고개를 돌려 마리가 걸어오는 것을 바라보았다. 소금물에 젖은 몸은 미끈거려 보였으며, 머리털을 뒤로 늘어뜨리고 있었다. 마리와 나는 옆구리를 맞대고 누웠는데, 그녀의 체온과 뜨거운 햇볕 때문에 잠이 들었다.

마리가 나를 흔들어 깨우고, 마송은 벌써 집으로 돌아갔는데, 점

심을 먹어야 할 때가 되었다고 말하였다. 나는 시장하였으므로 곧 일어섰다. 그러나 마리는 아침부터 내가 한 번도 키스를 해주지 않았다고 말하였다. 그것은 사실이었다. 나도 키스를 하고 싶기는 했었다.

"물에 들어가요."

마리가 말했다. 우리는 뛰어가서 곧장 물결 속에 몸을 눕혔다. 몇 번 팔을 저어 헤엄쳐 가다가 마리는 나에게로 달라붙었다. 그녀의 다리가 나의 다리에 휘감기는 것을 느끼고, 나는 그녀에 대한 욕정을 느꼈다. 우리들이 돌아오려니까, 마송은 벌써 우리를 부르고 있었다. 배가 고프다고 말하였더니, 마송은 곧 내가 자기의 마음에 들었노라고 그의 아내에게 말하였다. 빵이 맛있었고, 나는 내 몫의 생선을 게걸스레 먹었다. 그러고는 고기와 감자 튀김이 나왔다. 우리는 아무 말 없이 먹었다. 마송은 자주 포도주를 마시고 나에게도 줄곧 따라 주었다. 커피를 가져 왔을 때는 머리가 좀 무거워서 나는 담배를 많이 피웠다. 마송과 레이몽, 그리고 나는 공동 비용으로 8월에 함께 해변에서 지낼 것을 의논하였다. 갑자기 마리가 말했다.

"지금 몇 시인지 아세요? 11시 반이에요."

우리들은 모두 놀랐다. 그러나 마송은 점심을 너무 일찍 먹기는 했지만, 배가 고플 때가 결국 식사시간이니까 별로 이상할 것은 없다고 말했다. 그 말을 들은 마리가 왜 웃었는지 나는 모르겠다. 아마 포도주를 좀 지나치게 마신 탓이었을 것이다. 그러자 마송이 함께 바닷가를 산책하지 않겠느냐고 나에게 물었다.

"제 아내는 점심을 먹은 뒤엔 반드시 낮잠을 자는데, 나는 그것이 싫어요. 난 걸어야 합니다. 건강에는 걷는 것이 좋다고 늘 말하지만, 어쨌든 자기가 하고 싶은 대로 할 수밖에 없지요."

마리는 마송 부인을 거들어서 설거지를 하기 위해 남아 있겠노라고 말하였다. 그러자면 남자들을 밖으로 내보내야 한다고 키가 작은 마송 부인이 말했다. 우리는 셋이서 바닷가로 내려갔다.

햇볕은 거의 수직으로 모래 위에 쏟아져 내려 바다 위에 반사하는 그 빛은 견디기 어려울 지경이었다. 바닷가에는 아무도 없었다. 언덕을 따라 바다 위로 솟은 작은 별장들 안에서 접시며, 포크, 스푼들이 덜그럭거리는 소리가 들려 오고 있었다. 땅에 깔린 돌에서 올라오는 그 더위 속에서는 숨조차 쉬기 어려웠다. 처음 레이몽과 마송은 내가 알지 못하는 일과 사람들의 이야기를 하였다. 그들이 오래 전부터 아는 사이라는 것과 한때 그들은 같이 산 일도 있었다는 사실을 나는 알았다.

우리들은 물가로 가서 바다를 끼고 걸었다. 때때로 잔물결이 길게 밀려와서 우리들의 헝겊 신발을 적셨다. 나는 모자를 쓰지 않은 머리 위로 내리쬐는 태양 때문에 반쯤 졸고 있었으므로, 아무것도 생각할 수 없었다.

그때 레이몽이 마송에게 무엇인지 말했지만, 나는 듣지 못했다. 그러나 그와 동시에 나는 바닷가 저편 끝 멀리서 푸른 화부(火夫) 작업복을 입은 아라비아 사람 들이 우리들에게로 걸어오고 있는 것을 보았다.

레이몽을 쳐다보았더니 그는, "그 자식이야." 하고 말했다. 우리들은 걸음을 멈추지 않았다. 마송은 그들이 어떻게 여기까지 우리를 따라올 수 있었는지 이상하게 여겼다.

우리들이 해수욕 가방을 가지고 버스를 타는 것을 그들이 보았던 것이라고 나는 생각하였으나, 아무 말도 하지 않았다.

아라비아 사람들은 천천히 걸어오고 있었는데, 벌써 상당히 거리가 가까워졌다. 우리들은 속도를 늦추지 않았다.

"싸움이 벌어지면 마송, 자넨 두 번째 녀석을 붙들게. 저 녀석은 내가 맡을게. 뫼르송, 자네는 또 다른 놈이 오면 맡게."

레이몽이 말했다.

"그러지."

나는 말했다. 마송은 두 손을 주머니 속에 넣었다. 뜨겁게 달아오른 모래가 나에게는 빨갛게 보였다. 우리는 일정한 걸음으로 아라비아 사람들에게로 걸어갔다. 그들과 우리들 사이의 거리는 점점 줄어들었다. 몇 걸음 되지 않는 간격을 두고 서로 가까웠을 때, 아라비아 사람들이 멈춰 섰다. 마송과 나는 걸음을 늦추었다. 레이몽은 바로 그가 맡은 녀석에게로 갔다.

나는 그가 뭐라고 했는지 못 들었으나, 아라비아 녀석이 머리로 받는 시늉을 하였다. 그러자 레이몽은 먼저 한 대 때려 놓고 마송을 불렀다. 마송은 미리 지목했던 녀석에게로 가서 힘껏 두 번 후려갈겼다. 상대편 녀석은 얼굴을 바닥에 틀어박고 물 속에 나동그라졌다. 그러고는 잠시 그대로 있었는데, 머리께부터 거품이 물 위로 뽀글거리고 있었다. 레이몽이 또 때렸기 때문에, 상대방 녀석은 얼굴이 온통 피투성이가 되었다. 레이몽은 나에게로 고개를 돌리고, 말했다.

"자식, 꼬락서니 좀 봐."

"조심해, 그놈 단도를 가졌어!"

내가 이렇게 외쳤으나, 레이몽은 이미 팔을 찔리고 입을 찢겼다. 마송이 앞으로 뛰어나갔으나, 또 다른 아라비아 사람도 일어나서 무기를 가진 녀석 뒤로 가서 섰다.

우리들은 움직이지 않았다. 그들은 우리에게서 눈을 돌리지 않고 단도로 위협을 하면서 천천히 뒷걸음질쳐서 충분한 거리가 되었다고 생각하자, 부리나케 달아나 버렸다. 그 동안 우리들은 햇살 아래 못 박힌 듯 우두커니 서 있었고, 레이몽은 피가 흐르는 팔을 움켜쥐고 있었다.

마송은 곧 일요일마다 언덕 별장으로 와서 지내는 의사가 있다고 말하였다. 레이몽은 즉시로 가자고 하였으나, 이야기를 할 때마다 상처에서 흐르는 피가 입 속에서 거품처럼 뿜어 나왔다. 우리는 그를 부축하여 급히 별장으로 돌아왔다. 거기서 레이몽이, 상처는 가벼우니까 의사에게 갈 수 있다고 말했다. 그는 마송과 함께 가기로 하고, 나는 남아서 여자들에게 사건 이야기를 해 주었다. 마송 부인은 울고 있었고, 마리는 파랗게 질려 있었다. 나는 그녀에게 설명을 하는 게 귀찮아져서 이야기를 끊어 버리고 담배를 피우면서 바다를 바라보았다.

1시쯤에 레이몽이 마송과 함께 돌아왔다. 그는 팔에 붕대를 감고, 입가에는 반창고를 붙이고 있었다. 의사는 대수롭지 않다고 하였으나, 레이몽은 침울한 낯을 하고 있었다. 마송이 웃기려고 애를 써 봤지만, 레이몽은 여전히 말이 없었다. 바닷가로 내려간다고 하기에 어디로 가느냐고 물었더니, 바람을 쐬고 싶다고 대답하였다. 마송과 나도 함께 가겠다고 했더니 레이몽이 화를 내며 우리들에게 욕지거리를 퍼부었다. 마송은 그의 비위를 건드리지 말아야 한다고 잘라서 말했지만, 나는 그래도 그의 뒤를 따랐다.

우리들은 오랫동안 해변을 걸었다. 지금 태양은 찍어 누르는 듯하였다. 햇빛은 모래와 바다 위에 부서져 반짝이고 있었다. 나는 레이몽이 가는 곳을 알고 있는 것 같은 생각이 들었지만, 아마 꼭 그렇지 않았을지도 모른다.

바닷가 끝까지 가서, 우리는 마침내 커다란 바위 뒤에서 바다로 향하여 모래사장 위를 흐르고 있는 조그만 샘가에 이르렀다. 거기서 우리는 그 아라비아 사람들을 다시 만났다. 그들은 기름기가 밴 작업복을 입고 누워 있었다. 마음이 거의 가라앉은 듯 아주 태연스러운 얼굴이었다.

레이몽을 찌른 녀석도 아무 말 없이 레이몽을 바라보고 있었다. 또 한 녀석은 작은 갈대 피리를 불고 있었는데, 곁눈으로 우리를 바라보며 그 악기로 낼 수 있는 세 가지 소리를 되풀이했다.

그 동안 거기엔 다만 햇볕과 침묵 그리고 졸졸 흐르는 샘물 소리와 피리의 세 가지 음향이 들릴 뿐이었다. 그러더니 레이몽이 주머니의 권총에 손을 댔으나, 상대편은 움직이지 않고 둘은 서로 마주보고 있었다. 나는 피리를 불고 있는 녀석의 발가락이 몹시 벌어진 것을 보았다.

레이몽은 상대편에게서 눈을 떼지 않고, "쏘아 버릴까?" 하고 물었다. 그만두라고 하면, 그는 제풀에 화를 내어 기어코 쏘고야 말

것이라고 나는 생각하였으므로, 다만 "저 녀석은 아직 아무 말도 없는데, 이대로 쏘아 버린다는 건 비겁한걸." 하고 말했을 뿐이다. 침묵과 무더운 햇볕 가운데 여전히 물과 피리의 작은 소리가 들렸다.

이윽고 레이몽이 말했다.

"그럼 저 녀석에게 욕을 해줘야겠군. 대답하면 쏘지."

"그래, 하지만 녀석이 단도를 뽑지 않으면 쏠 수는 없겠지!"

나는 대답했다.

레이몽은 좀 화를 내기 시작했는데, 상대편은 여전히 피리를 불고 있었고, 둘이 다 레이몽의 거동을 일일이 살피고 있었다.

"쏴선 안 돼. 사나이답게 1대 1로 맞서. 그리고 그 권총은 이리 줘. 만약에 다른 녀석이 뛰어들든지, 저 녀석이 단도를 뽑든지 하면, 내가 쏘아 버릴 테니까."

레이몽이 권총을 나에게 주었을 때, 그 위로 햇빛이 반사하여 번쩍거렸다. 그러나 우리들은 마치 모든 것이 우리들의 주위를 돌려 막은 듯이 그대로 움직이지 않고 있었다. 우리들은 눈을 내리깔지 않고 서로 마주 노려보고 있었으며, 여기에서는 모든 것이 바다와 모래와 태양, 피리 소리와 물소리로 인해 더욱 두드러진 이중의 침묵 가운데 머무르고 있었다. 그 순간, 나는 권총을 쏠 수도 있고 쏘지 않을 수도 있었지만, 쏘아도 좋고 쏘지 않아도 좋을 것이라고 생각하였다. 그러나 갑자기 아라비아 사람들이 뒷걸음질을 치며 바위 뒤로 달아나 버렸다.

레이몽과 나는 갔던 길을 되돌아왔다. 레이몽은 기분이 좀 가라앉은 듯, 집으로 돌아갈 버스 이야기를 하였다.

나는 별장까지 그와 함께 갔다. 그리하여 레이몽이 나무 층계를 올라가는 동안 첫 계단 앞에 서 있었다. 햇볕으로 머리가 어지러운 데다가 그 나무 층계를 올라가야 하며, 다시 여자들과 대면해야 할 것을 생각하니 맥이 풀렸던 것이다. 그러나 더위가 너무 심했으므로, 하늘에서 쏟아지는 눈부신 햇살을 맞으며 우두커니 서 있기도 괴로운 일이었다. 여기 있거나 어디로 나가거나 결국 마찬가지였다.

잠시 뒤에, 나는 바닷가로 돌아서서 걷기 시작하였다.

아까와 다름없이 모든 것이 붉게 어른거리고 있었다. 모래 위에서 바다는 잔물결로 숨이 막혀 급히 숨결로 허덕이고 있었다. 나는 천천히 바위들이 있는 곳으로 걸어가고 있었는데, 햇볕에 쬐어 머리가 부푼 것 같았다.

더위 전체가 내 위로 몰려와 걸음을 막았다. 그리하여 얼굴 위에 무더운 바람이 와 닿을 때마다 이를 악물고, 주머니 속의 주먹을 움켜쥐고, 태양과 태양이 쏟아놓은 짙은 취기(醉氣)를 견디어 내려고 있는 힘을 다하여 몸을 버티었다. 모래나 흰 조개껍질이나 유리 조각에서 빛이 칼날처럼 번쩍거릴 때마다 턱이 움찔하였다. 나는 오랫동안 걸었다.

햇볕과 바다의 수분으로 눈부신 후광(後光)에 둘러싸인 거무스름한 바위 덩어리가 조그맣게 멀리 바라다보였다.

나는 바위 뒤의 서늘한 샘을 생각했다. 나는 물의 속삭임을 다시 듣고 싶었고, 태양과 더위와 싸우는 노력과 여자의 울음소리를 피하고 있었으며, 그리고 그늘과 휴식을 그곳에서 찾고 싶었다. 그러나 가까이 갔을 때, 레이몽과 싸운 녀석이 다시 돌아와 있는 것을 보았다.

그는 혼자였다. 반듯이 드러누워 있었는데, 두 손을 목 밑에 괴고, 얼굴만 바위 그늘 속에 넣고 온몸에 햇볕을 받고 있었다. 푸른 작업복이 더위 속에서 김을 올리고 있었다. 나는 조금 당황했다. 나로서는 그 사건은 이미 끝난 것으로 믿었으므로, 그 일은 생각지도 않고 이리로 왔던 것이었다.

그는 나를 보자, 몸을 조금 위로 일으키고 주머니에 손을 넣었다. 물론 나도 웃옷 속에 들어 있던 레이몽의 권총을 움켜쥐었다. 그러더니 그는 다시 몸을 젖혀 누워 버렸으나, 주머니에서 손을 빼지는 않았다.

나는 그에게서 퍽 멀리, 한 10여 m쯤 떨어져 있었다. 반쯤 감은 눈꺼풀 사이로 이따금 그의 시선이 새어 나오는 것을 짐작할 수 있었다. 그러나 쉴 새 없이 그의 모습은 타는 듯한 대기 속에서, 나의 눈앞에서 어른거리고 있었다.

물소리는 정오보다도 더욱 느리고 가라앉아 있었다. 그때나 지금이나 다름없는 모래 위에 태양, 또는 빛이 그대로 여기에도 연장되고 있었다. 벌써 2시간 전부터 낮[晝]은 걸음을 멈추고, 끓는 금속 같은 바닷속에 닻을 던졌던 것이다. 수평선 위로 조그만 증기선이 지나갔다. 내가 그것을 검은 얼룩처럼 느낀 것은 아라비아 사람들로부터 눈을 떼지 않고 있었기 때문이다.

내가 뒤로 돌아서기만 하면 그것으로 아무 일도 없을 것이라고 생각되었으나, 햇볕에 떠는 해변이 내 뒤를 압박하고 있었다. 나는 샘으로 향하여 몇 걸음 나섰다. 아라비아 사람은 움직이지 않았다.

그는 그래도 아직 내게서 꽤 멀리 떨어져 있었던 것이다. 아마도 얼굴 위에 덮인 그늘 탓이었던지 웃는 듯하였다.

나는 기다렸다. 뜨거운 햇볕에 뺨이 타고 땀방울이 눈썹에 맺히는 것을 느꼈다. 그것은 어머니의 장례식을 치른 그날과 똑같은 태양이었다. 그날처럼 특히 머리가 아프고, 이마의 모든 핏줄이 피부 밑에서 한꺼번에 뛰고 있었다.

그 햇볕의 뜨거움을 견디지 못하여 나는 한 걸음 앞으로 나섰다. 나는 그것이 어리석은 짓이며, 한 걸음 옮겨 놓는다고 해서 태양으로부터 벗어날 수 없다는 것을 알고 있었다. 그러자 이번에는 아라비아 사람이 몸을 일으키지는 않고 단도를 뽑아서 태양에 비춰 나에게로 겨누었다. 빛이 강철 위에 반사하자, 번쩍거리는 길쭉한 칼날이 나의 이마에 와서 부딪치는 것 같았다. 그와 동시에 눈썹에 맺혔던 땀이 한꺼번에 눈꺼풀 위로 흘러내려 미지근하고 두터운 베일로 눈을 덮었다. 이 눈물과 소금의 커튼에 가리워져서 나의 눈은 보이지 않았다. 다만 이마 위에 울리는 태양의 심벌즈 소리와 여전히 내 앞에서 번쩍이는 단도로부터 튕겨 나오는 눈부신 빛의 칼날을 느낄 수 있을 뿐이었다. 그 불타는 검(劍)은 나의 속눈썹을 자르고 고통스러운 눈을 파헤치는 것이었다. 모든 것이 동요한 것은 바로 그때였다.

바다는 두텁고 뜨거운 바람을 실어 왔다. 하늘은 활짝 열리며 불을 쏟는 듯하였다. 나의 모든 존재가 긴장했고, 나는 권총을 움켜쥐었다. 방아쇠가 밀려나고, 나는 총신(銃身)의 반짝이는 배를 만졌다. 그리하여 메마르고 귀가 멍멍해지는 굉음(轟音)과 함께 모든 것이 시작되었던 것이다. 나는 땀과 태양을 떨쳐 버렸다. 한낮의 균형과 내가 행복을 느끼고 있던 바닷가의 특이한 침묵을 파괴해 버린 것을 느꼈다. 이어서 나는 그 움직이지 않는 몸뚱이에 다시 네 방을 쏘았다. 총탄은 깊이 보이지도 않게 들어박혔다. 그것은 마치 내가 불행의 문을 두드린 네 번의 짧은 소리와도 같았다.

제 2 부

1

체포되자, 곧 나는 여러 번 심문을 받았다. 그러나 그것은 신원 확인을 위한 심문이어서 오래 계속되지는 않았다. 처음에 경찰서에서는 나의 사건에 아무도 흥미를 느끼는 것 같지 않았다. 그런데 1주일 뒤, 예심판사는 나를 유심히 바라보았다. 그러나 처음에는 다만 나의 이름과 주소, 직업, 생년월일과 출생지를 물었을 따름이었다. 그러고는 내가 변호사를 택했는지 알고 싶어하였다. 나는 택하지 않았다고 말하고, 변호사를 반드시 세워야만 하느냐고 물었다.

"왜 그러시죠?"

그는 말했다. 이 사건은 매우 간단한 것으로 생각한다고, 나는 대답했다. 그는 웃으면서 이렇게 말했다.

"그것도 하나의 의견이겠지요. 그러나 법이라는 게 있어요. 당신이 변호사를 택하지 않으면, 우리들이 직무에 따라 선정(選定)할 것입니다."

법 제도가 그러한 자질구레한 일까지 해주는 것은 매우 편리하다고 생각했다. 그러한 말을 판사에게 하니까, 그는 동의를 표하고, 법률은 참으로 잘 되어 있는 것이라고 결론을 내렸다.

나는 처음엔 그를 탐탁하게 생각하지 않았었다. 그는 커튼을 둘러친 방에서 나를 맞았다. 그의 테이블 위에 등불이 하나 놓여 있었는데, 그것은 내가 앉은 안락의자만을 비추었을 뿐, 그는 어둠 속에 앉아 있었다. 그러한 묘사를 이전에 나는 책에서 읽은 일이 있었고, 모두가 어린아이 장난 같았다.

이야기가 끝난 뒤에 그를 살펴보았다. 섬세한 얼굴 모습에 푸른 눈은 깊숙이 들어가 있었고, 키가 크고 회색 수염을 길게 기르고 숱이 많은 머리털은 거의 백발에 가까운 것을 알 수 있었다. 그는 지각이 있어 보였고, 입을 비트는 신경질적인 버릇이 있기는 하였으나, 따져 보면 결국 호감을 가질 수 있을 것 같았다. 방을 나서면서 나는 그에게 손을 내밀려고까지 하였다. 그러나 그 순간 내가 사람을 죽였다는 사실을 상기했다.

이튿날, 변호사 한 사람이 형무소로 찾아왔다. 키가 작고 뚱뚱한 남자였는데, 나이는 매우 젊고 머리털을 정성스럽게 빗어 붙였다. 날씨가 더웠음에도 불구하고 (나는 셔츠바람이었다) 어두운 빛깔의 옷을 입고, 빳빳한 칼라에 검고 흰 줄무늬가 있는 이상한 넥타이를 매고 있었다. 겨드랑이에 끼고 들어온 가방을 내 침대 위에 놓고 나서, 자기 소개를 한 후 내 서류를 검토해 보았다고 말하였다. 이 사건은 어렵긴 하지만, 내가 그를 신뢰한다면 재판에 이길 것을 의심치 않는다는 것이었다. 내가 고맙다고 하니까, 그는 "문제의 요점으로 들어갑시다." 하고 말했다.

그는 침대 위에 앉은 다음, 나의 사생활에 관하여 여러 가지로 정보를 수집하였노라고 설명하였다. 최근 양로원에서 어머니가 사망한 사실을 알게 되어서, 마랑고에 수사를 하러 갔었다는 것과, 어머니의 장례식 날 내가 '냉정한 태도를 보였다'는 사실을 예심판사가 알았다는 것이었다.

"당신에게 이런 것을 묻는 것은 거북한 일이지만, 이건 매우 중요합니다. 그리고 만약 내가 거기에 답변할 수 없다면, 그것은 기소(起訴)의 중대한 논거가 될 것입니다."

변호사는 이렇게 말하고 내가 그에게 협력하여 줄 것을 요구했다. 그날 슬프더냐고 그는 나에게 물었다. 이 질문은 나를 몹시 놀라게 하였다. 만약에 내가 그런 질문을 해야만 할 처지라면 나는 매우 어색했을 것이라고 생각했다. 그러나 나는 자문해 보는 습관을 좀 잃어버려서 정확하게 설명할 수는 없다고 대답했다. 물론 나는 어머니를 사랑하였으나, 그러나 그런 것은 아무 의미도 없다. 건강한 사람은 누구나 다소간 사랑하는 사람들의 죽음을 바라는 일이 있는 법이다. 그러자 변호사는 내 말을 가로막고 매우 흥분한 듯이 보였다. 그는 그러한 말은 법정에서나 예심판사의 방에서는 하지 않겠다는 약속을 나에게 시켰다. 그러나 나에게는 육체적 요구가 흔히 감정을 방해하는 성질이 있다고 그에게 설명해 주었다. 어머니의 장례식이 있었던 날, 나는 매우 피곤해서 졸음이 왔다. 그렇기 때문에 그날 무슨 일이 있었는지 잘 알 수가 없었다. 내가 확실히 말할 수 있는 것은 어머니가 죽지 않았더라면 좋았을 것이라는 사실이었다. 그러나 변호사는 불만스런 눈치였다.

"그것으로는 충분하지 못합니다."

변호사는 나에게 말했다.

잠시 생각을 하더니, 그는 그날 내가 자연적 감정을 억제하였다고 말할 수 있으냐고 물었다.

"그건 사실이라고 할 수 없습니다."

나는 대답하였다. 그는 내가 그에게 약간 혐오감을 느끼게 한 듯이 이상한 눈초리로 나를 바라보며 모질게 말했다.

"어쨌든 양로원의 원장과 사무원들은 증인으로서 심문을 받을 것이오. 그러면 당신에게 퍽 불리한 결과가 될지도 모릅니다."

그런 이야기는 내 사건과 아무 관계도 없다는 것을 나는 지적하였으나, 그는 다만 내가 재판과 관계를 가져 본 적이 없다는 것은 그만하면 뻔히 알 수 있겠다고만 대답하였다.

그는 화가 난 태도로 나가 버렸다. 나는 그를 좀더 머물게 하고, 그의 호감을 얻고 싶다는 것, 그런데 그것은 더 잘 변호해 주기를 바라서가 아니라, 이를테면 자연히 그렇게 하고 싶은 생각이 들어서라는 것을 설명하고 싶었다. 무엇보다도 내가 그의 처지를 어색하게 만들고 있다는 것을 알 수 있었다. 그는 나를 이해하지 못하고, 좀 유감을 가지고 있었다. 나는 내가 다른 사람들과 똑같은 것, 완전히 그들과 똑같다는 것을 그에게 말하고 싶었다. 그러나 그러한 모든 것은 결국 별로 효과도 없는 일이고, 또 나는 게을러서 단념하고 말았다.

조금 뒤에, 다시 예심판사 앞으로 안내되었다. 오후 2시였는데, 이번에는 그의 사무실은 엷은 커튼을 뚫고 새어드는 빛으로 가득 차 있었다. 매우 무더웠다. 그는 나를 앉힌 다음, 퍽 정중하게 나의 변호사는 '사고가 생겨서' 오지 못하였다고 말해 주었다. 그러나 나로서는 그의 심문에 대답하지 않고, 변호사의 도움을 기다리는 권리를 갖고 있다는 것이었다. 혼자라서 대답할 수 있다고 말하였더니, 그는 책상 위의 벨을 눌렀다. 젊은 서기가 와서 나의 바로 등 뒤에 자리를 잡고 앉았다.

　우리들은 둘 다 안락의자에 폭 파묻혀 있었다. 그리고는 심문이 시작되었다. 판사는 먼저 사람들은 내가 말이 적고 틀어박혀 있으려는 성격을 가졌다고 하는데 어떻게 생각하느냐고 물었다.

　"나는 별로 할 말이 없습니다. 그래서 말을 안 합니다."

　나는 대답했다. 그는 첫 심문 때처럼 빙그레 웃으면서, 그것 참 지당한 이유라고 말한 다음, 이렇게 덧붙였다.

　"그리고 그건 대수롭지 않은 일입니다."

　그는 이야기를 끊고 나를 보고 있더니, 이윽고 갑자기 어깨를 으쓱하면서, 빠른 어조로 말하였다.

　"내가 알고 싶은 것은 당신입니다."

　나는 그가 무슨 말을 하는 것인지 잘 알 수 없었으므로, 아무 대답도 하지 않았다. 그는 이어서 말했다.

　"당신의 행동에는 나로선 이해하기 곤란한 점들이 있는데, 그것을 이해할 수 있도록 당신이 도와주리라고 확신합니다."

　나는 모두 지극히 간단한 일들뿐이라고 대답했다. 그날의 사건을 이야기하도록 판사는 재촉했다. 나는 벌써 그에게 한 번 이야기한 것을 다시 요약하여 되풀이하였다. 레이몽, 바닷가, 해수욕, 싸움, 다시 바닷가, 조그만 샘, 태양, 다섯 방의 권총, 한 마디 할 때마다 그는 "네. 네." 하고 말했다. 쓰러진 시체에까지 이야기가 미치자, 그는 "좋습니다." 하면서 나의 이야기를 확인했다. 나는 그처럼 같은 이야기를 되풀이하는 것에 지쳤고, 그렇게 이야기를 많이 한 적은 여태껏 없었던 것처럼 생각되었다.

잠시 동안 아무 말이 없다가 그는 일어서서 나를 도와주겠다고 하면서, 내가 퍽 재미있는 사람이라고, 하나님의 도움을 얻어 나를 위하여 무슨 일을 해줄 수 있을 것이라고 말하였다. 그러나 먼저 그는 나에게 몇 가지 더 질문을 하고 싶어 했다. 그러더니 다짜고짜로 어머니를 사랑했느냐고 물었다.

"네. 다른 사람들이나 마찬가지로 사랑했습니다."

그러자 그때까지 규칙적으로 타이프를 치고 있던 서기가 키를 잘못 짚었던지 당황해 하더니 다시 고쳤다. 여전히 확연한 논리도 없이, 판사는 이번엔 다섯 방 연달아서 권총을 쏘았느냐고 물었다. 나는 잠시 생각을 하고 나서, 처음 한 방 쏘고, 후에 다시 네 방을 쏘았다고 설명했다.

"첫째 번과 둘째 번 사이에 왜 기다렸습니까?"

판사가 물었다. 다시 한 번 붉은 바닷가가 눈앞에 떠올랐고 뜨거운 햇볕을 이마 위에 느꼈다. 그러나 나는 아무 대답도 하지 않았다. 그 뒤에 침묵이 계속되는 동안 판사는 흥분한 눈치였다. 의자에 걸터앉아 머리털을 벅벅 긁고 책상 위에 팔꿈치를 괸 다음, 야릇한 표정으로 나에게 약간 몸을 굽혔다.

"왜, 당신은 땅에 쓰러진 시체를 쏘았습니까?"

그 물음에도 나는 대답할 수가 없었다. 판사는 두 손으로 이마를 짚고 목소리조차 약간 변하여 되물었다.

"왜 그랬습니까? 그것을 말해 줘야 합니다. 왜 그랬습니까?"

나는 여전히 말을 하지 않고 있었다.

갑자기, 그는 일어서서 사무실 한 끝으로 성큼성큼 걸어가더니,

서류함의 서랍을 열었다. 거기서 은으로 만든 십자가를 꺼내 가지고, 그것을 휘두르며 나에게로 돌아왔다. 그러고는 여느 때와는 아주 다른, 거의 떨리는 목소리로 외쳤다.

"당신은 이것을, 이 사람을 압니까?"

"물론 압니다."

나는 말했다. 그러자 그는 흥분하여 빠른 어조로 자기는 하나님을 믿는다는 것과 하나님이 용서하지 않을 만큼 죄가 많은 사람은 하나도 없지만, 용서를 받으려면 우선 뉘우치는 마음으로 영혼이 비어 있는 어린아이처럼 되어 모든 것을 받아들일 준비를 하지 않으면 안 된다는 그의 신념을 말하였다. 그는 온몸을 책상 너머로 기울이고 십자가를 내 머리 위에서 휘두르다시피 하고 있었다. 사실을 말하자면, 나는 그의 이론을 따르기가 매우 어려웠다. 첫째로 나는 몹시 더웠고, 그의 사무실에 있는 큼직한 파리들이 내 얼굴에 달라붙었기 때문이고, 또 그의 태도에 좀 겁이 나기도 했기 때문이다. 그와 동시에 나는 판사가 하는 짓이 우스웠다. 왜냐하면 결국 죄를 지은 사람은 나였기 때문이다. 그러나 그는 그의 이야기를 계속하였다. 내가 대강 알아들은 바에 의하면, 그의 의견으로는 나의 고백에 오직 한 가지 모호한 점이 있다는 것이다. 즉 두 번째 총알을 쏘기 전에 기다렸다는 점이 그에게는 이해되지 않았다. 그 밖의 다른 것들은 알겠다는 것이었다.

그가 고집을 부리는 것은 잘못이고, 그 점은 그다지 중요하지 않다고 나는 그에게 말할까 생각했다. 그러나 그는 나의 말을 가로막고, 다시 한 번 몸을 일으켜 하나님을 믿느냐고 물으면서 훈계를 하였다. 나는 믿지 않는다고 대답했다. 그는 분연히 앉아 버렸다. 그럴 수는 없다고 하며, 누구나 비록 하나님의 얼굴을 보지 않고 외면하는 사람일지라도 하나님을 믿는 법이라고 말하였다. 그것이 그의 신념이요, 만약 그것을 의심해야 한다면 그의 생애는 무의미해지고 말 것이라는 것이었다.

"나의 생애가 무의미하게 되기를 당신은 바랍니까?"

그는 외쳤다. 내 생각으로는 그것은 나와는 아무 관계도 없는 일이어서, 그에게 그렇다고 말했다. 그러나 책상 너머로 그는 벌써 그리스도의 십자가를 나의 눈 밑으로 내밀고 터무니없는 말투로 소리를 질렀다.

"나는 크리스천이야. 나는 이분에게 네가 지은 죄의 용서를 구하고 있어. 어째서 자네는 그리스도가 자네를 위해 괴로움을 당하셨다는 것을 믿지 않는단 말인가?"

나는 그가 나에게 반말을 쓰는 것을 알아차렸다. 그러나 나는 이제는 진절머리가 났다. 더위는 더욱 심해졌다. 별로 이야기를 듣고 싶지도 않은 사람으로부터 벗어나고 싶을 때 내가 늘 하는 것처럼, 나는 그의 말을 수긍하는 체했다. 그랬더니 놀랍게도 그는 승리한 듯이 말했다.

"그것 봐. 자네도 믿잖아? 하나님께 마음을 바치겠지?"

물론 나는 다시 한 번 아니라고 하였다. 그는 다시금 안락의자 위에 주저앉고 말았다.

그는 매우 피곤한 모양이었다. 잠시 그는 아무 말도 없었으나, 그 동안에도 타이프는 우리들의 대화를 따라 마지막 이야기를 계속하여 치고 있었다.

　그는 조금 슬픈 표정으로 나를 물끄러미 바라보고 나서 중얼거렸다.

　"당신처럼 고집 센 사람은 처음 봅니다. 내 앞으로 온 범인들은 이 고뇌의 형상을 보고는 모두 울었어요."

　나는 그것은 바로 그들이 범인이었으니까 그렇다고 대답하려 하였다. 그러나 나도 그들과 같은 사람이라는 것을 생각했다. 그것은 나로서는 믿을 수 없는 생각이었다. 그때, 판사가 일어섰다. 그것은 심문이 끝났다는 뜻인 것 같았다. 그는 여전히 좀 피곤한 표정으로 내가 한 일을 후회하고 있느냐고 물었다. 나는 생각을 좀 하고 나서 후회라기보다는 차라리 일종의 귀찮음을 느낀다고 대답했다. 나는 그가 나를 이해하지 못하는 듯한 인상을 받았다. 그날은 그것으로 그치고, 이야기는 더 진행되지 않았다.

　그 뒤, 나는 여러 번 예심판사를 만났다. 만날 때마다 나는 변호사와 같이 있었다. 이야기는 다만 나로 하여금 먼젓번에 한 나의 진술의 어떤 점을 좀더 자세히 말하게 하는 정도에 그쳤다. 그렇지 않으면, 판사는 나의 변호사와 직무에 대한 토론을 하였다. 그러나 실상 그때마다 그들은 조금도 나에게 흥미가 없었다. 어쨌든 차츰차츰 심문의 방식이 달라졌다. 판사는 이미 나에게는 관심이 없는 것 같았고, 그는 이를테면 내 사건의 성격을 규정지어 버린 모양이었다. 그는 다시는 나에게 하나님의 이야기를 하지 않았으며, 먼젓번처럼 흥분한 그를 다시 볼 수도 없었다. 그 결과 우리들의 대화는 점점 친밀하여졌다. 몇몇 질문이 있고, 나의 변호사와 좀 이야기를 하고 나면 심문은 끝나곤 했다. 나의 사건은 판사 자신의 말에 의하면, 착착 진척되어 가고 있었다.

어떤 때는 대화가 일반적인 성질을 띠게 되면, 나도 거기에 한몫 끼곤 하였다. 나는 그제야 숨을 쉴 수 있었다. 그런 때에는 아무도 나에게 심하게 굴지 않았기 때문이다. 모든 것이 자연스럽고 규칙적이고 침착하게 진행되어, 나는 '가족들 사이에 끼어 있는 것 같은' 어처구니 없는 인상을 받았다. 그리하여 11개월 동안이나 계속된 예심을 치르고 나서, 나는 이따금 판사가 그의 방문까지 나를 배웅하고 어깨를 두드리며, "오늘은 끝났습니다. 반(反) 크리스천 양반." 하고 다정스럽게 이야기하여 주던 그 순간을 무엇보다도 즐겼었다는 사실에 스스로 놀라지 않을 수 없었다. 판사가 방문을 나서면, 나는 다시 간수의 손에 맡겨졌다.

2

이야기하고 싶지 않았던 일들도 있다. 형무소로 들어왔을 때, 나는 나의 생애의 그 시기를 이야기하고 싶지 않으리라는 것을 깨달았다.

그 뒤, 그러한 혐오감은 대수롭지 않게 생각되었다. 사실 처음에는 형무소에 있는 것이 실감나지 않았다. 나는 막연히 무언가 새로운 사건이 일어날 것을 기다리고 있었다. 모든 것이 시작된 것은 다만 마리의 최초의, 그리고 단 한 번의 방문을 받은 다음부터였다.

마리의 편지를 받은 날부터(나의 아내가 아니라고 해서 이제는 면회를 허가하지 않는다고, 마리는 말하고 있었다), 그날부터 나는 감방이 내 집이고, 내 생활은 그 속에 한정되어 있음을 느꼈다. 체포되던 날, 우선 나는 이미 여러 사람이 들어가 있는 유치장에 갇히게 되었었는데, 대부분이 아라비아 사람들이었다. 그들은 나를 보고 웃더니 무슨 짓을 했느냐고 물었다. 아라비아 사람을 한 놈 죽였다고 대답하니까, 그들은 잠잠해졌다. 이윽고 저녁의 장막이 내렸다. 그들은 누워서 잘 침구를 펴는 법을 설명해 주었다. 한 끝을 말아서 베개로 사용할 수 있는 것이었다. 밤새도록 빈대가 얼굴 위를 기어 다녔다. 며칠 뒤에, 나는 독방으로 격리되어 판자 위에서 자게 되었다. 변기와 쇠로 만든 대야가 있었다. 형무소는 시의 꼭대기에 있었으므로, 조그만 창문으로 바다가 보였다. 어느 날 철창에 매달려 햇빛을 향하여 얼굴을 내밀고 있는데 바로 그때 간수가 들어와서 면회하러 온 사람이 있다고 말하였다. 마리려니 하고, 나는 생각했다. 과연 마리였다.

면회실로 가기 위하여 긴 복도를 거쳐서 계단을 지나, 마지막으로 또 복도를 걸어갔다. 그리하여 널따랗게 뚫린 창으로 빛이 들어오는 큰 방에 들어섰다. 방은 세로로 막고 있는 커다란 두 개의 철책에 의하여 셋으로 나뉘어져 있었다. 철책 사이에는 8m 내지 10m가량 되는 간격이 있어서, 면회인과 죄수를 갈라놓고 있었다. 내 앞에 줄무늬 옷을 입고 얼굴이 햇볕에 그을린 마리가 보였다. 내가 서 있는 쪽에는 죄수들이 10여 명 있었는데, 대부분이 아라비아 사람들이었다. 마리는 무어 인들에게 둘러싸여 두 여자 사이에 끼어 있었다. 하나는 입술을 꼭 다물고 검은 옷을 입은 키가 자그마한 노파였고, 또 하나는 모자를 쓰지 않은 뚱뚱한 여자였는데, 몸짓을 많이 하며 목청을 돋우어서 지껄이고 있었다. 철책 사이의 거리 때문에 면회인이나 죄수들은 큰 목소리로 이야기해야 했다. 방안에 들어섰을 때, 넓고 장식이 없는 벽에 튀어 울리는 소란한 목소리와 하늘로부터 유리창 위에 쏟아져서 방안으로 퍼지는 거센 광선 때문에, 나는 현기증 같은 것을 느꼈다. 나의 감방은 훨씬 조용하고 어두웠다. 이 방에 익숙해지기까지 몇 초가 걸렸다. 그러나 나중에는 밝은 빛에 드러난 얼굴들을 똑똑히 볼 수 있게 되었다. 간수 한 사람이 철책 사이의 복도 끝에 앉아 있었다. 그들은 소리를 지르지는 않았다. 그처럼 소란스러운 가운데서 그들의 희미한 속삭임은 그들의 머리 위에서 교차하는 말소리에 대하여 줄곧 일종의 베이스를 이루고 있었다. 그러한 모든 것을 순식간에 알아차리고, 나는 마리에게 다가갔다. 벌써 철책에 달라붙어서, 마리는 있는 힘을 다하여 웃어 보이고 있었다. 나는 그녀가 매우 아름답다고 생각했으나, 그 말을 그녀에게 하지는 않았다.

"어때?"

마리는 큰소리로 말했다.

"별일 없어."

"불편하진 않아? 뭐 필요한 건 없고?"

"아무것도 없어."

우리들은 말을 끊었다. 마리는 여전히 웃고 있었다. 뚱뚱한 여자는 내 옆의 사나이를 향해서 울부짖고 있었다. 아마 그녀의 남편

인 듯 솔직한 눈매를 가진 키가 커다란 금발의 사나이였다. 무슨 말인지 이미 시작된 대화를 계속하고 있었다.

"잔느는 그 녀석을 붙잡으려고 하질 않아요."

하고, 여자는 소리소리 지르고 있었다.

"응. 그래?"

사나이가 말했다.

"당신이 나오면 그 녀석을 꼭 붙잡을 것이라고 말했지만, 그래도 붙잡으려고 하지를 않는 거예요."

그때 마리도 레이몽이 안부를 전하더라고 소리를 질러서, 나는 고맙다고 대답했다. 그러나 나의 목소리는, "그 녀석은 잘 있는가?" 하고 묻는 내 옆의 사나이의 목소리에 뒤덮여 버리고 말았다. 그의 아내는, "더할 나위 없이 몸이 좋아졌다."고 말하면서 웃었다. 내 쪽에 있던, 손이 가냘프고 키가 작은 청년은 아무 말도 없었다. 그러나 나는 그들을 더 관찰할 여유가 없었다. 희망을 가져야 한다고 마리가 외쳤기 때문이다. 나는 "그야 그렇지." 하고 대답하였다. 그와 동시에 나는 마리를 바라보고, 입은 옷 위로 그녀의 어깨를 껴안고 싶었다. 나는 그 얇은 천에 욕망을 느꼈다. 그리고 그 천 이외의 무엇에 희망을 가질 것인지 알 수가 없었다. 마리가 하고자 한 말도 아마 그런 뜻이었으리라. 마리는 줄곧 웃음을 띠고 있었다. 이제 나에게는 그녀의 반짝이는 이빨과 눈의 잔주름밖에 보이지 않았다. 마리는 다시 외쳤다.

"나오면, 우리 결혼해."

"정말?"

나는 대답했으나, 그것은 무엇이든 말을 하기 위해서였다. 그러자 마리는 아주 빨리, 그리고 여전히 높은 음성으로 정말이라고 하며, 석방되면 또 해수욕을 하러 가자고 말했다. 곁에 있던 여자도 고함을 지르며 서기과(書記課)에 바구니를 맡겼다고 말하고, 그 속에 넣은 것을 일일이 주워섬겼다. 돈이 많이 든 것이니까 없어진 게 없나 검사해 볼 필요가 있다는 것이었다. 내 왼쪽에 있던 청년과 어머니는 여전히 서로 마주보고 있었다. 아라비아 사람들의 웅얼거리는 소리는 우리들의 발밑에서 계속되고 있었다. 밖에서는 빛이 창문에 부딪쳐 부풀어 오르는 것 같았다. 그러더니 빛이 모든 사람들의 얼굴 위를 새로운 즙처럼 흘렀다.

나는 몸이 좀 피곤해짐을 느끼며 밖으로 나오고 싶었다. 시끄러운 소리 때문에 기분이 언짢았다. 그러면서도 한편으로 마리를 좀 더 보고 싶었다. 그 뒤로 얼마나 시간이 지났는지 모른다. 마리는 자기 일에 관한 이야기를 하고 끊임없이 웃고 있었다. 속살거리는 소리, 외치는 소리, 주고받는 이야기 소리가 서로 엇갈렸다. 내 옆에서 서로 마주 바라보고 있던 젊은이와 노파 두 사람만이 침묵의 고도(孤島)를 이루고 있었다. 하나씩 하나씩 아라비아 사람들이 끌려나갔다. 맨 앞 사람이 나가 버리자, 거의 모든 사람들이 동시에 입을 다물었다. 키가 작은 노파가 철책 창살로 다가섰다. 그와 동시에 간수가 그의 아들에게 손짓을 하였다. 아들이, "안녕히 가세요, 어머니." 하고 말하자, 노파는 두 창살 사이로 손을 들이밀고 아들에게 천천히 조그맣게 손짓을 했다.

노파가 나가는 동안에, 남자 한 사람이 모자를 손에 들고 들어와서 자기 자리에 들어섰다. 그러자 죄수 한 사람이 끌려 들어왔으며, 그들은 활기 있게 이야기를 시작하였는데 목소리는 낮았다. 방안이 다시금 조용해졌기 때문이었다. 내 오른편에 있던 사나이가 불려 나갈 차례가 되자, 그의 아내는 마치 소리를 크게 지를 필요가 없어진 것을 알아차리지 못한 듯이 어조를 낮추지 않고 말했다.

"몸 조심하시고, 주의하셔야 해요."

내 차례가 되었다. 마리는 키스를 하는 시늉을 했다. 나는 방을 나서기 전에 돌아다보았다. 마리는 꼼짝 않고 얼굴을 창살에 붙이고, 경련을 일으킨 듯한 웃음을 짓고 우두커니 서 있었다.

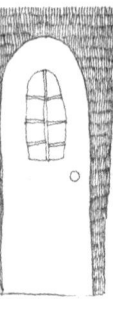

마리가 편지를 보낸 것은 그로부터 며칠 뒤의 일이다. 내가 이야기하고 싶지 않았던 일이 시작된 것은 그때부터였다. 어쨌든 무엇이나 과장은 하지 말아야 하는 법인데, 그것은 다른 사람들에 비하여 나에게는 별로 어렵지 않은 일이었다. 형무소에 수감되어서 처음 가장 괴로웠던 일은 내가 자유로운 사람의 생각을 하는 것이었다. 가령 바닷가로 가서 물 속으로 들어가고 싶은 욕망이 솟곤 하였다. 발밑의 풀에 부딪치는 잔물결 소리, 물 속에 몸을 잠그는 촉감, 그리하여 느끼는 해방감, 그러한 것들을 상상할 때, 갑자기 감옥의 담벼락이 얼마나 답답하게 나를 둘러싸고 있는지를 느꼈다. 그런 느낌이 몇 달 동안 계속되었다. 그 다음에는 죄수로서의 생각밖에 없었다. 나는 매일 안뜰에서 산책을 하지 않으면, 변호사의 방문을 기다리곤 했다. 나머지 시간은 그럭저럭 보낼 수 있었다.

그 무렵, 내가 만약 마른 나무 둥치 속에서 살게 되어, 머리 위 하늘에 피는 꽃을 바라보는 것밖에 다른 일이라곤 아무것도 없게 된다고 하더라도 차차 그런 생활에 익숙하게 되리라고 생각했었다. 그러면 나는 지나가는 새들이나, 마주치는 구름들을 기다렸을 것이다. 마치 이 감방에서 변호사의 야릇한 넥타이가 나타나기를 기다리듯이, 또 저 바깥 세상에서 마리의 육체를 껴안을 것을 기다리며 토요일까지 참고 지내듯이. 그런데 결국 생각해 보면, 나는 마른 나무 둥치 속에 들어 있는 것은 아니었다. 나보다 더 불행한 사람들도 있었다. 어머니의 생각도 그랬었다. 어머니는 늘 말하곤 했었다. 사람들은 무엇에나 결국은 익숙해지는 것이라고.

그리고 보통 그런 지경에까지는 이르지 않았다. 처음 몇 달 동안은 괴롭기는 하였지만, 바로 그것을 치르는 노력이 그 몇 달 동안을 지내는 데 도움이 된 것이다. 가령 여자에 대한 욕정이 고통거리였다. 나는 젊었으니까, 그것은 당연한 일이었다. 특히 마리만을 생각하는 것이 아니라, 모든 기회에 좋아하여 사귀었던 그저 어떤 여자, 여러 여자들, 모든 여자들을 생각한 까닭에 나의 감방은 그 여자들의 얼굴로 가득 들어차고, 나는 욕정으로 충만했었다. 한편으로 그것들은 나의 마음을 어지럽게 하였으나, 또 한편으로는 시간을 보낼 수 있게 해주었던 것이다. 나는 마침내, 식사 시간에 취사장 보이와 같이 오곤 하던 간수장(看守長)의 동정을 얻게 되었다. 처음 여자의 이야기를 한 것은 그였다. 다른 사람들도 제일 처음으로 호소하는 것이 그것이라고 그는 말했다. 나는 그에게 나도 다른 사람들과 마찬가지이며, 이런 대우를 못마땅하게 생각한다고 말했다.

"그러나 당신네들을 감옥에 가두는 것은 그 때문이라오."

그는 말하였다.

"뭐라고요, 그것 때문이라고요?"

"아무렴. 자유라는 것, 그것을 당신네들에게서 빼앗는 거란 말이오."

나는 그런 것을 생각해 본 일이 없었다. 나의 그의 말에 동의했다.

"그렇군요. 그렇지 않다면 형벌이란 게 쓸모가 없을 테니까요."

나는 말했다.

"그렇고 말고. 당신은 참 이해성이 많은데, 다른 사람들은 그렇지 못해요. 그렇지만 결국 그들도 스스로 만족을 채우게 된답니다."

또 담배도 고통거리였다. 형무소로 들어왔을 때, 나는 허리띠, 구두끈, 넥타이, 그리고 주머니에 지니고 있던 모든 것, 특히 담배를 빼앗겼다. 감방으로 옮겨 와서 담배를 돌려 달라고 말하여 보았지만, 그것은 금지되어 있다는 것이었다. 처음 며칠 동안은 매우 괴로웠다. 내가 가장 괴로웠던 것은 아마 이것 때문이었을 거다. 침대 판장을 뜯어서 그 나무 조각을 빨곤 하였다. 온종일 구역질이 나서 견딜 수 없었다. 아무에게도 해가 되지 않는 그것을 왜 빼앗아 버리는 것인지 알 수가 없었다. 그 뒤, 나는 그것도 형벌의 일부임을 깨달았다. 그러나 그때는 벌써 담배를 피우지 않는 일에 익숙해져서, 그것은 이미 나에게는 아무런 형벌도 되지 못하였다.

그러한 불편을 제외하면, 나는 그다지 불편하지도 않았다. 거듭 말하자면, 문제는 다만 시간을 보내는 것이었다. 과거를 추억하는 것을 배운 때부터는 심심해서 괴로운 일은 없게 되었다. 이따금 나는 나의 방을 생각했다. 그 한 구석으로부터 출발하여 한 바퀴 돌아서 다시 출발점으로 되돌아오는 것인데, 그러면서 도중에 있는 것을 모두 머릿속으로 꼽아 보곤 하였다. 그것은 처음에는 아주 빨리 끝나 버렸는데, 다시 되풀이할 때마다 조금씩 길어지는 것이었다. 왜냐하면 가구를 전부 하나씩 생각해 내고 그 가구마다 그 속에 들어 있는 물건들을 모두 하나씩 생각하였고, 또 그 물건마다 그 세밀한 점들을 생각하고, 그러한 세밀한 점들, 누각(鏤刻)이라든지, 흠이라든지, 깨어진 모퉁이라든지 그런 것들에 관해서 또 빛깔과 결 같은 것을 생각했기 때문이다. 그와 동시에 나는 내 재산 목록에 무엇 하나 빠짐 없이 완전한 목록을 만들도록 힘썼다. 그리하여 몇 주일 뒤에는 내 방안에 있는 것들을 따져 보는 것만으로 많은 시간을 보낼 수 있었다. 그처럼 생각을 하면 할수록 나는 등한시하였던 것, 잊어버렸던 것들을 기억으로부터 이끌어낼 수 있었다. 그때, 나는 단 하루만 산 사람이라도 쉽사리 백 년쯤은 감옥에서 살 수 있을 것이라고 생각했다. 그런 사람이라도 얼마든지 추억할 거리가 있어 심심하지는 않을 것이다. 어떻게 생각하면, 그건 편리한 일이었다.

또 잠도 고통거리였다. 처음에는 밤이 되어도 잘 수 없었고, 더군다나 낮에는 조금도 잘 수가 없었다. 차차 밤에 자는 데 익숙해졌으며, 낮에도 잘 수 있게 되었다. 마지막 몇 개월 동안은 하루에 16시간 내지 18시간씩 잤다고 말할 수 있다. 그러니까 남는 시간은 6시간이었는데, 그 동안은 식사며, 대소변이며, 추억이며, 체코슬로바키아에서 일어난 이야기로 보내면 되는 것이었다.

밀짚 메트리스와 침대 판자 사이에서 나는 한 장의 옛 신문을 발견하였다. 헝겊에 들러붙어서 노랗게 빛이 바래고 앞뒤가 비쳐 보이는 신문이었다. 첫 부분은 없어졌으나, 체코슬로바키아에서 일어난 듯한 기사가 실려 있었다. 어떤 사나이가 체코의 어떤 마을에서 돈벌이를 떠났다가, 25년 뒤에 부자가 되어 아내와 어린애 하나를 데리고 고향으로 돌아왔다. 그의 어머니는 그의 누이와 함께 고향에서 호텔을 경영하고 있었다. 그들을 놀라게 해주려고 사나이는 처자를 다른 여관에 남겨 두고, 어머니의 집으로 갔었는데, 그가 돌아왔을 때 어머니는 그를 알아보지 못하였다. 장난을 할 셈으로 방을 하나 잡고 돈을 보였다. 밤중에 그의 어머니와 누이는 그를 망치로 때려죽이고 돈을 훔친 다음 시체를 강물 속에 던져 버렸다. 아침이 되자, 사나이의 아내가 와서 무심결에 길손의 신분을 밝혔다. 어머니는 목을 매고, 누이는 우물 속에 빠져 죽고 말았다. 나는 그 이야기를 아마 몇 천 번 읽었을 것이다. 한편으로 그것은 사실 같지 않은 이야기였지만, 또 한편으로는 자연스러운 이야기였다. 어쨌든 그런 결과에 대해서는 길손에게도 좀 책임이 있고, 장난이란 함부로 할 것이 아니라고 생각했다.

그처럼 잠을 자고, 지나간 일을 생각하고, 3면 기사를 읽는 동안 빛과 어둠은 갈아들고 시간이 흘렀다. 감옥에 있으면 시간 관념을 잊어버리고 만다는 것을 읽은 일이 있었지만, 그때는 그러한 것이 별로 나에게 의미를 갖지 못했었다. 한나절이 얼마나 길고, 동시에 짧을 수가 있는지 알지 못했던 것이다. 물론 살아가는 데에는 길지만, 너무나 길게 늘어져서 하루하루는 넘쳐 흘러서 서로 넘치고 마는 것이다. 세월은 이름을 잃어 버리게 되었다. 어제 혹은 내일이라는 말만이 나에게 의미를 잃지 않고 있을 뿐이다.

내가 형무소에 들어온 지 다섯 달이 지났다는 말을 어느 날 간수에게 들었을 때, 나는 그의 말을 믿었으나, 그 말을 이해할 수가 없었다. 나로서는 언제나 같은 날이 내 감방으로 밀려오고, 언제나 같은 일을 계속하고 있을 뿐이었다. 그날 간수가 가 버린 뒤에 쇠로 만든 밥그릇에 비친 내 모습을 들여다보았다. 내 모습은 아무리 마주 보며 웃으려고 해도 심각한 표정을 짓고 있었다. 나는 빙그레 웃었으나, 비쳐진 얼굴은 여전히 무뚝뚝하고 슬픈 표정이었다. 날이 저물어 가고 있었다. 나에게 있어서는 이야기하고 싶지 않을 때, 무어라고 표현할 수 없는 때였다. 형무소 아래층의 여기저기서 저녁의 소리가 침묵의 행렬을 지어 올라오는 그런 때였다. 나는 천장으로 뚫린 창문으로 다가가서 마지막 빛 속에 나의 얼굴을 들여다보았다. 여전히 심각한 표정이었으나, 놀라운 것은 아니었다. 그때 심각한 얼굴을 하고 있었다는 것이 무슨 놀라운 일이겠는가! 그러나 동시에, 몇 달 이래 처음으로 나는 내 목소리를 똑똑히 들었다. 나는 그것이 오래 전부터 내 귀에 울리고 있던 소리임을 알아차리고, 그 동안 나 혼자서 이야기를 하고 있었던 것을 깨달았다. 그때 나는 어머니의 장례식 날, 간호사가 한 이야기를 생각했다. 정말 어찌할 도리가 없는 것이다. 그리고 형무소 안의 저녁이 어떤 것인지 아무도 상상할 수 없는 것이다.

3

결국 여름이 빨리 지나가고 또다시 여름이 되었다. 첫더위가 솟아오름에 따라 나는 무엇인가 새로운 일이 생기리라는 것을 알고 있었다. 나의 사건은 중죄(重罪) 재판소의 맨 나중 회기에 심의할 예정으로 기록되어 있었는데, 그 회기는 6월로 끝나는 것이었다. 변론이 시작되었을 때, 밖에서는 햇볕이 넘치고 있었다. 변론은 2,3일 이상은 계속되지 않을 것이라고 변호사는 확언했다.

"그리고, 당신의 사건이 이번 회기의 제일 중요한 것이 아니니까, 법정에서도 서두를 겁니다. 뒤이어서 부모 살해 사건을 심의하게 될 것입니다." 하고, 그는 덧붙였다.

나는 아침 7시 반에 불려나가 호송차로 재판소까지 이송되었다. 그리하여 경관 두 사람의 지시에 따라 어둠침침한 조그만 방안으로 들어갔다. 우리는 거기 앉아 기다렸는데, 옆으로 문이 하나 있어, 그 뒤에서는 말소리, 호명 소리, 의자 소리, 그리고 동네 명절놀이에서 음악 전주가 끝나고 춤을 출 수 있도록 방안을 정리할 때를 연상케 하는 뒤숭숭한 소리가 들려왔다. 재판이 열리기까지 기다려야 한다고 경관들은 말했다. 경관 하나가 담배 한 대를 나에게 권했으나, 거절하였다. 조금 뒤에, 그는 나더러, "겁이 나느냐?"고 물었다. 나는 아니라고 대답했다. 어떤 의미로는 재판 사건을 본다는 것이 나에게는 흥미있는 일이기까지 하였다. 나는 여태껏 한 번도 그런 기회를 가져 보지 못하였던 것이다.

"그야 볼 만하지, 그렇지만 나중엔 싫증이 나고 말아요."

또 다른 경관이 말하였다.

이윽고 조그만 벨 소리가 방안에 울렸다. 경관들은 수갑을 풀고, 문을 열어 나를 피고석으로 들여보냈다. 법정에는 사람들이 꽉 들어차 있었다. 커튼이 내려져 있었으나 햇빛이 여기저기 새어 들어와서, 공기는 숨 막힐 지경이었다. 유리창은 닫혀 있었다. 나는 의자에 걸터앉았고, 경관들도 나의 좌우에 자리를 잡았다. 모두 나를 바라보고 있었다. 나는 그들이 배심원이라는 것을 깨달았다. 그러나 그 얼굴들을 구별 짓고 있던 특징을 나는 말할 수가 없다. 내가 받은 인상은 다만 하나밖에 없었다. 말하자면 나는 전차 좌석 앞에 서 있는데, 그 이름도 모르는 모든 승객들이 무언가 웃음거리를 찾아내려고 새로 탄 승객을 쳐다보는 것 같았다. 그러나 그것은 어리석은 생각이라는 것을 나는 잘 알고 있다. 왜냐하면 그들 배심원이 찾고 있던 것은 웃음거리가 아니라 죄였으니까. 그러나 그 차이는 그리 큰 것이 아니고, 어쨌든 내 머리를 스친 것은 그러한 생각이었다.

나는 또 그 닫힌 방안에 들어찬 사람들 때문에 좀 어리둥절해졌다. 법정 안을 둘러보았으나, 어느 얼굴 하나 분별할 수 없었다. 처음에 나는 그 모든 사람들이 나를 보려고 모여들었다는 사실을 이해할 수가 없었던 듯하다. 여태껏 사람들은 나에게 관심을 갖고 있지 않았던 것이다. 내가 이러한 모든 동요의 원인이라는 것을 이해하기 위해서는 노력이 필요했다.

"사람들이 굉장히 많군요!"

어떤 사람이 경관에게 이렇게 말하자, 경관은 신문 때문이라고 대답하고, 배심원석 밑의 책상 옆에 자리 잡은 한 패를 가리켰다.

"저기들 와 있소."

그는 말했다.

"누구 말이오?"

내가 물었다.

"신문기자들 말이오."

그는 다시 말했다. 경관은 기자 한 사람을 알고 있었는데, 그 기자가 그때 경관을 보고 우리들에게로 걸어왔다. 꽤 나이가 많고 얼굴은 약간 찌푸렸으나, 호감을 가질 수 있는 사나이였다. 그는 매우 다정하게 경관의 손을 잡았다. 그때 나는 마치 클럽에서 같은 세계의 사람들끼리 서로 만나서 즐거워하듯, 모든 사람들이 서로 아는 얼굴을 찾아서 이야기를 걸고, 주고받고 하는 것을 보았다. 또 나는 어쩐지 침입자 같았고, 필요 없는 존재라는 기묘한 생각이 들었다. 그러나 신문기자는 웃음을 띠면서 나에게 말을 걸었다. 그는 모든 것이 나에게 유리하게 되기를 바란다고 말하였다. 내가 고맙다고 하자, 그는 덧붙였다.

"우리들은 당신의 사건을 좀 선전했습니다. 신문이 여름철에는 경기가 없습니다. 기사거리가 될 만한 것이라곤 당신 사건하고 부모 살해 사건밖에 없었어요."

그리고 그가 방금 같이 앉았다가 일어서서 온 사람들 가운데 뚱뚱한 두더지처럼 생기고 검은 테의 큼직한 안경을 쓴 키가 자그마한 사나이를 가리키며 파리의 어떤 신문 특파원이라고 말하였다.

"당신 사건 때문에 온 것은 아닙니다만, 부모 살해 사건에 관한 보고를 하기로 되어 있기 때문에, 동시에 당신의 사건도 기사로 만들어 보내라고 했습니다."

그 말에 대해서도 나는 하마터면 고맙다고 할 뻔했다. 그러나 그것은 우스운 일일 것이라는 생각이 들었다. 그 기자는 나에게 조그맣게 다정한 손짓을 해 보이고는 가 버렸다. 우리는 또 몇 분 동안 더 기다렸다.

나의 변호사는 법복(法服)을 입고 여러 동료들에게 둘러싸여 들어왔다. 그는 기자들에게로 가서 악수를 하였다. 그들은 농담을 나누고 웃고 하며, 아무 일도 없는 듯한 태도였는데, 마침내 법정 안에 벨이 요란스럽게 울렸다. 모두들 자리에 앉았다. 나의 변호사는 나에게로 와서 손을 붙잡아 흔들고 질문을 받으면 짤막하게 대답하고, 이쪽에서 먼저 뭐라고 말하지 말고, 그 밖의 일은 자기에게 맡기라고 충고했다.

왼쪽에서 의자를 뒤로 당기는 소리가 들리더니, 붉은 법복을 입고 코안경을 쓴, 키가 크고 호리호리한 사나이가 조심스럽게 옷을 추스르며 앉는 것이 보였다. 그가 검사였다. 서기 한 사람이 개정(開廷)을 알렸다. 동시에 두 개의 커다란 선풍기가 윙윙 돌아가기 시작하였다. 판사 세 사람이, 둘은 검은 옷을 입고, 하나는 붉은 옷을 입었는데, 서류를 가지고 들어와서 실내를 한눈에 내려다볼 수 있는 단으로 빠르게 걸어갔다. 붉은 옷을 입은 남자는 중앙에 자리 잡고 앉아서 앞에 둥근 모자를 벗어 놓고, 조그만 대머리를 손수건을 닦고 나서, 재판 개시를 선언하였다.

신문 기자들은 벌써 만년필을 손에 들고 있었다. 그들은 모두 냉담하고 조금 비웃는 태도였다. 그러나 플란넬 옷을 입고, 푸른 넥타이를 맨 아주 젊은 기자 하나는 만년필을 앞에 놓은 채 나를 바라보고 있었다. 약간 균형이 잡히지 않은 듯한 그 얼굴에서 나는 매우 맑은 두 눈만을 볼 수 있었다. 그 눈은 물끄러미 나를 보고 있었는데, 뚜렷한 아무것도 표현하고 있지 않았다. 나 자신이 나를 바라보고 있는 것 같은 야릇한 인상을 받았다. 아마도 그 일 때문에, 그리고 또 그곳의 관례를 몰랐기 때문에, 나는 뒤이어 일어난 모든 일을 잘 이해할 수가 없었던 모양이다. 배심원들의 추첨과 변호사, 검사, 배심원에 대한 재판장의 질문(질문을 받을 때마다 배심원의 머리들이 일제히 재판장석으로 향하는 것이었다), 기소장의 빠른 낭독(그 속에서 나는 지명들과 인명들을 알아들을 수 있었다), 그리고 다시 변호사에 대한 질문.

재판장은 증인 호출을 하겠노라고 말하였다. 서기는 이름들을 불렀다. 그것은 내 주위를 끌었다. 여태까지 혼잡하던 방청객들 속으로부터 한 사람씩 일어서서 옆문으로 사라지는 것이 보였다. 양로원 원장, 관리인, 페레 영감, 레이몽, 마송, 살라마노, 마리.

마리는 걱정스러운 듯 조그만 손짓을 해보였다. 나는 그들이 여태껏 눈에 뜨이지 않았던 것에 놀라고 있었다. 바로 그때 마지막으로 이름이 불리고, 셀레스트가 일어섰다. 그의 곁에는 언젠가 레스토랑에서 보았던 그 키가 자그마한 여자가 재킷을 입고 정확하고 결단성 있는 자세로 앉아 있는 것이 보였다. 그녀는 뚫어지게 나를 바라보고 있었다. 그러나 재판장이 또 이야기를 시작했으므로, 나는 생각해 볼 시간의 여유를 갖지 못했다. 정식 공판이 이제부터 시작될 것이라는 말을 하고 나서 방청객들에게 조용하라고 요구할 필요조차 없을 줄로 안다고 말하였다. 그의 말에 의하면 사건의 공판을 공명정대하게 진행시키는 것이 자기의 직분이며, 자기는 객관적인 눈으로 사건을 보려고 한다고 했다. 배심원들이 내리는 결정은 정의의 정신에 입각하여 행하여질 것이며, 어쨌든 조그만 사고라도 있으면 방청객들에게 퇴장을 명할 것이라고 말했다.

　더위는 점점 심해져서, 방청객들이 신문을 가지고 부채질을 하는 것이 보였다. 구겨진 종이 소리가 잇달아 났다. 재판장이 손짓을 하자, 서기가 짚으로 엮은 부채 세 개를 가져왔다. 세 사람의 판사가 그것을 사용하기 시작했다.

　곧 심문이 시작되었다. 재판장은 나에게 부드럽게, 간곡해 보이기까지 하는 어조로 질문을 했다. 다시금 나의 신분에 관한 질문을 받아서 귀찮기는 하였으나 마음속으로는 당연한 일이라고 생각했다. 왜냐하면, 어떤 사람을 다른 사람으로 잘못 알고 재판을 한다면 그건 너무나 중대한 일이기 때문이다. 그러더니 재판장은 내가 저지른 일을 얘기하자, 두서너 마디하고는 매번, "그렇지요?" 하고 나에게 물었다. 그럴 때마다 나는 변호사의 지시에 따라, "네, 그렇습니다." 하고 대답했다. 재판장은 매우 세밀히 이야기를 하였으므로 시간이 오래 걸렸다. 그 동안 줄곧 신문기자들은 받아쓰고 있었다. 그 중 젊은 기자의 시선과 그 키가 작은 자동인형 같은 여인의 시선을 나는 느끼고 있었다. 전차의 의자에 앉은 것 같은 사람들은 모두 재판장에게로 고개를 돌리고 있었다. 그는 기침을 하고, 서류를 뒤지고 나서 부채질을 하며 나에게로 얼굴을 돌렸다.

재판장은 나에게 이제부터 겉으로는 나의 사건과 아무 관계도 없는 듯이 보이지만, 실상은 아마 밀접한 관계를 가진 문제를 검토해야 되겠다고 말하였다. 또 어머니의 이야기를 하려는 것이려니 생각하고, 동시에 그것이 얼마나 나를 짜증스럽게 만드는지를 느꼈다. 왜 어머니를 양로원에 넣었느냐고 재판장이 물었다. 어머니를 모시고 부양할 돈이 없었기 때문이라고 나는 대답했다. 그 비용을 나 혼자 부담했어야 했느냐고 묻기에 어머니도 그렇고 우리는 이미 서로 아무것도 기대할 것이 없었고, 또 누구에게도 기대를 하지 않고 있었다고 말했다. 그러자 재판장은 그 점에 관하여서는 더 논의하지 않겠노라고 말한 다음, 검사에게 다른 질문이 없느냐고 물었다.

검사는 반쯤 나에게서 등을 돌리고 있었는데, 그는 나를 보지 않고, 재판장의 허락을 얻어 내가 아라비아 사람을 죽일 생각으로 혼자서 샘으로 돌아갔는지 어떤지 알고 싶다고 말했다.

"아닙니다."

나는 말했다.

"그렇다면 무기는 왜 가지고 있었으며, 그곳으로 바로 돌아간 이유는 무엇이오?"

그것은 우연이었다고, 나는 대답하였다. 검사는 악의 있는 어조로 말했다.

"지금은 그만하겠습니다."

그러고는 모든 것이 좀 혼란스러웠다. 적어도 나에게는 그랬었다. 그러나 잠시 의논을 하고 나서 재판장은 폐정(閉廷)을 선언하고, 오후에는 증인 심문이 있을 것이라고 말하였다.

나는 생각을 해볼 겨를도 없었다. 끌려 나와서 죄수 호송차에 실려 형무소로 돌아와서 점심을 먹었다. 매우 짧은 시간, 피곤함을 겨우 느낄 만한 시간이 지나자, 나는 다시 불려 나갔다.

모든 것이 다시 시작되어, 나는 같은 방안에 같은 얼굴들 앞에 앉게 되었다. 다만 더위가 훨씬 더 심해서 마치 기적이나 일어난 것처럼 모든 배심원들, 검사, 변호사, 그리고 몇몇 신문기자들까지도 밀짚 부채를 손에 들고 있었다. 그러나 그들은 부채질을 하지 않고 아무 말 없이 여전히 나를 바라보고 있었다. 나는 얼굴에 흐르는 땀을 닦았다. 그리고 양로원 원장의 이름이 불리는 것을 들었을 때에야 비로소 그곳과 나 자신의 의식을 얼마큼 회복할 수 있었다. 어머니가 나에 대한 불평을 말하더냐는 질문에, 원장은 그렇다고 대답하고, 그러나 친척들에 대한 불평을 말한다는 것은 재원자들의 일종의 괴벽이라고 말하였다. 내가 양로원에 넣은 것을 어머니가 못마땅하게 여기고 있었더냐고 재판장이 따져 묻자, 원장은 또 그렇다고 대답하였다. 그러나 이번에는 아무 설명도 덧붙이지 않았다. 또 다른 질문에 대하여, 그는 장례식 날 냉정한 나를 보고 놀랐다고 대답하였다. 냉정했다는 것은 어떤 의미냐고 물으니까, 원장은 발끝을 내려다보고 내가 어머니를 보려고 하지 않았고, 한 번도 눈물을 흘리지도 않았으며, 장례식이 끝난 뒤에도 무덤 앞에서 묵도를 하지 않고 곧 물러 나왔다고 말했다. 그를 놀라게 한 일이 또 하나 있었다. 장의사의 일꾼 한 사람에게서 내가 어머니의 나이를 모르더란 말을 들었다는 것이었다. 잠시 침묵이 흐른 뒤, 재판장은 원장에게 여태까지 한 말이 확실히 나에게 관한 것임에 틀림없느냐고 물었다. 원장이 그 질문의 뜻을 알아차리지 못한 것을 안 재판장은, 이렇게 말했다.

"법률상 그렇게 하는 것입니다."

그리고 재판장이 차석 검사에게 증인에 대한 질문이 없느냐고 묻자, 검사는 외쳤다.

"아, 없습니다. 그것으로 충분합니다."

그 목소리가 너무나 억세고, 나에게로 향한 그 승리의 표정을 지닌 눈초리가 너무나 어마어마해서, 나는 여러 해 만에 처음으로 울고 싶은 생각이 들었다. 그 모든 사람들이 나를 얼마나 미워하는지를 느낄 수 있었기 때문이다.

배심원들과 나의 변호사에게 질문이 없는지 묻고 나서, 재판장은 관리인의 증언을 들었다. 그에게 대해서도 다른 모든 증인들이나 마찬가지로 같은 격식의 절차가 되풀이되었다. 자리에 나와 서며, 관리인은 나를 바라보고 눈길을 돌렸다. 그는 질문에 대답하여, 내가 어머니를 보고 싶어하지 않았다는 것, 담배를 피웠다는 것, 잠을 자고 카페오레를 마셨다는 것을 말했다. 그때, 나는 온 장내를 동요하게 하는 그 무엇을 느끼고, 처음으로 내가 범인이라는 것을 깨달았다. 재판장은 관리인에게 카페오레 이야기와 담배 이야기를 한번 더 시켰다. 차석검사는 조소의 빛을 띠고 나를 바라보았다. 그때, 나의 변호사가 관리인에게 그도 나와 함께 담배를 피우지 않았느냐고 물었다. 이 질문을 듣자, 검사는 벌떡 일어서더니, 외쳤다.

"도대체 누가 범인입니까? 증언의 불리함을 은폐하기 위하여 죄과를 증인에게 뒤집어씌우는 방법은 언어도단입니다. 이 증언이 결정적임에는 변함이 없습니다!"

그렇지만 재판장은 질문에 대답하라고 관리인에게 말하였다. 영감은 당황 빛으로 말했다.

"제가 잘못했다는 것은 잘 압니다. 그러나 저분이 권하신 담배를 거절하기가 미안해서 그랬습죠."

끝으로 나에게 덧붙여 할 말이 없느냐고 묻기에 나는 대답했다.

"없습니다. 다만 증인의 말이 옳다는 것을 말씀드립니다. 내가 그에게 담배를 권한 것은 사실입니다."

관리인은 그때 약간의 놀라움과 일종의 감사의 뜻을 보이는 눈초리로 나를 바라보았다. 잠시 망설이더니, 그는 카페오레를 권한 것은 자기라고 말하였다. 나의 변호사는 의기양양하여 외치며 배심원들은 그것을 충분히 고려하여야 할 것이라고 말하였다. 그러나 검사는 우리들의 머리 위로 벼락 같은 소리를 지르며 말했다.

"물론 배심원들께서는 그것을 고려하실 겁니다. 그리고 배심원들께서는 아무 관계도 없는 사람으로서는 커피를 권할 수도 있었겠지만, 자기를 낳아 준 어머니의 시체 앞에서 아들로서는 모름지기 그것을 사양해야 할 것이었다고 결론을 내릴 것임에 틀림없습니다."

하고 말했다. 관리인은 자기 자리로 돌아갔다.

토마 페레의 차례가 되었을 때는 서기가 그를 증언대까지 부축해야 했다. 그는 특히 어머니를 잘 알고 있었지만, 나를 장례식날 한 번 만났을 뿐이었다고 말했다. 그는 그날 내가 무엇을 하였는가 하는 질문에 이렇게 대답했다.

"저는 그날 너무 슬퍼서 아무것도 보지 못했습니다. 가슴속의 슬픔 때문에, 아무것도 눈에 보이지 않았습니다. 나에게는 매우 슬픈 일이었으니까요. 그래서 기절까지 했습니다. 그래서 저분을 보질 못했습니다."

차석 검사는 내가 눈물을 흘리는 것이라도 보았느냐고 물었다. 페레는 보지 못했다고 대답하였다. 그러니까 이번에는 검사가 말했다.

"배심원들께서는 이 점을 고려하시기 바랍니다."

그러나 나의 변호사는 화를 내면서 지나쳐 보일 만큼 목청을 돋우어 페레에게 내가 눈물을 흘리지 않는 것을 보았느냐고 물었다. 페레는 보지 못했다고 대답했다. 방청객들이 웃었다. 나의 변호사는 한쪽 소매를 걷어붙이면서 단호한 어조로 말했다.

"이 사건은 전부가 이 모양입니다. 모든 것이 사실인가 하면 또 아무것도 사실이 아닙니다."

검사는 무표정한 얼굴로 기록 문서의 제목을 연필로 찌르고 있었다.

5분 동안의 휴식 시간 사이에 변호사는 모든 것이 잘 되어 간다고 말했다. 휴식 시간이 끝나자, 피고측의 요구로 호출된 셀레스트의 증언이 있었다. 피고란, 즉 나였다. 셀레스트는 때때로 나에게 시선을 던지며 두 손으로 파나마 모자를 돌리고 있었다. 그는 새 옷을 입고 있었는데, 그것은 가끔 일요일에 나와 함께 경마장에 갈 때 입었던 것이었다. 그러나 칼라는 붙일 수가 없었던지, 셔츠를 구리 단추로 채웠을 따름이었다. 내가 그의 손님이었느냐고 하는 질문에 그는 말했다.

"그렇습니다. 하지만 또 친구이기도 했습니다."

나를 어떻게 생각하느냐는 물음에 대하여, 그는 내가 사나이라고 대답했다. 사나이란 무슨 뜻이냐고 물으니까, 그는 그것이 무슨 뜻인지는 누구나 다 안다고 말하였다. 내가 집에 틀어박혀 있기를 좋아하는 성격을 가진 것을 알고 있었느냐는 질문에는 다만, 내가 공연한 말을 하지 않는 성질이었다는 것만 인정했다. 내가 음식값은 어김없이 치렀느냐고 차석 검사가 묻자, 셀레스트는 웃고 나서 말했다.

"그건 우리 두 사람 사이의 사사로운 일입니다."

다시 나의 범죄를 어떻게 생각하느냐는 질문을 받자, 그는 증인대 위에 손을 올려놓았다. 할 말을 미리 준비했다는 것을 알 수 있었다.

"내 생각으로서는 그건 하나의 불행입니다. 불행이 어떤 것인지는 누구나 압니다. 불행이라는 건 어찌할 도리가 없습니다. 확실히 내 생각으로는 그건 하나의 불행입니다."

그는 더 계속하려고 했으나, 재판장이 그만하면 좋다고 말하고 수고했다고 말하였다. 셀레스트는 조금 당황하고 말았다. 그러나 그는 좀더 이야기를 하고 싶다고 말하였다. 재판장은 짧게 이야기를 하도록 요청했다. 셀레스트는 또다시 그것은 하나의 불행이라고 되풀이하였다.

그러니까 재판장은, "네, 알았습니다. 그러나 우리의 할 일은 그러한 불행을 심판하는 것입니다. 수고하셨습니다." 하고 말하였다.

지혜껏, 성의껏 하였으나 그만 어쩔 수 없었다는 듯이 셀레스트는 나에게 고개를 돌렸다. 눈은 번쩍이고 입술은 떨리고 있는 것 같았다. 좀더 나를 위하여 자기로서 할 수 있는 것은 무엇일까 나에게 묻고 있는 듯하였다. 나는 아무 말도 하지 않고, 아무런 몸짓도 하지 않았다. 그러나 한 사람의 남자를 껴안고 싶은 마음이 우러난 것은 그때가 처음이었다. 재판장은 증인대로부터 물러가도록 그에게 명령했다. 셀레스트는 법정의 좌석으로 가서 앉았다. 나머지 심문이 끝날 때까지 그는 우두커니 몸을 앞으로 약간 기울여 팔꿈치를 무릎에 괴고 파나마 모자를 두 손으로 잡고, 모든 얘기에 귀를 기울이고 있었다.

마리가 들어왔다. 모자를 쓰고 있었는데, 역시 아름다웠다. 그러나 머리를 풀어 놓았을 때가 나에게는 더 좋았다. 내가 앉아 있는 곳에서도 그녀의 볼록한 젖가슴의 가벼운 무게를 알 수 있었다. 아랫입술이 조금 부푼 듯한 것도 여전하였다. 매우 신경이 곤두 선 것 같았다. 곧 그녀는 언제부터 나를 알았느냐고 하는 질문을 받고, 회사에서 같이 일하던 시기를 말했다. 재판장은 나와의 사이가 어떤 것인지를 알고 싶어하였다. 친구라고, 마리는 말했다. 또 다른 질문에 대하여 나와 결혼을 하게 되어 있는 것은 사실이라고 대답했다. 서류를 뒤적이고 있던 검사가 갑자기 언제부터 우리들의 관계가 시작되었느냐고 물었다. 마리는 그 날짜를 말했다. 검사는 태연한 기색으로 그것은 어머니의 장례식이 있는 다음날인 것 같다고 지적하였다. 그러고는 약간 비웃는 말투로 그 같은 미묘한 사정을 더 캐묻고 싶지도 않았고, 또 마리의 근심도 모르는 바 아니지만, 그러나(여기에서 그의 어조는 한층 더 엄해졌다) 그는 자기의 의무상 부득이 예의를 벗어날 수밖에 없다고 말하였다. 그래서 검사는 마리에게 나와 관계를 맺게 된 그날 하루 동안 일을 요약해서 말하라고 하였다.

마리는 이야기를 하고 싶어하지 않았으나, 검사의 강권에 못 이겨, 해수욕을 갔던 일, 영화 구경 갔던 일, 그리고 둘이서 나의 집으로 돌아온 일을 말하였다. 차석 검사는 예심에서 마리의 진술을 듣고, 그날 영화의 프로그램을 조사해 보았다고 말한 다음, 그때 무슨 영화가 상영되고 있었는지를 마리 자신의 입으로 말하여 주기 바란다고 덧붙였다. 마리는 거의 질린 목소리로, 그것은 페르낭델의 영화였다고 말하였다. 그녀의 말이 끝나자, 장내는 완전히 잠잠해졌다. 그러나 검사는 일어서서 심각하게 참으로 감동된 듯한 목소리로 나를 손가락질하면서 천천히 또박또박 끊어 말하였다.

"배심원 여러분, 어머니가 사망한 바로 그 다음날에, 이 사람은 해수욕을 하고, 부정한 관계를 맺기 시작하고, 희극 영화를 보고 좋아했습니다. 다시 더 말할 필요조차 없습니다."

침묵이 흐르는 가운데 검사는 말을 맺고 앉았다. 갑자기 마리가 흐느껴 울기 시작했다. 그러면서 그런 것이 아니며, 다른 일들도 있었고, 사실 자기가 생각하는 것과는 반대 이야기를 강요당한 것이라고 말했다. 자기는 나를 잘 알고, 나는 아무것도 나쁜 일을 하지 않았다고 말했다. 그러나 재판장이 손짓을 하자, 서기가 그녀를 데리고 나갔다. 심문은 다시 계속되었다.

마송이 나와서, 나는 성실한 사람이며, 그뿐만 아니라 용감한 사람이라고 말하였으나, 거의 아무도 들어 주는 사람이 없었다. 살라마노도 내가 그의 개의 일로 퍽 친절하였다는 것을 말하고, 나와 어머니에 관한 질문에 대해서 나는 어머니에게 할 말이 아무것도 없었고, 그 때문에 내가 어머니를 양로원에 넣은 것이라고 대답하였으나, 역시 들어 주는 사람이 거의 없었다.

"이해하셔야 합니다. 이해하시기 바랍니다."

살라마노가 이렇게 말하고 있었지만, 이해하는 사람은 하나도 없는 것 같았다. 서기가 그를 데리고 나갔다.

뒤이어 레이몽의 차례가 되었다. 그가 마지막 증인이 되었다. 레이몽은 나에게 슬쩍 손짓을 해 보이고, 다짜고짜로 나에게는 죄가 없다고 말하였다. 그러나 그에게 요구하는 것은 판정이 아니라 사실이라고 재판장이 말했다. 재판장은 그에게 질문을 기다려서 대답을 하라고 주의를 주었다. 그리고 피해자와의 관계를 정확하게 말하라고 했다. 레이몽은 그 기회를 이용해서 그가 피해자의 누이의 뺨을 때린 다음부터 피해자가 미워하고 있던 것은 자기라고 말하였다. 검사는 그러면 어째서 사건의 발단이 된 그 편지가 나의 손으로 씌어졌느냐고 물었다. 레이몽은 그것도 우연이었다고 대답했다. 검사는 이 사건에 있어서, 이미 여러 번 우연은 진상을 왜곡하였다고 반박하였다. 레이몽이 그의 정부의 뺨을 때렸을 때, 내가 말리지 않은 것도 우연인가, 내가 경찰서에 가서 증인이 되었던 것도 우연인가, 그때의 나의 증언이 순전히 호의적이었던 것도 우연인가 알고 싶다고 하였다.

그는 끝으로 직업이 무엇이냐고 레이몽에게 물었다. '창고 감독'이라고 레이몽이 대답하자, 차석 검사는 배심원들에게 증인이 뚜쟁이 노릇을 업으로 하고 있다는 것은 누구나 다 아는 사실이라고 말하였다. 나는 그의 공범자요, 친구이다. 그러므로 나의 사건은 가장 비루한 종류의 음란한 범죄 사건이요, 더욱이 피고는 흉악하기 짝이 없는 파렴치한이라는 것이었다. 레이몽이 변명을 하려고 하였고, 나의 변호사도 항의를 하였으나, 재판장은 검사의 이야기를 끝마치게 해야 할 것이라고 말하였다.

검사는, "나는 더 길게 말하지 않았습니다." 하고 말한 다음, 레이몽에게, "피고는 당신의 친구였습니까?" 하고 물었다.

레이몽은, "그렇습니다. 나의 친구였습니다." 하고 말했다.

그러자 검사가 나에게 같은 질문을 했으므로, 나는 레이몽을 바라보았다.

그는 나에게서 눈을 돌리지 않았다.

나는 "그렇습니다." 하고 대답했다.

검사는 그때 배심원들에게 돌아서며 말했다.

"어머니가 사망한 다음날 가장 수치스러운 정사에 골몰한 이 사람은 대수롭지도 않은 이유로 어처구니없는 풍기 사건의 결말을 지으려고 살인을 한 것입니다."

검사는 이야기를 끝마치고 앉았다. 그러나 나의 변호사는 참다 못 하여 두 팔을 높이 쳐들어 올리며 외쳤다. 그 때문에 소매가 흘러내려, 풀 먹인 셔츠의 주름이 드러나 보였다.

"도대체 피고는 어머니를 매장한 것으로 기소된 것입니까, 살인을 한 것으로 기소된 것입니까?"

방청객들이 웃었다. 그러나 검사는 다시 일어서서, 법복을 고쳐 입고 나서, 존경할 만한 변호인의 순진성을 갖지 않고서는 그 두 종류의 사실 사이에서 근본적이며, 감동적이요, 본질적인 관계를 느끼지 않을 수 없을 것이라고 언명하였다.

"그렇습니다." 하고 그는 기운차게 외쳤다. "범죄인의 마음을 가지고, 자기의 어머니를 매장했으므로, 나는 이 사람의 죄를 논고하는 것입니다."

이 논고는 방청객들에게 커다란 효과를 거둔 듯하였다. 변호사는 어깨를 으쓱해 보이고, 이마에 흐르는 땀을 닦았다. 그러나 그 자신도 동요된 빛을 보였고, 사태는 나에게 결단코 유리하지 못하다는 것을 나는 깨달았다.

그리고는 심문이 빨리 끝났다. 심문이 끝나고, 재판소에서 나와 차를 타러 가면서 나는 매우 잠깐 동안 여름 저녁의 냄새와 빛을 느꼈다. 어둠컴컴한 호송차 속에서 나는 내가 좋아하던 어떤 도회지의 거리며, 이따금 스스로 만족감을 느끼던 어떤 시간의 귀에 익은 소리들을 마치 자신의 피로한 마음속으로부터 찾아내듯이 하나씩 다시 들을 수 있었다. 이미 부드러워진 공중으로 들려 오는 신문팔이들의 고함 소리, 공원 속의 마지막 새소리, 샌드위치 장수의 부르짖음, 높은 시가의 휘어진 길목에서 울리는 전차의 경적 소리, 그리고 항구 위로 밤이 내리려는 무렵, 하늘에 반향하는 어렴풋한 소리, 그러한 모든 것이 나에게 장님이 더듬는 길 같은 것을 이루고 있었다. 그 길은 형무소로 들어오기 전에 내가 잘 알고 있던 것이었다.

그렇다, 그것은 이미 오랜 옛날, 내가 스스로 만족감을 느끼던 시작이었다. 그러한 때 나를 기다리고 있던 것은 언제나 가볍고 꿈도 없는 잠이었다. 그러나 이제는 무엇인가 달라진 것이 있었다. 왜냐하면, 내일을 기다리고 있었던 내가 돌아온 곳은 나의 감방이었기 때문이다. 마치 여름 하늘 속에 그려진 낯익은 길이 죄 없는 수면으로 이를 수 있고, 감옥으로 이를 수도 있는 것처럼.

4

피고석에 앉아서라도 자기 이야기를 듣는 것은 언제나 흥미 있는 일이다. 검사와 변호사 사이의 변론이 있는 동안 사람들은 내 이야기를 많이 하였다. 아마 내 범죄 이야기보다도 더 많이 내 이야기를 하였다고 할 수 있다. 그리고 양쪽의 변론에 커다란 차이가 있었을까? 변호사는 팔을 쳐들어 올리고 범죄를 인정하되 변명을 붙였고, 검사는 손가락질을 하며 유죄를 고발하여, 변명의 여지를 주지 않았을 따름이다. 그러나 나를 막연히 난처하게 만드는 일이 하나 있었다. 나는 스스로 생각에 깊이 빠져 있었으나, 때로는 나도 한마디 이야기를 하고 싶었다. 그러면 변호사는, "가만있어요, 그래야 일이 잘 됩니다." 하고 말하는 것이었다. 이를테면 사건이 나와는 아무런 관계없이 다루어지는 셈이었다. 나는 참여도 시키지 않고 모든 것이 진행되었다. 내 의견을 물어 보지도 않은 채 내 운명이 결정되는 것이었다. 때때로 나는 다른 사람들의 이야기를 가로막고 이렇게 말하고 싶었다.

"그렇지만 도대체 누가 피고입니까? 피고라는 것은 중요합니다. 나에게는 할 말이 있습니다."

그러나 생각을 해보면 할 이야기가 아무것도 없었다. 그리고 나는 사람들에게 관심을 갖는다는 흥미는 오래 계속되지 않는다는 것을 인정하지 않을 수 없다. 가령 검사의 논고가 곧 나에게는 싱거웠다. 나의 관심을 끌거나 흥미를 일으킨 것은 다만 단편적인 말들, 몸짓들, 혹은 전체와는 동떨어지는 한 토막의 연설, 그러한 것들이었다.

내가 옳게 이해한 것이라면, 검사의 생각의 요점은 내가 범죄를 미리 계획했었다는 것이었다. 적어도 그는 그것을 증명하려고 했으며, 그 자신이 이렇게 말하고 있었다.

"그것을 증명하겠습니다. 그것을 나는 이중으로 증명할 수 있습니다. 첫째로는 명백한 사실에 비추어서, 둘째로는 이 악한 마음씨의 음흉한 심리 상태에 비추어서 증명할 수 있는 것입니다."

검사는 어머니가 죽은 뒤의 사실들을 요약하였다. 내가 냉담하였다는 것, 어머니의 나이를 몰랐었다는 것, 이튿날 여자와 해수욕을 하러 갔었다는 것, 페르낭델의 영화를 구경하고 끝으로 마리와 함께 집으로 돌아왔다는 것을 지적했다. 그때, 나는 검사의 말을 이해하기에 꽤 시간이 걸렸다. 그가 '정부'란 말을 썼기 때문이다. 그러나 나에게는 마리였을 따름이다. 그리고 검사는 레이몽의 이야기를 하였다. 사건을 보는 그의 방법은 여간 명석한 것이 아니라고, 나는 생각했다. 그의 이야기는 그럴 듯했다. 나는 레이몽과 합의하여 그의 정부를 꾀어다가 '도덕 관념이 의심스러운' 사나이의 흉악한 행위에 맡기려고 편지를 썼다. 바닷가에서는 내가 레이몽의 적들에게 대들었다는 것이다. 레이몽이 다쳤다. 나는 레이몽에게서 권총을 달래 가지고 혼자서 그것을 사용할 생각으로 되돌아갔다. 그리하여 계획대로 아라비아 사람을 쏘아 죽인 것이다. 조금 기다려서 '일이 잘 되었음을 확인하기 위하여' 다시 네 방의 탄환을 태연자약하게, 말하자면 확실히 명확한 의식을 가지고 쏘았다는 것이다.

검사는 말했다.

"이상과 마찬가지로 나는 여러분께, 이 사람이 뻔히 알면서 살인을 하게 된 사건의 경위를 말씀드렸습니다. 나는 이 점을 강조합니다. 왜냐하면, 이것은 보통의 살인, 정상(情狀)에 따라 관대하게 보아 줄 수도 있는 반사적 행동이 아닙니다. 여러분, 이 사람은 지식도 있습니다. 이 사람의 진술을 여러분도 듣지 않으셨습니까? 그는 대답할 줄도 알고, 말의 뜻도 잘 알고 있습니다. 그러므로 자기가 하는 일을 모르고 행동하였다고는 할 수 없습니다."

귀를 기울이고 있던 나는 나를 지식 있는 사람이라고 하는 말을 들었다. 그러나 보통 사람이면 누구나 가지고 있는 능력이 어떻게 한 사람의 범인에게 매우 불리한 조건이 되는 것인지, 나는 잘 이해할 수가 없었다. 적어도 내 머리를 때린 것은 그러한 점이었다. 그 뒤로 검사의 말을 듣지 않고 있었으나, 이윽고 나는 다시 그의 말을 들었다.

"후회하는 빛을 보이기나 했던가요? 여러분, 조금도 없었습니다. 예심 때도 이 사람은 자기의 가증스러운 범행에 대해 한 번도 뉘우치는 것 같지 않았습니다."

그러고는 나에게로 돌아서서, 손가락으로 나를 가리키며 계속하여 열변을 늘어놓았는데, 사실 나는 그 이유를 잘 알 수 없었다. 그의 이야기가 옳다는 것을 인정하지 않을 수 없기는 했다. 나는 나의 행동을 그다지 뉘우치고 있지는 않았다. 그렇지만, 그렇게 노발대발한다는 것이 나에게는 놀라웠다. 그에게 나는 다정스럽게, 거의 애정을 기울여, 나로서는 참말로 무엇을 후회할 수가 없었던 것이라고 설명을 해 주고 싶었다. 나는 항상 앞으로 나에게 일어날 일, 오늘의 일 또는 내일의 일에 마음이 팔려 있었다. 그러나 물론 나의 처지로서는 누구에게도 그러한 투로 말할 수는 없었다. 나에게는 다정스러운 태도를 취하거나, 선의를 가질 권리가 없는 것이다. 그러므로 검사는 다시 나의 영혼에 관한 이야기를 시작했으므로, 나는 귀를 기울였다.

검사는 나의 영혼을 들여다보았으나, 아무 것도 찾아볼 수 없었다고 배심원들에게 말하였다. 사실 영혼이라는 것이 나에게는 도무지 없으며, 인간다운 점이 조금도 없고, 인간의 마음을 보전하는 도덕적 원리가 모두 나에게는 받아들여지지 않고 있다는 것이었다.

그는 덧붙여 말했다.

"아마도 우리는 그것을 비난할 수는 없을 것입니다. 그가 가질 수 있는 것이 그에게 없다는 것을 나무랄 수도 없는 일입니다. 그러나 이 법정에서는 소극적인 관용의 덕(德)은 그보다 더 어렵기는 하지만, 더 높은 덕으로 바뀌어야 합니다. 특히 이 사람에게서 볼 수 있는 것 같은 심리의 공허가 사회 전체를 삼켜 버릴 수도 있는 심연(深淵)이 되는 경우에는 더욱 그러합니다."

그리고는 어머니에 대한 나의 태도를 논의하였다. 공판 중에 한 말을 그는 다시 되풀이하였다. 그러나 그것은 나의 범죄를 이야기하였을 때보다도 더 길었다. 너무나 길어서, 마침내 그날 아침의 더위밖에는 아무것도 나는 느낄 수가 없었다. 얼마 지나서, 차석 검사는 잠시 말을 끊었다.

다시 매우 낮고 자신 있는 목소리로 말했다.

"내일 이 법정은 가장 가증스러운 범죄, 부모를 살해한 범행을 심판하게 될 것입니다."

그의 말에 의하면, 이 잔악한 범죄는 상상조차 할 수 없을 정도로 무서운 것이었다. 그는 인간 사회의 율법이 엄중한 처단을 내리기를 바란다고 말했다. 그러나 이 범행이 일으키는 전율감도 차라리 나의 무감각함에 대하여 느끼는 전율감에는 미치지 못한다고 서슴지 않고 말했다. 또 그의 말에 의하면 자기의 손으로 죽이는 사람과 마찬가지로, 인간 사회에서 말살되어야 한다는 것이었다. 어쨌든 전자는 후자의 행위를 준비하는 것이며, 말하자면 그러한 행위를 예고하고 승인한다는 것이다.

"여러분, 나는 확신합니다." 그는 목소리를 높여서 덧붙여 말했다. "이 의자에 앉아 있는 이 사람은, 이 법정이 내일 판결을 내리게 될 살인죄를 또한 범한 것이라고 말하여도, 여러분은 내 생각이 지나치다고는 생각하지 않을 것입니다. 그러므로 이 사람은 형벌을 받아야 할 것입니다."

여기에서 검사는 땀으로 번뜩이는 얼굴을 닦았다. 끝으로 그는 자기의 의무는 괴로운 것이지만, 단호히 그것을 수행할 것이라고 말하였다. 나는 사회의 가장 근본적인 율법을 무시하고 있으므로,

사회와는 아무 관계도 없으며, 인간 마음의 가장 기본적인 반응도 모르는 사람이므로, 인정에 호소할 수도 없는 것이라고 말하였다.

"나는 이 사람에 대하여 사형을 구형합니다. 사형을 구형하여도 내 마음은 가볍습니다. 왜냐하면, 이미 짧지 않은 재직 기간 중, 나는 여러 번 사형을 구형한 일이 있었지만, 오늘처럼 이 괴로운 의무가 신성한 지상 명령이란 의식과 흉악한 것밖에는 아무것도 읽어 볼 수 없는 한 사람의 얼굴을 앞에 놓고 느끼는 전율감에 의해 보상을 받아 균형을 이루고 빛을 받는 것처럼 느껴 본 적은 일찍이 없었기 때문입니다."

검사가 자리에 앉자, 상당히 오랜 침묵이 흘렀다. 나는 더위와 놀라움으로 어리둥절했었다. 재판장이 두어 번 기침을 하고 나서 낮은 목소리로, 덧붙여 할 말은 없느냐고 내게 물었다. 나는 이야기하고 싶었으므로, 일어서서 그저 생각나는 대로 아라비아 사람을 죽이려는 의도는 없었던 것이라고 말하였다. 재판장은 그건 하나의 주장이라고 대답하고, 아직 나의 변호 내용을 잘 알 수 없으니 변호사의 말을 듣기 전에 내가 그런 행동을 하게 된 동기를 명확히 말해 주면 좋겠다고 말하였다. 나는 빠른 어조로, 말을 좀 뒤섞으며, 내가 우습게 보인다는 사실을 알면서도 그것은 태양 때문이었다고 말했다. 장내에는 웃음이 터졌다. 나의 변호사는 어깨를 으쓱해 보였다. 곧 뒤이어, 그는 발언의 지명을 받았으나, 시간도 늦고 자기의 진술은 여러 시간을 요할 것이므로 오후로 미루어 주면 좋겠다고 말하였다. 법정은 이에 동의하였다.

오후에도 커다란 선풍기가 여전히 실내의 무더운 공기를 휘젓고, 배심원들의 가지각색의 조그만 부채들은 모두 같은 방향으로 움직이고 있었다. 변호사의 변론은 언제 끝이 날지 모를 지경이었다. 그러나 문득 나는 귀를 기울였다. "내가 죽인 것은 사실입니다." 하고 그가 말했기 때문이다. 그는 그런 조로 이야기를 계속했다. 나의 말을 할 때마다 그는 '나'라고 했다. 나는 매우 놀랐다. 나는 경관에게로 몸을 굽혀 그 이유를 물었다. 경관은 가만있으라고 말하고 조금 있더니 변호사들은 모두 그렇다고 덧붙였다. 나로서는 그것도 또한 나를 사건으로부터 젖혀 놓고, 나를 제로[零]로 만들어 버리는 것이고, 이를테면 그가 나 대신의 역할을 하는 것이라고 생각했다. 그러나 나의 주의는 벌써 그 법정에서 매우 멀어져 있었다고 생각한다. 그리고 나의 변호사는 우스워 보였다. 그는 빠른 어조로 나의 살인행위를 변호하고 나서, 그도 역시 내 영혼에 관해 이야기했다. 그러나 검사에 비하여 그 솜씨가 훨씬 손색이 있는 것 같았다.

"나도 역시 피고의 눈을 들여다보았습니다만, 탁월하신 검사 각하의 의견과는 반대로 나는 무엇인지를 발견할 수 있습니다. 뿐만 아니라, 펼쳐 놓은 책을 읽듯 환히 볼 수 있었다고 말할 수 있습니다."

나는 성실한 인물이며, 규칙적이고, 근면하고, 일하고 있던 회사에 충실하였으며, 모든 사람들로부터 호평을 받고, 다른 사람의 불행을 동정하는 사람이었다는 것을 그는 읽었다는 것이었다. 그의 의견에 의하면, 나는 힘이 자라는 한 정성껏 오랫동안 어머니를 부양한 모범적 아들이었다. 나중에는 나의 자력으로는 안락한 생활을 시켜 드릴 수 없어 양로원이 대신 늙은 어머니에게 베풀어 줄 수 있으리라고 내가 기대했다는 것이다. 그러고는 덧붙여 말했다.

"여러분, 그 양로원에 관하여 이러니저러니 그렇게도 많은 논의가 있었다는 것을 나는 차라리 이상하게 생각합니다. 만일에 그러한 시설의 유익함과 고귀함의 증거를 제시해야 할 것이라면, 국가 자체가 그런 시설을 보조하고 있다는 사실을 말하지 않을 수 없을 것입니다."

다만 장례식에 관해서는 아무 말이 없었다. 그것이 그의 결론의 결함이라는 것을 나는 느꼈다. 그러나 그러한 장광설들, 여러 날 동안 나의 영혼에 관하여 이야기를 한 그 한없이 긴 시간 때문에, 나에게는 모든 것이 빛깔 없는 물처럼 되어 버려, 그 속에서 어지러움을 느끼는 것 같은 인상을 받았다.

마침내 변호사가 이야기를 계속하고 있는 동안에 거리로부터 다른 방들과 법정의 온 공간을 거쳐서, 아이스크림 장수의 나팔 소리가 내 귀에까지 울려 왔던 것을 나는 기억하고 있을 따름이다. 나는 이미 나의 것이 아닌 나의 생애, 그러나 거기서 내가 지극히 빈약하나마 집요한 기쁨을 얻었던 생애의 추억에 사로잡혔다. 여름의 냄새, 내가 좋아하던 거리, 어느 날 저녁의 하늘, 마리의 웃음과 옷차림. 그곳에서 내가 했던 쓸모없는 그 모든 것들이 나의 목구멍까지 치밀어 올라왔기 때문에, 나는 다만 이 일이 어서 끝나고, 나의 감방으로 돌아가서 잠잘 수 있기만을 바랐다. 나의 변호사가 끝으로 배심원들은 일시적 실수로써 소행을 그르친 성실한 근로인을 사형에 처하지는 않을 것이라고 외치고, 내가 이미 가장 확실한 벌로써 영원한 뉘우침을 끌고 다닐 범죄에 대하여 정상 참작을 요구하는 것도 내 귀에는 거의 들리지 않았다. 법정은 심문을 중지하고, 변호사는 피곤한 빛을 보이며 자리에 앉았다. 그러자, 그의 동료들의 달려와서 그의 손을 잡았다.

"참 훌륭했어." 하는 말이 들렸고, 그 중 한 사람은 나에게 그것의 증거를 구하는 듯이, "그렇지요?" 하고 말하기까지 하였다. 나는 동의를 하였으나, 나의 찬사는 진심에서 우러나온 것이 아니었다. 너무나 피곤해졌기 때문이다.

밖에서는 시간이 기울어, 더위는 덜해졌다. 한길에서 들려 오는 소리에 의해, 나는 저녁의 부드러움을 짐작할 수 있었다. 우리들은 모두 거기서 기다리고 있었는데, 그것은 나 한 사람에 관계되는 일이었다. 나는 다시 한 번 장내를 둘러보았다. 모든 것이 첫날과 똑같은 상태에 있었다. 나는 회색 웃옷을 입은 신문기자, 그리고 자동인형 같은 여자의 눈길과 마주쳤다. 그것 때문에 재판 중에 한 번도 눈으로 마리를 찾지 않았다. 마리를 잊지는 않았으나 할 일이 너무나 많았던 것이다. 마리는 셀레스트와 레이몽 사이에 있었다. 그녀는 "이제 끝났어요." 하고 말하는 듯이 나에게 조그맣게 손짓을 하였다. 그리고 약간 근심 어린 얼굴로 웃음을 짓고 있는 것이 보였다. 그러나 나는 마음이 닫혀 있음을 느꼈다. 그녀의 미소에 답조차 할 수 없었던 것이다.

공판이 재개되었다. 매우 빠른 어조로 배심원들에 대한 여러 가지 질문의 낭독이 있었다. '살인죄', '가해행위' 같은 말들이 들렸다. 배심원들이 나가 버리고, 나는 앞서 기다렸던 방으로 안내되었다. 나의 변호사가 따라와서, 매우 수다스럽게 여느 때보다도 더욱 자신이 있고 다정스러운 태도로 말하였다. 모든 것이 잘 될 것이므로, 몇 년 동안의 금고(禁錮)나 혹은 징역을 치르면 그만일 것이라고, 그는 생각하고 있었다. 만약에 판결이 불리할 경우에는 파기할수도 있느냐고 나는 물었다. 그럴 수는 없다고 그는 대답했다. 배심원 측의 악감을 사지 않게 하기 위하여, 이 편의 결론적 요구를 말하지 않는 것이 그의 전술이었다는 것이다. 그는 그렇게 아무 이유도 없이 판결을 파기하지는 못하는 법이라고 설명했다. 그것은 나에게도 명백한 것으로 생각되어, 그의 이론을 수긍할 수밖에 없었다. 따져 보면, 그것은 지극히 당연한 일이었다. 그렇지 않으면, 그숱한 서류가 쓸데없을 것이다.

"어쨌든 상고할 수는 있습니다. 그러나 결과는 나쁘지 않으리라고 확신합니다."

나의 변호사는 말하였다.

우리들은 매우 오랫동안, 아마 거의 사오십 분이나 기다렸다. 시간이 되자, 종이 울렸다.

"배심원 측의 답신을 재판장이 읽습니다. 당신은 판결을 언도할 때에야 들어오게 될 것입니다."

변호사는 이렇게 말하면서 나를 두고 가 버렸다. 문을 여닫는 소리가 들렸다. 사람들이 계단을 뛰어가고 있었으나, 멀고 가까움을 분간할 수는 없었다. 그러고는 법정으로부터 나직한 목소리로 무엇인지 읽는 것이 들렸다. 다시금 종이 울리고 피고석의 문이 열렸을 때 나에게로 밀려 온 것은 장내의 침묵, 그리고 그 젊은 신문 기자가 눈을 다른 곳으로 돌리는 것을 보았을 때의 그 야릇한 감각이었다. 나는 마리가 있는 쪽을 보지 못했다. 시간의 여유가 없었던 것이다. 왜냐하면 재판장이 이상한 말투로, 피고는 프랑스 국민의 이름으로 광장에서 목이 잘리게 될 것이라고 말했기 때문이다. 그때 나는 모든 사람들의 얼굴 위에 나타난 감정을 알아볼 수 있을 것 같았다. 그것은 나를 존경하는 빛이었다고 생각된다. 경관들은 나에게 무척 다정스러웠고, 변호사는 내 손목에 그의 손을 올려놓았다.

나는 아무것도 생각하지 않고 있었다. 그러나 재판장이 무엇이든지 덧붙여 말할 것은 없느냐고 묻기에, 이렇게 대답했다.

"없습니다."

그리고 나는 누군가에게 이끌려 법정을 나왔다.

5

나는 형무소 소속 신부의 면회를 세 번째 거절했다. 그에게 말할 것도 없고 이야기하기도 싫어서 서둘러서 만나야 할 까닭이 없었던 것이다. 지금의 나의 관심거리는 기계적인 것으로부터 벗어나는 것, 불가피한 것으로부터 빠져 나갈 길이 있을 수 있는지를 알아보는 일이다.

감방이 바뀌었다. 지금 이 감방으로부터 반듯이 누우면 하늘이 올려다 보이고, 그리고 하늘밖엔 보이지 않는다. 하늘 모습 위에 낮이 밤으로 옮겨 가는 빛깔의 조락을 바라보는 것으로 하루하루가 지나간다. 누워서 머리 밑에 손을 괴고, 나는 기다린다. 사형 선고를 받은 사람으로서 그 무자비한 메커니즘으로부터 벗어난 예가, 처형되기 전에 종적을 감추었다든지 경계선을 돌파한 예가 있었을까 하고 나는 몇 번이나 자문하여 보았는지 모른다. 그럴 때마다 사형 집행에 관한 이야기에 그다지 주의를 기울이지 않았던 것이 후회되었다. 그러한 문제에는 언제나 관심을 가져야 할 것이다. 어떤 일을 당하게 될지 알 수 없지 않은가? 다른 사람들과 마찬가지로 나도 신문 기사를 읽은 일이 있긴 하다. 그러나 특별한 저서들이 확실히 있었을 텐데, 나는 그것들을 들여다보고자 하는 호기심을 한 번도 가져 본 적이 없었던 것이다. 그러한 책들 속에서라면 탈출에 관한 이야기도 찾아볼 수 있을 것이다. 적어도 한 번쯤은, 바퀴가 멎어 그 거스를 수 없는 전락 속에서 우연과 행운이 한 번쯤은 무슨 변동을 일으킨 일이 있다는 것을 알 수 있었을 것이다. 단 한 번만! 어느 의미로는 그것만으로 내게는 충분하였으리라고 생각한다. 나머지는 나의 마음으로써 보충할 수 있었을 것이다.

신문들은 흔히 사회에 대한 죄과를 운운한다. 신문에 의하면, 그것을 갚아야 한다는 것이다. 그러나 그러한 말은 상상력을 불러일으켜 주지 못한다. 중요한 것은 탈출의 가능성, 무자비한 의식(儀式) 밖으로의 도약, 희망의 무한한 기회를 주는 미친 듯한 질주였다. 물론 희망이라고 해도 길 모퉁이에서 달리던 도중에 날아오는 총탄에 맞아 쓰러지는 것뿐이다. 그러나 곰곰이 생각해 보면, 그러한 사치를 나에게 허락해 주는 것은 아무것도 없었다. 모든 것이 나에게 그것을 금지하고 기계적인 것이 나를 다시 붙잡는 것이었다.

아무리 하여도 그는 그러한 턱없는 확실성을 받아들일 수는 없었다. 왜냐하면, 어쨌든 그 확실성에 근거를 둔 판결과 판결의 언도가 내려진 순간부터 그 어쩔 수 없는 결말과의 사이에는 어처구니없는 불균형이 있었기 때문이다. 판결문이 오후 5시가 아니라 오후 8시에 낭독되었다는 사실, 그 판결문이 전혀 다를 수도 있었으리라는 사실, 그것이 속옷을 갈아입는 인간들에 의하여 결정되었다는 사실, 그것이 프랑스 국민(혹은 독일 국민, 중국 국민)이란 지극히 모호한 관념에 의하여 언도되었다는 사실, 그러한 모든 것은 그 같은 결정으로부터 많은 준엄성을 제거하는 것처럼 내게는 생각되었다. 그러나 그 선고가 내려진 순간부터 그 결과는 내가 몸을 비벼대고 있던 이 벽의 존재와 마찬가지로 확실하고 준엄하게 된다는 사실을 인정하지 않을 수가 없었다.

　그럴 때, 나는 어머니에게서 들은 아버지의 이야기를 회상하였다. 나는 아버지를 알지 못했다. 아버지에 관하여 내가 정확히 알고 있는 것으로는 아마 어머니가 그때 이야기하여 준 것밖에 없을 것이다. 아버지는 어느 살인범의 사형 집행을 보러 갔었다는 것이다. 그것을 보러 갈 생각만으로도 아버지는 병이 들었다. 그래도 아버지는 갔었고, 돌아오는 길에 아침에 먹었던 음식을 토해 버렸다. 그 말을 들었을 때, 나는 아버지가 좀 싫어졌었다. 그러나 지금 나는 그것이 지극히 당연한 일이라는 것을 이해할 수 있었다. 사형 집행보다 더 중대한 일은 없으며, 어떤 의미로는 그것이야말로 사람에게는 참으로 흥미 있는 유일한 일이라는 것을 어째서 나는 알아차리지 못했던 것일까?

만약에 내가 이 감옥에서 빠져 나갈 수 있다면, 나는 모든 사형 집행을 빠짐없이 보러 가리라. 그러한 가능성을 생각해 보는 것은 잘못이었다고 생각한다. 왜냐하면, 어느 날 이른 아침 경계선 뒤에서, 말하자면 저쪽에서 자유스러울 자기 자신을 생각할 때, 구경하러 갔다가 토할 수 있을 것을 생각할 때, 억눌렸던 기쁨의 물결이 가슴으로 복받쳐 올랐기 때문이다. 그러나 그것은 이치에 어긋나는 일이었다. 그러한 가정(假定)에 빠져 들어가는 것은 잘못이었다. 왜냐하면, 그 뒤로 곧 나는 너무나 추워서 이불 밑에서 몸을 웅크리지 않을 수 없었기 때문이다. 참다 못해 나는 턱을 덜덜 떨고 있었다.

그러나 물론 언제나 이치에 맞는 생각만 할 수는 없는 것이다. 또 법률의 초안을 만들어 보는 때도 있었다. 형법 체계를 개혁하고 있었던 것이다. 요점은 사형 선고를 받은 자에게 기회를 준다는 것이었다. 첫 번에 한 번쯤, 그것이면 여러 가지 일을 해결하기에 충분했었다. 그리하여, 그것을 먹으면 수형자가(나는 수형자라는 말을 생각했었다) 열 번에 아홉 번 죽는 그런 화학 약품의 배합을 고안해 낼 수도 있을 것이라고 생각했다. 수형자에게 그런 사실을 알려 주어야 하는 것이다. 그것이 조건이었다. 왜냐하면 곰곰이 냉정하게 일을 생각하여 보면, 단두대(斷頭臺)로써 불비한 점은 어떠한 기회도, 절대로 어떠한 기회도 없는 것이라는 사실을 나는 인정하지 않을 수 없었기 때문이다. 결국 어쩔 수 없이 수형자의 죽음은 결정되어 버리고 마는 것이다. 그것은 이미 처리된 일로서 확정적 조치요, 기정 사실이어서, 그것을 취소할 여지가 없는 것이다. 만약에 혹시 어쩌다가 목이 잘 베어지지 않는 경우가 있으면, 다시 할 뿐이다.

그러므로 기막힌 일은 수형자로서는 기계가 아무 고장 없이 움직여 주기만 바랄 수밖에 없다는 점이다. 그것이 불비한 점이라고 나는 말하는 것이다. 어떤 의미로도 그것은 사실이었다. 그러나 또 다른 의미로는 그 훌륭한 조직의 모든 비결이 거기에 있다는 것을 나는 또한 인정하지 않을 수 없었다. 요컨대 수형자는 정신적으로 협력을 하지 않으면 안 된다. 모든 것이 지장 없이 진행된다는 것이 그에게도 이로운 것이다.

나는 또한 그러한 문제에 관해서, 여태까지 정확하지 못한 생각을 가지고 있었다는 것을 인정하지 않을 수 없었다. 오랫동안 나는, 왜 그랬는지는 몰라도 단두대로 가기 위해서는 단두대로 올라가야만 하고, 그러기 위해서는 계단을 걸어 올라가야 한다고 생각하고 있었다. 그것은 1789년의 대혁명 때문이라고, 다시 말하자면, 그러한 문제에 관해서 사람들이 가르쳐 주고, 또 보여 주고 한 모든 것들 때문이라고 생각한다. 그런데 어느 날 아침, 소문이 자자했던 어느 사형 집행이 있었을 때, 신문에 실렸던 사진 한 장이 생각났다. 기계는 땅 바닥에 지극히 간단하게 놓여 있었고, 생각했던 것보다는 훨씬 좁았다. 좀더 일찍이 그런 것을 생각하지 않았다는 것이 적이 이상스러웠다. 그 사진에 나타난 기계는 무엇보다도 정밀한 제품답게 그 규모 있고 번쩍이는 모양이 퍽 나의 인상에 남았었다. 사람이란 알지 못하는 것에 관하여서는 과장된 생각을 품는 법이다. 그런데도 실상은 모든 것이 사람의 키만 했다. 마치 누구를 만나러 가듯이 걸어가서 기계와 부딪친다. 어떤 의미로는 그것도 또한 참기 어려운 일이었다. 단두대로 올라간다면 승천을 하는 것이다. 그런 방향으로 상상력을 동원할 수도 있을 것이다. 그 점에 있어서도 기계적인 것이 모든 것을 짓눌러 버리는 것이었다. 그저 얼마간의 부끄러움 속에 상당히 정확하게 슬그머니 목숨이 끊어지는 것이다.

그 밖에 또 줄곧 나의 머리를 떠나지 않는 것이 두 가지 있었다. 새벽과 상고(上告)가 그것이다. 그러나 나는 스스로 타일러 그러한 생각은 하지 않으려고 애썼다. 누워서 하늘을 바라보며 거기에 주의를 집중해 보려고 했었다. 하늘은 초록빛으로 변했다. 저녁이 된 것이다. 나는 생각의 방향을 돌리려고 더욱 애를 썼다. 나는 심장의 뛰는 소리를 듣고 있었다. 그렇게도 오래 전부터 나를 따라다니던 그 소리가 멎을 때가 있으리라고는 아무리 해도 상상할 수 없었다. 나는 진정한 상상력을 가져 본 적이 없다. 그래도 이 심장의 고동이 나의 머리에 울리지 않게 될 그 순간을 생각해 보려고 하였다. 그러나 헛수고였다. 새벽, 또는 상고라는 것이었기 때문이다. 나는 마침내 내 마음을 억제하려 들지 않는 것이 가장 현명한 일이라고 생각하기에 이르렀다.

그들이 새벽녘에 온다는 것, 그것을 나는 알고 있었다. 결국 나는 밤마다 그 새벽을 기다리며 지낸 셈이다. 나는 언제나 갑자기 놀라는 것을 싫어했다. 무슨 일이든 생길 때면 마음의 준비를 해두고 싶은 것이다. 그런 까닭으로, 나는 마침내 낮 동안에 좀 자 두었다가, 밤에는 끝끝내 새벽빛이 천장 유리창 위에 훤히 밝아 오기를 기다리게끔 되었다. 가장 괴로운 것은 그들이 보통 그 일을 하러 오는 때라는 것을 내가 알고 있던 그 분간하기 어려운 시간이었다. 자정이 지나면, 나는 기다리며 지켜보고 있었다. 내 귀가 그처럼 많은 소리, 그렇게도 조그만 소리를 들어 본 적은 일찍이 없었다. 그리고 그 동안 발자국 소리는 한 번도 들리지 않았으므로, 어지간히 나는 운이 좋았다고 할 수 있을 것이다. 사람이란 아주 불행하게 되는 법은 없는 거라고, 어머니는 흔히 말했었다. 하늘이 빛을 띠어 새로운 하루가 나의 감방으로 새어들 때, 나는 어머니의 말이 옳다고 생각했다. 왜냐하면 발걸음 소리가 들려 와서 내 심장이 터지고 말 수도 있었을 것이기 때문이다. 바스락 소리만 나도 문으로 달려가 판자에 귀를 대고 미치는 듯이 기다리노라면, 나중에는 나 자신의 숨소리가 들려와 마치 허덕이는 개의 숨결과도 같이 거칠었으므로 깜짝 놀라는 일은 있었지만, 결국 나의 심장은 터지지 않았고, 다시 한 번 나는 24시간을 얻을 수 있었다.

낮 동안에는 언제나 상소라는 것을 생각했다. 나는 이 상소에 대한 생각을 가장 적절하게 이용했다고 믿는다. 효과를 면밀히 따져 가지고 나의 생각으로부터 최대의 능률을 얻도록 한 것이다. 나는 늘 최악의 경우를 가정하곤 하였다. 상고 기각이 그것이었다.

"그래, 그때는 죽을 수밖에 없다." 다른 사람들보다 먼저 죽는 것은 사실이지만, 그러나 인생이 살 만한 가치가 없다는 것은 누구나 알고 있다. 결국 30세에 죽든지 60세에 죽든지 별로 차이가 없다는 것을 나도 모르는 바 아니었다. 그 어떤 경우에든지, 그 뒤엔 다른 남자들과 다른 여자들이 살아갈 것이고, 그리고 몇 천 년 동안 그럴 것이다. 결국 그것보다 더 명백한 일은 없다. 지금이든, 20년 뒤이든 내가 죽는 것에는 다름이 없다. 그때 나의 그러한 논리(論理) 속에서 조금 방해가 되었던 것은 이제 앞으로 올 20년의 생활을 생각할 때 느낀 그 마음의 약동이었다. 그러나 20년 뒤에 역시 그곳에 가지 않으면 안 되었을 때, 내가 무엇을 생각할 것인지를 상상함으로써 그것도 눌러 버리면 그만이었다. 죽는 바에야 어떻게 죽든, 언제 죽든, 그런 건 문제가 아니다. 그것은 명백한 일이었다. 그러므로(그리고 어려운 일은 이 '그러므로'라는 말이 표시하는 모든 추론을 시야로부터 잃어버리지 않도록 하는 것이었다), 나는 나의 상고의 기각을 승인할 수밖에 없었다.

그때에야, 비로소 나는 두 번째 가정을 생각해 볼 권리를 가질 수 있어, 말하자면 나 자신에게 그것을 용인하는 것이었다. 그 제2의 가정은 무죄 석방이었다. 거북스러운 것은 턱없는 기쁨으로 눈을 찌르는 그 피와 육체의 약동을 진정시키지 않으면 안 되었던 일이다. 그 부르짖음을 억누르고 그것을 타일러야만 하였다. 첫 번째 가정에 있어서의 나의 단념을 더욱 적절하게 만들기 위하여서는 이 두 번째 가정에서도 나는 태연스러워야만 했던 것이다. 그럴 수 있을 때는 1시간쯤 가라앉은 마음을 가질 수가 있었다. 그만하면 어쨌든 경의를 표할 만한 일이었다.

그럴 즈음, 나는 또다시 소속 신부의 면회를 거절했다. 나는 누워서 하늘이 황금빛으로 물드는 것을 보며, 여름 저녁이 가까워 옴을 느끼고 있었다. 바로 나의 상고가 기각되고 난 터이어서, 나는 혈액의 파동이 규칙적으로 내 몸 속을 순환하고 있음을 느낄 수 있었다. 나는 구태여 신부를 만날 필요가 없었던 것이다.

오래간만에 처음으로 나는 마리를 생각했다. 퍽 오래 전부터 마리로부터 편지가 오지 않았다. 그날 저녁 나는 곰곰이 생각한 끝에,

아마 사형 선고를 받은 사람의 연인 놀음에 그만 지쳐 버린 것이라고 결론을 지었다. 어쩌면 몸이 아프거나 죽었을지도 모른다는 생각도 들었다. 그것은 당연한 일이었다. 서로 떨어져 있는 우리들의 두 육체밖에는 이제 우리들을 결부시키고 서로 생각하게 하는 것은 아무것도 없었으니, 어떻게 내가 그러한 사정을 알 수 있을 것인가?

게다가 그때부터 이미 말의 추억은 나에게는 아무런 관계도 없는 것이다. 죽었다면 마리에게 나는 아무런 관심도 갖지 않을 것이다. 그것은 당연한 일이라고 생각되었다. 내가 죽은 뒤에는 사람들이 나를 잊어버린다는 사실을 나는 잘고 있었기 때문이다. 죽고 나면, 사람들은 나와 아무 관계도 없어지는 것이다. 그런 일은 생각하기 괴로운 것이라고 말할 수도 없었다.

신부가 들어온 것은 바로 그때였다. 그를 보자, 나는 몸을 약간 떨었다. 신부는 그것을 보고 겁내지 말라고 하였다. 보통은 다른 시간에 왔다고 말했더니, 그는 이번 면회는 순전히 친구로서 온 것이며, 나의 상고와는 아무 관계도 없으며, 상고에 관해서는 자기는 아무것도 모른다고 대답했다. 내 침대 위에 앉은 다음, 그는 나더러 가까이 오라고 권하였지만, 나는 거절해 버렸다. 그러나 그는 매우 다정했다.

잠시 동안, 그는 앉아서 두 팔을 무릎 위에 올려놓고 머리를 숙여 자기 손을 바라보고 있었다. 그 손은 가냘프지만 근육이 발달되어 있었고, 두 마리의 민첩한 짐승을 연상케 했다. 신부는 천천히 그 두 손을 비볐다. 그러고는 여전히 머리를 숙이고 우두커니 앉아 있었다. 너무나 오랫동안 그대로 있어서, 나는 잠시 그를 잊어버린 것 같은 느낌이 들었다.

갑자기 그는 머리를 쳐들고 나를 정면으로 바라보며 말했다.

"왜 면회를 거절하십니까?"

나는 하나님을 믿지 않는다고 대답했다. 그 점에서 대하여 확신을 가질 수 있느냐고 묻기에, 나는 그러한 것을 자문해 볼 필요는 없다고 말했다. 그런 것은 아무런 중요성도 없는 문제라고 나에게는 생각되었기 때문이다. 그러자 그는 몸을 뒤로 젖히고 손을 펼쳐 넓적다리 위에 대고 벽에 등을 기댔다. 그는 나에게 이야기를 한다는 빛을 거의 보이지 않으면서, 사람이란 스스로 확신을 가질 수 있다고 생각하지만, 사실은 그렇지 못할 때가 있는 것이라고 설명하였다.

나는 아무 말도 하지 않았다. 그는 나를 쳐다보고 물었다.

"어떻게 생각하십니까?"

그럴 수도 있을 것이라고 대답했다. 어쨌든 정말로 내 관심을 끄는 것에 대하여서는 확신을 가질 수 없을지도 모르겠으나, 내 관심을 끌지 않는 것에 대해서는 명백히 확신을 가질 수 있다고 말했다. 그리고 그가 이야기하는 것은 바로 내 관심을 끌지 않는 것이라고 말했다.

그는 눈을 돌렸으나, 여전히 그 자세를 고치지 않고, 절망한 나머지 그런 말을 하는 것이 아니냐고 나에게 물었다. 나는 절망한 것이 아니라고 그에게 설명했다. 다만 나는 두려울 뿐이고, 그것은 당연한 일이라고 말했다.

"그렇다면 하나님이 도와주실 것입니다. 내가 아는 한 당신과

같은 경우에 처했던 사람들은 모두 하나님께로 돌아갔습니다."

그것은 그들의 권리라고 나는 인정하였다. 그것은 또한 그들이 그럴 만한 시간적 여유를 가졌었다는 사실을 증명하고 있었다. 그런데 나는 도움을 받기가 싫었고, 또 관심이 끌리지 않는 것에 관심을 가질 시간이 없었던 것이다.

그때 그의 손은 짜증이 난 듯한 시늉을 하였으나, 곧 그는 몸을 일으키고 옷주름을 바로잡았다. 그러고 나서, 나를 '벗' 이라고 부르며 이야기를 하였다. 그가 그렇게 나에게 말하는 것은 내가 사형 선고를 받았기 때문이 아니었다. 그의 의견에 의하면, 우리들은 모두 사형 선고를 받고 있다는 것이었다. 그러나 나는 그의 이야기를 가로막고, 그것은 사정이 다르고, 또 그것은 어쨌든 위안이 될 수는 없는 일이라고 말하였다.

"그야 그렇지요." 하고, 그는 동의하였다. "그렇지만 당신은 쉬 죽지 않는다고 하더라도, 언젠가는 죽을 것입니다. 그때 같은 문제가 생길 것이오. 그 무서운 시련을 당신은 어떻게 받으시겠습니까?"

내가 지금 받고 있는 것과 마찬가지로, 나는 시련을 받을 것이라고 대답했다.

그 말을 듣자, 그는 일어서 내 눈을 똑바로 바라보았다. 그것은 내가 잘 알고 있는 장난이었다. 나는 흔히 엠마뉘엘이나 셀레스트와 그 장난을 했었는데, 대개는 그들이 눈을 돌려 버리곤 했다. 신부도 그 장난을 알고 있다는 것을 나는 곧 알 수 있었다. 그의 시선은 조금도 떨리지 않았다.

"당신은 그럼 아무 희망도 없고, 죽으면 완전히 없어져 버린다는 생각을 가지고 살고 있습니까?"

이렇게 말하였을 때, 그 목소리는 떨리지 않았다.

"그렇습니다." 하고 나는 대답했다.

그러자 그는 머리를 숙이고 다시 걸터앉았다. 나를 불쌍히 여긴다고 그는 말하였다. 그것은 인간으로서 도저히 견딜 수 없는 일이라고 생각한다는 것이었다. 나는 그가 그만 귀찮아지는 것을 느꼈을 따름이다. 이번에는 내가 돌아서서 천장으로 난 창 밑으로 갔다. 나는 어깨를 벽에 기대고 있었다. 귀담아 듣지는 않았으나, 그가 또다시 나에게 뭐라고 묻는 것이 들려 왔다. 그는 불안스럽고 간곡한 목소리로 이야기하고 있었다. 그가 감동되었다는 것을 깨닫고, 나는 좀더 귀를 기울였다.

그는 그의 신념을 피력하며 나의 상고는 수락될 것이지만, 그러나 나는 죄의 짐을 지고 있으므로, 그것을 벗어 버려야 한다고 말했다. 그의 의견에 의하면 인간의 심판은 아무것도 아니고, 하나님의 심판이 전부라는 것이었다. 나에게 사형을 선고한 것은 인간의 심판이라고 지적하였더니, 그렇지만 그것으로는 내 죄가 씻긴 것이 아니라고 그는 대답했다. 죄가 무엇인지 모른다고, 나는 말했다. 내가 범인이라는 것을 사람들은 나에게 가르쳐 주었을 뿐이었다. 나는 범인으로 형벌을 받는 것이니, 그 이상 더 나에게 요구할 수는 없을 것이라고 하였다. 그러자 신부는 다시 일어섰다. 워낙 좁은 감방이라 그가 움직이려고 해도 선택의 여지는 없을 것이라고 나는 생각했다. 앉아 있든지, 일어서든지 할 수밖에 없는 것이었다.

나는 땅바닥을 내려다보고 있었다. 그는 한 걸음 나에게로 다가서더니, 더 앞으로 나설 용기가 없는 듯이 멈춰 섰다. 그러고는 창살 너머로 하늘로 바라보고 있었다.

"당신의 생각은 잘못이오. 당신에게 그 이상 더 요구할 수 있어요. 요구하게 될 것입니다."

그는 말하였다.

"무엇을 요구한단 말입니까?"

"보기를 요구할 것이오."

"무얼 봅니까?"

신부는 주위를 둘러보고 갑자기 지친 듯한 목소리로 대답했다.

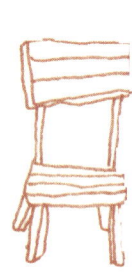

"이 모든 돌들엔 괴로움이 배어 있습니다. 나는 그것을 압니다. 나는 고뇌 없이 이것들을 바라본 적이 없습니다. 그러나 나는 마음 속 깊이 당신들 중 가장 비참한 사람일지라도, 이 돌들의 어두움에서 성스러운 얼굴이 나타나는 것을 보았다는 사실을 알고 있습니다. 당신에게 보기를 요구하는 것은 그 얼굴입니다."

나는 조금 흥분했다. 여러 달 전부터 나는 이 담벼락을 들여다보고 있었다고 말했다. 이 세상에서 내가 그보다 더 잘 아는 것은 아무것도, 아무도 없었다. 오래 전부터 나는 거기에서 하나의 얼굴을 찾아보려 했었다. 그러나 그 얼굴은 태양의 빛과 정욕의 불길을 가졌을 뿐이었다. 그것은 마리의 얼굴이었던 것이다. 나는 그것을 찾으려 했었으나, 헛된 일이었다. 이제는 그것도 지나간 일이었다. 어쨌든 나는 그 땀 어린 돌에서 아무것도 솟아나는 것을 보지 못했다고 말했다.

신부는 일종의 슬픈 표정으로 나를 쳐다보았다. 지금 나는 벽에 등을 완전히 기대고 있었으므로, 빛이 나의 이마 위로 흐르고 있었다. 그는 무어라고 몇 마디 말했으나, 나는 듣지 못했다. 그러더니 그는 매우 빠른 어조로 나를 껴안을 것을 허락해 주겠느냐고 물었다.

"싫습니다."

나는 대답했다. 그는 돌아서서 벽 쪽으로 걸어가, 천천히 그 위에 손을 갖다 대고, 조그맣게 말하였다.

"그래, 그렇게도 이 땅을 사랑하십니까?"

나는 아무 대답도 하지 않았다.

그는 퍽 오랫동안 돌아서 있었다. 그가 방 안에 있는 것이 마음에 걸렸고 짜증스러웠다. 그에게 혼자 있고 싶으니 가 달라고 말하려고 했는데, 그때 그는 다시 나에게로 돌아서면서 갑자기 요란스럽게 외쳤다.

"아뇨, 나는 믿을 수가 없습니다. 당신도 다른 생애를 바란 적이 있으리라고 나는 확신합니다."

물론 그렇긴 했지만, 그것은 부자가 된다든지, 헤엄을 빨리 칠 수 있게 된다든지, 더 멋진 입을 가지게 되는 것을 바라는 것처럼 중요하지 않다고, 나는 대답했다. 그것도 그와 같은 종류의 일이다. 그러나 그는 나의 말을 가로막고, 내세(來世)라는 것을 어떻게 보느냐고 묻기에, 나는 "지금의 이 생애를 회상할 수 있는 그러한 생애"라고 외치고, 곧 이어서 이제 그런 이야기는 더 듣고 싶지 않다고 말하였다. 그는 또 하나님의 이야기를 하려고 하였으나, 나는 그에게로 다가서며 나에게는 남은 시간이 조금밖에 없다는 것을 마지막으로 한 번 더 설명하려 하였다. 그는 화제를 바꾸려고, 왜 자기를 몽페르(나의 아버지-신부님)라고 부르지 않고 무슈라고 부르는가 하고 물었다. 나는 화가 나서, 그는 나의 아버지가 아니요, 다른 사람들과 한 편이라고 대답했다.

"아닙니다, 나의 아들이여!"

내 어깨 위에 손을 올려놓고, 그는 말하였다.

"나는 당신과 함께 있습니다. 그러나 당신의 마음이 어두워서 그것을 모르는 것입니다. 당신을 위하여 기도를 드리지요."

그때 왜 그랬는지 몰라도 내 마음속에서 무엇인가가 터지고 말았다. 나는 있는 목청을 다하여 외치며, 그에게 욕설을 퍼붓고, 기도는 그만두라고 말했다. 나는 그의 신부복의 깃을 움켜잡았다. 나는 기쁨과 분노가 뒤섞인 용솟음을 느끼며 내 마음속을 송두리째 그에게 쏟아 버렸다.

당신은 너무나 자신만만한 태도다. 그렇지 않은가? 그러나 당신의 신념이란 건 모두 여자의 머리털 한 올만한 가치도 없다. 당신은 마치 죽은 사람처럼 살고 있으므로, 살아 있다는 것에 대한 확실한 인식조차 없다. 보기에는 맨주먹 같을지 모르지만, 내게는 확신이 있다. 나 자신에 대한, 모든 것에 대한 확신, 그것은 당신보다 더 강하다. 내 인생과 닥쳐올 이 죽음에 대한 명확한 의식이 내게는 있다. 그렇다. 나에게는 이것밖에 없다. 그러나 적어도 나는 이 진리를, 그것이 나를 붙들고 놓지 않는 것과 마찬가지로 굳게 붙들고 있다. 내 생각은 옳았고 지금도 옳고, 언제나 또 옳을 것이다.

나는 이처럼 살았으나, 다르게 살 수도 있었을 것이다. 이런 것을 하고, 저런 것은 하지 않았다. 어떤 일은 하지 않았지만 이러한 다른 일을 하였다. 그러니 어떻단 말인가? 나는 마치 저 순간, 나의 정당함이 인정될 저 새벽을 여태껏 기다리며 살아온 셈이다. 아무 것도 중요한 것은 없다. 나는 그 까닭을 알고 있다. 당신도 그 까닭을 알고 있다. 내가 살아온 이 허망한 생애에서는, 미래의 구렁 속으로부터 항시 한 줄기 어두운 바람이 아직도 오지 않은 해들을 거쳐서 거슬러 올라와 그 바람이 도중에, 내가 살고 있던 때, 미래나 다름없이 현실적이라 할 수 없는 그때에, 내가 할 수 있는 일들을 모두 아무 차이도 없는 것으로 만들어 버렸던 것이다. 다른 사람들의 죽음, 어머니의 사랑, 그런 것에 무슨 중요성이 있는가? 당신의 그 하나님, 사람들이 선택하는 생활, 사람들이 선택하는 숙명, 그런 것이 뭐가 중요하다는 말인가? 단지 하나의 숙명이 나 자신을 사로잡고, 나와 더불어 그처럼 나의 형제라고 하는 수많은 특권을 가진 사람들을 사로잡는 것이 아닌가? 누구나 다 특권을 가지고 있다. 특권을 가진 사람들밖에는 없는 것이다. 다른 사람들도 또한 장차 사형을 받을 것이다. 살인범으로 고발되어 내가 어머니의 장례식 때 눈물을 흘리지 않았다고 해서, 사형을 받는다고 해서 그것이 왜 중요하다는 말인가! 살라마노의 개나, 그의 마누라나 가치를 따지면 마찬가지이다. 자동인형 같은 그 자그마한 여자도, 마송과 결혼한 그 파리 여자나, 마찬가지로 또 나와 결혼을 하고 싶어하던 마리나 마찬가지로 죄인인 것이다. 셀레스트는 그 성품이 레이몽보다 낮지만 셀레스트와 마찬가지로 레이몽도 나의 친구라는 것이 무슨 중요성

이 있는가? 마리가 오늘 또 다른 한 사람의 뫼르소에게 입술을 바치고 있다 한들 그것이 어떻다는 말인가? 사형 선고를 받은 녀석, 이놈아! 너는 도대체 아느냐? 미래의 구렁 속으로부터…… 그 모든 것을 외치며, 나는 숨이 막혔었다. 벌써 신부를 나의 손으로부터 떼어 놓고, 간수들이 나를 노려보고 있었다. 그러나 신부는 그들을 진정시키고, 잠시 묵묵히 나를 바라보았다. 그의 눈에는 눈물이 가득 괴어 있었다. 그는 돌아서서 가 버렸다.

신부가 나가 버린 뒤에, 나의 마음은 다시 가라앉았다. 나는 기운이 없어 자리 위에 몸을 던졌다. 그러고는 잠이 들었던 모양이다. 왜냐하면, 눈을 뜨자 별들이 보였기 때문이다. 전원(田園)의 소리들이 나에게까지 들려왔다. 밤과 대지와 소금의 냄새가 관자놀이를 시원하게 해주었다. 잠든 여름의 그 멋진 평화가 조수처럼 내 속으로 흘러들었다.

그때 밤의 끝에서 사이렌이 올렸다. 그것은 이제 나에게 영원히 관계없는 세계로의 출발을 알리고 있는 것이었다. 참으로 오래간만에 처음으로 나는 어머니를 생각했다. 만년에 왜 어머니가 '약혼자'를 가졌는지, 왜 생애를 다시 꾸며 보는 놀이를 했었는지, 나는 알 수 있을 것 같았다. 그곳, 생명이 꺼져 가는 양로원 근처에서도 저녁은 우울한 휴식 시간 같았다. 그처럼 죽음 가까이에서 어머니는 해방감을 느끼며, 모든 것을 다시 살아 볼 마음이 생겼을 것임에 틀림없었다. 아무도 어머니의 죽음을 슬퍼할 권리는 없는 것이다. 그리고 나도 또한 모든 것을 다시 살아 볼 수 있으리라는 생각이 들었다. 마치 그 커다란 분노가 나의 괴로움을 씻어 주고, 희망을 없애 준 것처럼 이 징후와 별들이 가득 찬 밤을 앞에 두고, 나는 처음으로 세계의 다정한 무관심에 마음을 열었다. 그처럼 세계가 나와 비슷하고 형제 같음을 느끼며, 나는 행복했었고, 지금도 행복하다고 생각했다. 모든 것이 성취되고, 내가 외롭지 않다는 것을 느끼기 위해서 나에게 남은 소원은, 다만 내가 사형 집행을 받는 날 많은 구경꾼들이 증오의 함성으로써 나를 맞아 주었으면 하는 것뿐이다.

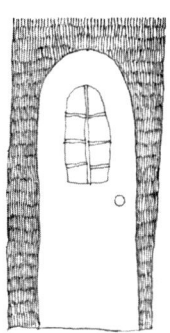

부정

자닌느는 20년 동안 자기가 지니고 다니다가
갑자기 발견한 무거운 짐과 그 짐 밑에서
온 힘을 다해서 지금 싸우고 있었다.

부정(夫情)

　조금 전부터 파리 한 마리가 버스 안의 닫혀 있는 유리창 앞에서 빙빙 돌고 있었다. 이상하게도 그 파리는 지쳐 빠진 듯한 모습으로 소리 없이 오가고 있었다. 자닌느는 파리의 종적을 놓쳤다. 잠시 뒤, 남편의 움직이지 않고 있는 손 위에 파리가 앉는 것을 보았다. 날씨는 추웠다. 모래 섞인 바람이 유리창에 휘몰아칠 때마다 파리는 바르르 몸을 떨었다. 겨울날 아침녘의 흐릿한 햇빛 속에서 버스는 철판과 차축(車軸)이 흔들리는 요란한 소리를 내며 구르고 있었다. 앞뒤로 꾸벅거리며 가까스로 전진하고 있었다. 자닌느는 남편을 보았다. 좁은 이마 위에 솟구친 히끗히끗한 머리칼과 널찍한 코, 단정하지 못한 입술…… 마르셀은 꼭 골이 난 목신(牧神) 같아 보였다.

　신작로의 움푹 팬 곳을 지날 때마다 자닌느는 남편의 몸이 자기에게로 쏠리는 것을 느꼈다. 그러고는 움직이지 않고 생기(生氣)를 잃은, 공허(空虛)한 시선과 함께 벌어진 자기의 두 다리 위에 그 무거운 동체(胴體)가 다시 무너져 내리도록 놓아 두는 것이었다. 다만 셔츠의 소매보다 길어서 손등을 덮고 있던 회색 플란넬 양복 때문에 더 짧게 보이는 매끈매끈한 큰 두 손만이 움직이고 있는 것 같았다. 그 두 손은 무릎 사이에 놓은 천막지(天幕地)로 만든 조그만 트렁크를 너무나 꼭 쥐고 있었기 때문에, 그 위에서 파리가 살금살금 기어다니는 것을 느끼지 못하는 것 같았다.

　갑자기 바람 소리가 뚜렷하게 들려 왔고, 버스를 둘러싸고 있었던 모래 안개는 더욱 짙어졌다. 모래는 마치 보이지 않는 누구의 손으로 던지기나 하는 것처럼 이제는 덩어리가 돼서 유리창에 부딪쳤다. 파리는 추운 듯이 한쪽 날개를 움직이고, 네 다리 위에 몸을 굽히더니 날아갔다.

버스는 속도를 늦추었다. 막 정거하려는 것 같았다. 그러더니 바람이 가라앉은 것 같았고, 모래 안개도 좀 걷혔다. 자동차는 속력을 내어 다시 달렸다. 먼지에 잠긴 풍경 속에 햇볕의 줄기들이 나타나고 있었다. 금속을 깎아 세운 듯한 호리호리하고 하얀 두서너 그루의 종려나무가 유리창 밖으로 보였다가 곧 사라졌다.

"무슨 고장이 이 모양이야!"

마르셀이 말했다.

버스는 잠자고 있는 듯이 보이는 아라비아 인들로 가득 차 있었는데, 그들은 아라비아식 외투 속에 파묻혀 있었다. 그 중 몇몇은 좌석에다 다리를 올려놓고 있었고, 차가 흔들릴 때 다른 사람들보다 더욱 건들거렸다. 그들의 침묵, 그들의 태연함이 몹시도 자닌느의 마음을 억누르고 있었다. 며칠 전부터 그런 벙어리 호위(護衛)와 함께 여행을 하고 있었던 것처럼 생각됐다. 그러나 자동차는 철도의 종점에서 새벽에 출발하여, 싸늘한 아침나절의 두 시간째 돌이 많고 적적한 고원(高原) 위를 통과하고 있었다. 그 고원은 적어도 출발할 때에는 그 곧은 선을 붉은 빛을 띤 지평선까지 뻗치고 있었다. 그러나 바람이 일어나서 조금씩 그 넓은 지역을 삼켜 버렸다. 그때부터 승객들은 아무것도 볼 수 없게 되었다. 한 사람, 두 사람 입을 다 물었다. 그리고는 자동차 속으로 스며 들어오고 있던 모래가 입술이나 눈에 묻는 것을 닦아 내면서, 그들은 일종의 밤샘을 하듯이 침묵 속에서 여행을 했다.

"자닌느?"

남편이 부르는 소리에 자닌느는 깜짝 놀랐다. 체격이 큼직하고 튼튼한 자기에게 그 이름이 얼마나 우스꽝스러운지를 자닌느는 또 한 번 속으로 생각했다. 마르셀은 견본(見本)들이 든 트렁크가 어디 있는지를 물어 보았다. 자닌느는 좌석 밑의 빈 곳을 바로 더듬었다. 그러다가 어떤 물건에 발이 닿았는데, 그것이 트렁크라고 단정해 버렸다. 사실 몸을 앞으로 굽히면, 숨이 좀 막혔다. 그렇지만 여학교에 다닐 때는 체조(體操)를 제일 잘했고 호흡은 자유로웠다. 그것이 그렇게 오래 전 일이었던가? 25년이 된다.

25년이 문제가 아니었다. 왜냐하면 자닌느는 자유로운 독신 생활과 결혼과의 사이에서 망설였던 것이 엊그제 같았고, 아마도 혼자 늙어 갈 날을 불안감에 차서 생각하곤 한 것이 엊그제 같았기 때문이다. 자닌느는 고독하지는 않았다. 자닌느의 곁을 잠시도 떠나려 하지 않았던 그 법과 대학생이 지금 곁에 앉아 있었다. 몸집이 좀 작고 탐욕(貪慾)스럽고 붙임성 없는 그 웃음소리와 너무 튀어 나온 검은 눈을 가진 그를 자닌느는 그다지 탐탁하게 여기진 않았지만, 결국 남편으로 삼았다. 그러나 자닌느는 그 고장의 다른 프랑스 인들처럼 생활에 대한 남편의 용기를 사랑했다. 또 어떤 사건들이나 사람들이 그의 기대를 어겼을 때의 남편의 낭패한 모습을 사랑했고, 특히 자닌느는 사랑받는 것을 좋아했다. 남편은 자닌느를 지성(知性)으로 함락하고 말았다. 자닌느가 그에게는 없어서 안 될 존재임을 줄곧 느끼게 함으로써 그는 자닌느가 실제로 존재하게 만들어 왔던 셈이었다. 그렇다, 그녀는 고독하지 않았다…….

버스는 요란스럽게 경적을 울리면서 보이지 않는 장애물들을 거쳐서 겨우겨우 전진하고 있었다. 그러는 동안에 차 안에서는 아무도 움직이지 않고 있었다. 자닌느는 문득 누가 자기를 보고 있는 것을 느끼고, 버스 통로 저쪽의 자기 좌석과 나란히 놓인 좌석으로 눈을 돌렸다. 그 사람은 아라비아 인은 아니었다. 출발할 때, 그 사람을 보지 못한 것이 자닌느에게는 놀라웠다. 그는 사하라의 프랑스 주둔군 유니폼을 입고 갈색의 군모를 쓰고 있었는데, 그의 얼굴은 외인 부대의 날쌘 병사답게 햇볕에 그을렸고, 기다랗고 날카로웠다. 그는 좀 불유쾌하게 그 맑은 눈으로 자닌느를 뚫어지게 바라보고 있었다. 자닌느는 그 순간 얼굴이 화끈거리는 것을 느끼고 남편 쪽으로 시선을 돌렸다. 남편은 여전히 정면의 안개와 바람 속만을 보고 있었다. 자닌느는 외투를 몸에 걸쳤다. 그러나 그 프랑스 군인의 모습이 눈에서 사라지지 않았다. 사나이는 키가 크고, 무척 말랐다. 군복이 그의 몸에 꼭 끼어, 마치 메말라 부서지기 쉬운 물건, 뼈와 모래의 혼합으로 만들어진 사람처럼 보였다.

바로 그때, 자닌느는 맞은편에 앉은 아라비아 인들의 말라빠진 손과 볕에 그을린 검은 얼굴들을 보았다. 그들은 큼직한 옷을 입고 왔으면서도 남편과 자기가 가까스로 쭈그리고 앉아 있는 좌석에서 편안하게 앉아 있는 것처럼 보였다. 자닌느는 외투자락을 잡아 올렸다. 그녀는 그렇게 뚱뚱하지는 않았지만 키가 크고 토실토실했고 육감적이며 아직도 탐스러웠다. 자닌느 자신도 그것을 남자들의 시선 아래에서 충분히 느끼고 있었다. 그녀가 잘 알고 있는 미지근하고 폭신한 남편의 커다란 몸집과는 대조적으로 그녀의 얼굴에는 애티가 남아 있었고, 눈은 시원스럽고 맑았다.

자닌느가 생각했던 일은 조금도 일어나지 않았다. 마르셀이 자기 상용 여행(商用旅行)에 그녀를 동반하려고 했을 때, 그녀는 반대를 했었다. 전쟁이 끝난 뒤, 모든 거래가 정상으로 돌아왔을 때부터 오랫동안 그는 지금과 같은 여행을 계획하고 있었다. 전쟁이 일어나기 전에 그가 법률 공부를 포기했을 때, 그의 양친으로부터 물려받은 소규모의 포목(布木) 도매업으로 그들은 그럭저럭 살아왔던 것이다. 바닷가에 가면 젊었을 때는 행복할 수 있다. 그러나 마르셀은 그다지 운동을 즐겨 하지 않았기 때문에 바닷가에 아내를 데리고 가기를 이내 중지하고 말았다. 소형 자가용차는 일요일의 소풍 때밖에는 쓰지 않게 되었다. 그 이외의 시간에는 그는 반은 토인식이고, 반은 유럽식인 그 마을의 아치의 그늘이 진 가지각색의 옷감이 걸린 자기의 상점을 좋아했다. 가게의 위층에서 그들은 아라비아식 커튼과 바르페스 식의 가구로 장식된 방 세 개를 살림에 쓰고 있었다. 그들은 아이를 낳지 않았다. 늘 덧문은 반쯤 닫은 채로 두 사람들만이 갖는 은밀한 그늘 속에서 몇 해가 지나갔다. 여름, 바닷가, 소풍, 심지어는 하늘까지도 이미 멀리 떨어진 생활이었다.

마르셀에게는 사업밖에 아무것도 흥미가 없는 것 같았다. 자닌느는 남편의 진정한 정열, 즉 돈이라는 정열을 발견해 냈다고 생각했고, 자신은 왜 그런지 몰라도 그것을 싫어했다. 그래도 자닌느는 그 돈의 덕을 보는 셈이었다. 남편은 인색하지는 않았다. 오히려 아내에게는 너그러웠다. "나에게 무슨 일이 생겨도 당신은 괜찮을 거야." 이렇게 그는 말하곤 했다. 사실 여의치 못한 처지는 피해야만한다. 하지만 가장 단순한 불여의(不如意)가 아닐 때는 어디로 피한단 말이냐? 자닌느는 마르셀의 장부를 적어 주기도 하고, 남편 대신 가게를 보기도 했다. 가장 괴로운 것은 여름이었다. 여름에는 더위가 권태롭고 나른한 감각까지도 없애 버리는 것이었다.

바로 그런 더위 속에서 전쟁이 일어났다. 마르셀은 동원되어 나갔다가 다시 돌아왔다. 포목은 동이 났고, 거래는 중단되었다. 거리는 쓸쓸했고 더웠다. 그때부터는 무슨 일이 생겨도 괜찮을 수 없게 되었다. 그랬기 때문에 시장에 포목들이 다시 나오게 되자, 마르셀은 중간 상인들의 손을 거치지 않고 직접 아라비아 상인들에게 물건을 팔기 위해서 고원 지대나 남부의 마을들을 뛰어다닐 생각을 했었다. 그는 아내를 데리고 다닐 작정이었다. 그러나 아내는 여행이 불편하고 답답하다는 것을 알고 있었기 때문에 남아 있기를 원했던 것이다. 그러나 마르셀은 고집을 부렸고, 아내는 거절하기가 귀찮을 것 같아서 승낙해 버렸다.

막상 떠나와 보니, 자닌느가 상상했던 것과는 모든 것이 딴판이었다. 자닌느는 더위와 파리 떼와 와니스 냄새가 코를 찌르는 더러운 호텔 같은 것을 두려워했다. 추위라든지, 살을 저미는 듯한 바람이라든지, 돌이 깔린 극지(極地)와 거의 같은 고원 지대는 생각하지도 못했다. 자닌느는 또한 종려나무와 부드러운 모래밭을 상상했었다. 지금 보면, 사막이란 그런 것이 아니고 돌뿐이었다. 가는 곳마다 돌뿐이어서 땅 위에서는 돌 사이에서 말라빠진 풀만이 보이고 하늘에도 거칠고 차디찬 돌의 먼지만이 휘몰아치고 있었다.

차가 갑자기 멎었다. 자닌느가 늘 들으면서도 그 뜻을 모르는 말로 운전사가 무어라 중얼거렸다.

"무슨 일이오?"

마르셀이 물었다.

운전사는 이번에는 프랑스 어로 카뷰레터에 모래가 막힌 것 같다고 대답을 했다. 마르셀은 또 한 번 그 고장을 저주했다. 운전사는 흰 이를 보이며 웃더니 대수롭지 않은 일이니까, 카뷰레터의 모래를 쓸어내면 곧 출발할 수 있다고 말했다. 그는 문을 열었다. 찬 바람이 불어 들어와서 그들의 얼굴에 모래 바람을 퍼부었다. 아라비아 인은 모두 그들의 외투 속에 코를 파묻고 웅크렸다.

"문을 닫아."

마르셀이 소리를 질렀다.

운전사는 문 앞으로 돌아와서 웃고 있었다. 침착하게 그는 계기반(計器盤) 밑에서 몇 개의 연장을 꺼내더니 문을 열어 놓은 채 안개 속으로 멀어지며 다시 차 앞쪽으로 사라져 버렸다. 마르셀은 한숨을 쉬었다.

"저 운전사가 생전 처음으로 엔진을 만지나 봐요. 놔둬요."

자닌느가 말했다.

갑자기 자닌느는 질겁을 했다. 차 바로 옆에 있는 둑 위에 검은 담요를 쓰고 있는 물체가 움직이지 않고 있었다. 외투의 두건(頭巾) 밑 베일 뒤에서 눈들만 보이고 있었다. 말없이 어디선가 나타나서 여객들을 바라다보고 있었다.

"목자(牧者)들이야."

마르셀이 말했다.

차 안은 조용했다. 모든 여객들은 고개를 숙이고, 끝없는 고원 위에 마구 불어 대는 바람 소리를 듣고 있는 것처럼 보였다. 갑자기 자닌느는 짐들이 전혀 보이지 않는 데 놀랐다. 기차 종점에서 운전 사가 그들의 트렁크와 약간의 소화물을 자동차 지붕 위에 얹었었 다. 차 안의 그물 선반에는 울퉁불퉁한 지팡이와 커다란 광주리밖 에는 없었다. 남쪽의 사람들은 대개가 빈 손으로 여행을 한다.

운전사가 돌아왔다. 여전히 쾌활했다. 그도 역시 얼굴을 싸매고 있었는데, 그 베일 위에서 눈만이 웃고 있었다. 그는 출발을 알리고 문을 닫았다. 바람 소리는 안 들렸고, 유리창에 부딪치는 모래 소리 가 더 크게 들려왔다. 엔진이 쿨룩거리더니 꺼졌다. 오랫동안 엔진 을 걸다가 겨우 성공한 운전사는 액셀러레이터를 밟아 요란한 소리 를 냈다. 한참 허덕이더니, 버스는 다시 출발했다. 여전히 움직이지 않고 있던 목자들의 누더기 더미에서 손 하나가 올랐다가 곧 그들 뒤의 안개 속으로 사라졌다. 이내 길은 더 나빠져서 차가 덜컹대기 시작했다. 그 진동으로 아라비아 인들은 줄곧 건들거렸다. 자닌느 가 잠이 들려 했을 때, 은단이 가득 든 노란 상자가 눈 앞에 솟아올 랐다. 그 주둔병이 자닌느에게 미소를 짓고 있었다. 자닌느는 주저 했으나 하나 집어 들고 고맙다고 인사를 했다. 주둔병은 그 상자를 호주머니에 넣자 미소를 거두었다. 지금 그는 오른쪽의 길을 응시 (凝視)하고 있었다. 자닌느는 마르셀에게로 몸을 돌렸는데, 그의 튼 튼한 목덜미만이 보였다. 그는 유리창 너머로 꾸역꾸역 한 흙더미에서 올라오는 더 짙어진 먼지의 안개를 바라보고 있었다.

차를 타고 달린 지 몇 시간이 지나갔다. 밖에서 사람이 떠드는 소리가 들려왔을 때는 승객들의 얼굴에는 핏기가 없었다. 아라비아 식 외투를 입은 아이들이 팽이처럼 뱅뱅 돌면서 손뼉을 치며 버스 주변에 몰려들었다. 버스는 낮은 집들이 줄줄이 서 있는 거리를 구르고 있었다. 오아시스에 들어가고 있었던 것이다. 여전히 바람은 불고 있었으나 벽돌이 방패가 되었으므로 모래알들이 햇빛을 가르는 일은 없어졌다. 그러나 하늘은 흐렸다. 아우성 속에서 요란한 브레이크 소리를 내던 버스는 더러운 유리창이 막힌 어떤 호텔의 진흙으로 만든 아치 앞에 정거했다. 자닌느는 차에서 내려서 거리에 내려서자 어지러워지는 것을 느꼈다. 집들 너머로 노랗고 가느다란 회교 사원의 탑이 보였다. 왼쪽에는 벌써 오아시스의 첫 종려나무들이 나타나고 있어, 그녀는 그리로 가까이 가고 싶었다. 그러나 정오때가 가까웠는데도 추위는 대단했고, 바람에 몸이 덜덜 떨렸다. 자닌느는 마르셀에게 돌아섰다. 그런데 자기를 향해서 걸어오는 그 군인을 먼저 보았다. 자닌느는 그의 미소나 인사를 기다렸다. 그는 거들떠보지도 않고 자닌느 곁을 지나가 버렸다. 마르셀은 버스 지붕에 얹힌 포목이 든 트렁크와 까만색 트렁크를 내리도록 지시하고 있었다. 그것은 간단한 일은 아니었다. 운전사가 혼자서 짐을 다루고 있었다. 그는 지붕 위에서 서서 벌써 일을 멈추고 버스 주변에 몰려든 아라비아 식 외투들에게 떠들어 대고 있었다. 자닌느는 뼈와 가죽으로 만들어진 것처럼 보이는 얼굴들에 둘러싸여서, 목청을 돋운 아우성 소리에 몰려서 갑자기 피로를 느꼈다. "난 방으로 올라가요." 하고 남편에게 말했다. 마르셀은 초조하게 운전사에게 지시하고 있었다.

자닌느는 호텔에 들어갔다. 주인은 마르고 무뚝뚝한 프랑스 인이었는데, 자닌느 앞으로 걸어왔다. 주인은 거리가 내다보이는 차고 위의 이층 방으로 자닌느를 안내했다. 방에는 쇠로 된 침대 하나와 흰 에나멜 칠을 한 의자 하나와 커튼도 없는 옷걸이밖에는 없는 것 같았다. 갈대로 만든 병풍 뒤가 화장실이었는데, 그 세면대를 부드러운 모래 먼지가 덮고 있었다. 주인이 문을 닫았을 때, 그녀는 아무것도 바르지 않은 석회칠을 한 벽으로부터 오는 싸늘함을 느꼈다. 자닌느는 핸드백을 어디에 놓아야 할지 몰랐고, 어디엔 앉아야 할지 몰랐다. 눕든지 서 있든지 해야만 했다. 그리고 어떻게 하든지 간에 떠는 수밖에 없었다. 자닌느는 핸드백을 손에 든 채 천장 가까이 있는 하늘이 내다보이는 환기통을 물끄러미 보고 서 있었다. 자닌느는 기다리고 있었는데, 무엇을 기다리는지 자기도 모르고 있었다. 다만 고독과 스며드는 추위와 그리고 가슴을 누르는 답답함을 느끼고 있었다.

사실 그녀는 꿈속에 잠겨 있는 것 같았다. 마르셀의 고함 소리와 함께 거리로부터 올라오는 시끄러운 소리는 거의 들리지 않고 오히려 환기통에서 들려 오는, 이제는 그렇게도 가까이 느껴지는 종려나무를 흔드는 바람이 만들어 내고 있는 웅성거리는 소리의 물결에 더 정신을 기울이고 있었다. 이윽고 바람이 세지는가 싶더니, 부드러운 물결 소리가 파도의 거센 소리로 변했다. 자닌느는 벽 저편에 날씬하고 연한 종려나무의 바다가 폭풍 속에서 물결치고 있는 것을 상상하고 있었다. 기대했던 것과는 전혀 비슷하지 않았으나, 그 보이지 않는 파도들은 피곤한 눈을 시원하게 만들어 주었다. 자닌느는 두 팔을 늘어뜨린 채 약간 어깨를 웅크리고 육중하게 서 있었다. 찬 김이 무거운 두 다리를 타고 올라오고 있다. 자닌느는 날씬하고 연한 종려나무들과 자기의 처녀 시절을 꿈에 그리고 있었다.

몸을 씻고 그들은 식당으로 내려갔다. 헐벗은 벽 위에는 울긋불긋한 잼 속에 빠진 듯이 보이는 약대와 종려나무들이 그려 있었다. 아치가 달려 있는 창문들을 통해서 광선이 조금 스며들고 있었다. 마르셀은 호텔 주인에게서 상인들에게 대한 정보를 들었다. 그 다음엔 작업복 위에 훈장을 달고 있는 늙은 아라비아 인이 두 사람의 시중을 들었다. 마르셀은 딴 생각을 하면서 빵을 뜯고 있었다. 그는 아내에게 물을 못 마시게 했다.

"끓인 것이 아냐. 포도주를 마셔요."

자닌느는 포도주를 좋아하지 않았다. 그것은 몸을 노곤하게 만들었다. 그 다음에는 돼지고기라고 메뉴에 적혀 있었다.

"코란에는 금지되어 있지만, 돼지도 잘 구우면 병에 걸릴 위험성이 없다는 것을 코란은 모른단 말이야. 우리는 요리법을 알고 있거든. 당신, 무슨 생각을 하지?"

자닌느는 아무런 생각도 안 하고 있었다. 했다면 예언자에게 이긴 요리사들의 승리에 대해서 생각하고 있었는지도 모른다. 그러나 자닌느는 서둘러야만 했다. 그들은 이튿날 아침에 아직도 더 남쪽으로 출발할 예정이었고, 오후에는 이곳의 중요한 상인들을 모두 만나야만 했다. 마르셀은 늙은 아라비아 인에게 커피를 독촉했다. 아라비아 인은 웃음도 짓지 않은 채 고개를 끄덕이더니 잔걸음으로 바에서 나갔다.

"아침엔 조용하게, 밤에는 서두르지 말고!"

웃으면서 마르셀이 말했다.

결국 커피가 나왔다. 그들은 허둥지둥 그것을 마시고 먼지 투성이의 추운 거리로 나갔다. 마르셀은 트렁크를 운반하기 위해서 한 젊은 아라비아 인을 불렀다. 그러나 공식대로 샀기 때문에 시비가 생겼다. 아내에게 여러 번 이야기했지만 마르셀의 의견은, 그 녀석들은 4분 1을 받으려면 꼭 두 배의 값을 부른다는 애매한 원리에 근거를 둔 것이었다. 기분이 좋지는 않았으나, 자닌느는 짐을 진 두 사람의 뒤를 따라가고 있었다. 자닌느는 날씬한 몸차림을 하고 싶었을 테지만, 그 육중한 외투 밑에 털옷을 끼어 입고 있었다. 잘 구웠다고는 하지만, 하여간 돼지고기와 마시는 둥 마는 둥한 포도주는 역시 지겨웠다.

그들은 먼지가 뽀얗게 앉은 나무들이 서 있는 작은 공원 곁을 따라가고 있었다. 아라비아 인들이 곁을 지나고 있었는데, 그들은 앞에다 외투자락을 걷어 올리고 이쪽은 보지도 않고 줄을 지어 가고 있었다. 자닌느는 그들이 누더기를 두르고 있으면서도 자기가 살고 있던 도시의 아라비아 인들에게서 볼 수 없었던 당당한 태도를 가진 것을 보았다. 그녀는 군중 속을 헤치고 가는 트렁크 뒤를 쫓아가고 있었다. 그들은 오클토(土)로 만들어진 성벽 문을 지나서, 역시 먼지를 뒤집어쓴 나무들이 서 있고 안쪽으로 길게 아치와 가게들이 늘어서 있는 좁은 광장에 다다랐다. 그러나 그들은 그 광장에서 푸른 페인트칠을 한 포탄형(砲彈刑)의 작은 건물 앞에서 멈추어 섰다. 내부에는 방이 한 칸밖엔 없었는데, 출입구를 통해서만 광선이 들어올 따름이었다. 반짝거리는 판자 뒤에 하얀 콧수염을 기른 늙은 아라비아 인이 서 있었다. 그는 제각기 색이 다른 세 개의 작은 컵에다 차 포트를 들었다 올렸다 하며 차를 따르고 있는 중이었다. 상점 안의 어둠침침한 속에서 그들이 아직 아무 것도 식별하기 전에 박하차의 신선한 향기가 문턱에 있는 마르셀과 자닌느를 맞이했다. 문으로 들어서서 주석으로 만든 차 포트와 찻잔과 쟁반들이 엽서 꽂는 회전대(回轉臺)에 섞여 혼잡하게 일종의 꽃 장식을 이룬 곳을 지나자, 마르셀은 카운터와 마주 섰다. 자닌느는 입구에서 기다렸다. 자닌느는 광선을 차단하지 않으려고 좀 비켜섰다. 그때, 자닌느는 그 늙은이 뒤로 어둠침침한 속에 두 아라비아 인이 웃으며 자기들을 보고 있는 것을 발견했다. 그들은 불룩한 포대 위에 앉아 있었는데, 그런 포대들이 그 가게 안쪽에 빈틈없이 쌓여 있었다. 진홍색과 검은색의 양탄자와 수를 놓은 명주가 벽에 죽 걸려 있었다. 카운터 위에는 반짝거리는 구리로 된 쟁반이 달린 저울과 눈금이 닳아 지워진 낡은 자(米尺) 둘레에 설탕 덩어리가 수북이 쭉 놓여 있었다. 방 안에 감도는 포목과 향료의 냄새가 차의 향기에 뒤섞여서 진동했다. 그때에 늙은 상인이 차 포트를 카운터에 놓고 인사를 했다.

　마르셀은 흥정할 때, 늘 하는 낮은 소리로 빠르게 이야기를 했다. 그러다가 트렁크를 열고 포목과 명주를 내보이고는 늙은 상인 앞에 자기의 상품을 늘어놓기 위해서 저울과 자를 치웠다. 그는 홍

분하고 있었다. 목소리를 높여서 말을 하면서 어색하게 웃고 있었다. 그는 누구의 맘에 들고 싶으면서도 자신이 없는 여자처럼 행동했다. 그러다가 손을 크게 벌리고 매매(賣買)하는 시늉을 했다. 늙은 이는 고개를 흔들고 자기 뒤에 있는 두 아라비아 인에게 차 쟁반을 주고 몇 마디를 어물거렸을 뿐인데, 그 말은 마르셀을 낙담시킨 모양이었다. 마르셀은 그의 포목을 걷어서 트렁크에 집어넣고는 나지도 않는 이마의 땀을 씻었다. 그는 어린 짐꾼을 불러서 아치 쪽으로 발을 옮겼다. 첫 가게에서는 상인이 비록 거만한 태도를 취했지만 그들은 지난번보다 기분이 나았다.

"그들은 부처님 같지만 그네들도 팔아야 하거든! 삶이란 어려운 거야!"

마르셀이 그렇게 말했다.

자닌느는 묵묵히 그 뒤를 따랐다. 바람은 거의 없었다. 하늘은 군데군데 개고 있었다. 차고 빛나는 광선이 두꺼운 구름을 뚫고 푸른 우물로 쏟아지고 있었다. 그들은 광장을 떠나서 좁은 길을 흙담을 끼고 걷고 있었다. 흙담 위에는 12월의 시든 장미가 매달려 있거나 여기저기에 말라빠지고 벌레 먹은 석류가 달려 있었다. 먼지와 커피 향기, 나무 껍질을 태우는 연기, 돌 냄새…… 그런 것이 그 마을에 감돌고 있었다. 자닌느는 다리가 무거워지는 것을 느꼈다. 그러나 물건이 팔리기 시작하자, 남편은 점점 명랑해지고 더 고분고분해졌다. 자닌느를 '프티트'(어린이를 부르는 말. 아가야, 또는 꼬마야)라고 부르고 있었다. 여행이 헛수고가 되지는 않을 것이라는 것이었다.

“물론이에요.” 자닌느도 말했다. “그들과 직접 타협하는 게 좋아요.”

그들은 딴 길로 중심지에 돌아왔다. 오후가 된 지도 오래였고, 이제 하늘도 거의 개어 있었다. 그들은 광장에서 멈추어 섰다. 마르셀은 손을 비비며, 앞에 놓은 트렁크를 상냥한 태도로 살펴보고 있었다.

“저것 봐요!”

자닌느가 말했다.

광장 저쪽에서 마르고 씩씩하게 생긴 아라비아 인 하나가 걸어오고 있었다. 그는 하늘색 외투에 노랗고 부드러운 장화를 신고, 손에는 장갑을 꼈는데, 볕에 그을린 갈색의 얼굴을 쳐들고 있었다. 터번에 달고 있는 수실만이 자닌느가 때때로 동경(憧憬)한 적이 있는 식민지 부대의 프랑스 장교들과 구별되고 있었다. 그는 그들이 서 있는 쪽으로 곧장 걸어오고 있었다. 천천히 한 손의 장갑을 빼면서 그는 그들이 서 있는 저 너머를 보고 있는 것처럼 보였다.

“저런, 저 녀석은 장군이나 된 것처럼 생각하고 있어.”

어깨를 으쓱거리면서 마르셀이 말했다.

그것은 사실이었다. 여기서는 모두들 그렇게 거만한 태도였는데, 그는 정말 더욱 심했다. 둘레가 텅 빈 광장이었는데, 그는 트렁크 쪽으로 곧장 걸어오고 있었다. 트렁크도 안 보이고 그들도 안 보인다는 듯이. 곧 그 거리가 좁혀지고 아라비아 인이 그들에게로 다가왔을 때, 마르셀은 갑자기 트렁크의 손잡이를 쥐고 뒤로 잡아당겼다. 아라비아 인은 아무것도 안 보였다는 듯이 성벽 쪽을 향해서 여전한 걸음걸이로 걸어갔다. 자닌느는 남편을 보았다. 그는 낭패한 태도였다.

"요새는 놈들이 무슨 짓을 해도 괜찮은 줄 알고 있단 말이야."

자닌느는 아무 대답도 하지 않았지만, 그 아라비아 인이 어리석게 뻐기는 모습이 미웠고, 갑자기 불행하다고 느꼈다. 자닌느는 떠나고 싶어졌다. 자기의 조그만 아파트를 생각했다. 호텔의 그 차디찬 방으로 돌아가야 한다는 생각이 자닌느의 용기를 죽여 버린 것이다. 문득 호텔 주인이 사막을 내려다볼 수 있는 성벽의 망루(望樓)에 올라가 보라고 권하던 말이 머리에 떠올랐다. 마르셀에게 그 말을 하고, 트렁크는 호텔에 맡기자고 말했다. 그러나 마르셀은 피곤했다. 그는 저녁 식사 전에 좀 눈을 붙이고 싶어했다.

"제발요."

자닌느가 말했다. 남편은 문득 조심스레 자닌느를 바라봤다.

"그럽시다, 여보."

자닌느는 호텔 앞에서 남편을 기다렸다. 흰 옷을 입은 군중들은 점점 수가 늘었다. 여자라고는 볼 수 없었고, 자닌느는 그렇게 많은 남자들을 보는 것이 처음인 것 같았다. 그러나 아무도 자닌느를 보는 사람은 없었다. 몇몇은 그 여자를 보려 들지 않으면서도 그 마르고 누르죽죽한 얼굴을 이쪽으로 돌리곤 했다. 자닌느가 보기에는 버스 속의 프랑스 군인의 얼굴이나 장갑을 낀 아라비아 인이나 모두가 똑같이 교활하고 거만해 보였다. 그들은 그 외국 여자에게 얼굴을 돌리지만 그 여자를 보지는 않고, 발목이 아파서 서 있는 그 여자 곁을 가볍게, 그리고 묵묵히 지나가는 것이었다. 그래서 자닌느는 더 불쾌해지고, 더 떠나고 싶어졌다.

"왜 내가 왔을까?"

그러나 벌써 마르셀이 내려오고 있었다.

그들이 성벽에 올라갔을 때는 오후 5시였다. 바람은 완전히 가라앉아 있었다. 구름 한 점 없이 갠 하늘은 푸르렀다. 더 쌀쌀해진 추위가 그들의 볼을 저며 댔다. 층계의 중간에 늙은 아라비아 인 하나가 벽에 기대 누워서 안내를 원하느냐고 그들에게 물었다. 그러면서도 그들이 거절할 것이 분명하다는 것을 미리 알고 있다는 듯이 꼼짝달싹 하지 않고 있었다. 흙으로 된 층계가 몇 군데 있었는데도 층계는 길고 험하였다. 그들이 올라감에 따라서 공간이 넓어져 갔다. 그래서 점점 퍼져 가고 있는 차고 건조한 햇빛 속을 그들은 올라가고 있었다. 그러자 오아시스에서 나는 소리가 모조리 뚜렷하게 들려 왔다. 밝은 대기(大氣)가 그들이 앞으로 가면 갈수록 길어지는 진폭이 되어 그들의 주위에서 진동하는 것 같았다. 마치 그들의 통과(通過)가 광선의 결정체(結晶體) 위에다 퍼져 가는 음파(音波)를 만들고 있는 것 같았다. 그리고 망루 위에 이르러 종려나무 우거진 숲 너머로 끝없이 퍼진 지평선 속으로 선뜻 그들의 시선이 쏠렸을 때, 자닌느는 온 하늘의 짧고도 우렁찬 단 하나의 음부(音符)로 울리는 것같이 느껴졌다. 그 반향(反響)이 점차로 자기 위의 공간을 채우다가, 갑자기 멎어서 끝없는 벌판에 자기 홀로 남게 되는 것 같았다.

동에서 서로 자닌느의 시선은 천천히 옮겨 갔으나, 결국 그 순수한 곡선 위에서 단 하나의 장애물도 보지 못했다. 발밑엔 아라비아 인 촌의 푸르고 흰 테라스가 얼기설기 겹쳐 있었는데, 햇볕에 말리

는 고추의 검붉은 얼룩으로 피투성이가 된 테라스들이었다. 사람이라곤 보이지 않았으나 몇몇 집의 앞마당에서 커피를 볶는 향기로운 연기와 함께 알아듣지 못할 웃음 섞인 말소리나 발 구르는 소리가 들려 오고 있었다. 좀 멀리서는 진흙벽으로 고르지 못하게 여러 개의 네모꼴로 막힌 종려나무 밭이 망루 위에서는 이미 느끼지 못하게 된 바람의 힘으로 그 꼭대기가 흔들거리고 있었다. 더 멀리에는 아무런 생명의 약동을 볼 수 없는 오클색과 회색의 돌의 나라가 지평선까지 뻗고 있었다. 오아시스에서 좀 떨어진 곳에 서쪽으로 종려나무 밭을 따라 흐르고 있는 냇물 근처에 큼직한 검은 천막들이 보였다. 그 주변에 거리가 멀어서 콩알만하게 보이는 약대들의 떼가 잿빛 땅 위에 아무리 애써도 그 뜻을 알아낼 수 없는 이상한 문자(文字)로 된 불길한 부호(符號)를 이루고 있었다. 사막 위에서 침묵은 허공처럼 광대무변(廣大無邊)했다.

자닌느는 몸 전체를 벽에 기대고 소리 없이, 앞에 벌어진 허공에서 벗어나지 못하고 서 있었다. 곁에서는 마르셀이 초조해 하고 있었다. 그는 추워서 내려가고 싶었던 것이다. 여기서 대체 무엇이 볼 게 있단 말인가? 그러나 자닌느는 지평선에서 눈을 뗄 수가 없었다. 저기 더 남쪽으로 하늘과 땅이 완연한 한 줄기 선(線)에 합치는 그곳에서 오늘까지 자닌느가 알지 못했던 그 무엇, 그리고 늘 자기에게서 부족했던 그 무엇이 자기를 기다리고 있다는 생각이 문득 들었던 것이었다.

오후의 햇살은 점점 엷어져 가고 있었다. 결정체(結晶體) 같았던 빛이 액체처럼 되어 가고 있었다. 동시에 단지 우연히 거기에 인도

하게 된 한 여인의 마음속에서 몇 해를 습관과 권태가 얽어 놓은 매듭이 서서히 풀려 가고 있었다. 자닌느는 유목민들의 야영소(野營所)를 바라보고 있었다. 자닌느는 거기 사는 사람들을 결코 본 일조차 없었다. 그 검은 텐트 사이에서 아무 것도 움직이지 않았지만, 자닌느는 그들의 존재를 거의 알지 못했던 것이 사실이었다. 그들은 집도 없이 사람들과 떨어져 헤어져서 자닌느가 바라보고 있는 방대한 지역을 방황하는 한 무리의 보잘것없는 존재였다.

그 지역은 더 넓은 땅의 아주 작은 일부에 불과하다. 현기증이 날 것 같은 그 땅은 남쪽으로, 처음으로 강물이 숲을 기름지게 한 곳까지 수천 km나 더 뻗고 있었다. 오래 전부터 뼛속까지 헐벗은 메마른 땅 위의 엄청난 고장에서 어떤 사람들은 쉬지 않고 길을 걸었다. 그들은 아무것도 가진 게 없었지만, 아무도 섬기지 않는 이 기이(奇異)한 왕국의 비참하고도 자유스러운 영주(領主)들이었다. 자닌느는 왜 그런 생각이 자기 마음에 가득 찼는지를 몰랐다. 눈을 감아 버릴 만큼 우울하고 그지없이 슬픈 생각이었다. 자닌느는 다만, 언제고 그 왕국은 자기에게 약속된 곳이며, 그러면서 결코 자기의 것이 될 수는 없으며, 요지부동인 그 하늘과 응고(凝固)된 광선의 물결 위에 자기가 눈을 다시 뜬 짧은 순간 외에는 아마도 영원히 자기의 것이 될 수 없다는 것을 알고 있었다.

그러는 동안에 아라비아 인 촌에서 들려 오고 있던 사람 소리가 갑자기 들리지 않게 되었다. 시간의 흐름이 막 정지하고 그 순간부터 아무도 더 늙지도 않고 죽지도 않을 것처럼 생각되었다. 어디에서나 이제부터는, 같은 순간에 누군가가 고통과 감동으로 울고 있었던 자기의 마음을 빼놓고 생명은 정지된 것 같았다.

그러나 빛은 움직이기 시작했다. 티 하나 없고 열도 없는 태양은 약간 불그레해진 저쪽 하늘로 기울었다. 그 반면에 동쪽에서는 잿빛의 파도가 생겨나더니 넓디넓은 공간으로 서서히 퍼져 나가려 하고 있었다. 처음으로 개가 짖었다. 멀리서 들려 오는 그 소리는 더 싸늘해진 대기에 솟아올랐다. 그때, 자닌느는 자기의 이빨이 와들와들 떨리고 있는 것을 깨달았다.

"얼어 죽겠소. 당신은 바보야. 돌아갑시다."

마르셀이 말했다. 그리고 마르셀은 자닌느의 손을 어색하게 쥐었다. 자닌느는 난간(欄干)에서 돌아서서 남편을 따랐다. 층계에 있던 아라비아 노인은 여전히 움직이지 않고 그들이 마을로 내려가는 것을 바라보고 있었다. 자닌느는 아무도 보지 않고 걷고 있었다. 갑자기 심한 피로를 느껴서 앞으로 허리를 굽히고, 견딜 수 없을 만큼 무거워진 자신의 몸을 질질 끌다시피 걷고 있었다. 이미 흥분은 가라앉았다. 지금 자닌느는 그가 발을 들여놓은 이 세계에 비해서 자신이 너무나 크고, 너무나 둔하고, 너무나 피부가 흰 것을 느꼈다. 어린이, 소녀, 말라빠진 남자, 마른 주둔병(駐屯兵), 그들만이 고요하게 이 땅을 밟을 수 있는 사람들이었다. 잠을 자기까지, 죽기까지, 자신의 몸을 끌고 다니는 일을 제외하고 자닌느는 거기에서 앞으로 무엇을 할 수 있단 말인가?

사실 자닌느는 식당까지 몸을 질질 끌고 갔다. 남편은 피로하다고 말하며 갑자기 입을 다물었다. 그 동안 자닌느는 감기와 싸웠다. 열이 오르는 것 같았다. 침대까지도 억지로 기어갔다. 마르셀이 뒤

따라와서 말없이 불을 껐다. 방은 쌀쌀했다. 자닌느는 열이 심해지며 오한을 느꼈다. 숨이 답답해지고 맥박은 심하게 뛰었으나 몸은 싸늘했다. 공포 같은 감정이 생겼다. 자닌느는 돌아누웠다. 그랬더니 그 무게로 낡은 쇠침대가 삐걱거렸다. 아니다, 자닌느는 병에 걸리기를 원치 않았다. 남편은 이미 잠들었다. 자신도 자야만 했다. 그래야만 했다. 거리의 숨 가쁜 소음이 환기통을 거쳐서 귀에 들려오고 있었다. 무어 인의 카페의 유성기들이 어렴풋이 알아들을 수 있을 정도로 콧소리를 내고 있었다. 그 소리는 군중의 무사태평한 소음에 실려서 들려 오는 것이었다. 잠을 자야만 했다. 그러나 검은 천막의 숫자들이 머리에 떠올랐다. 속눈썹 밑으로 그 움직이지 않던 약대들이 스쳐갔다. 끝없는 고적(孤寂)이 자닌느의 마음속에서 휘몰아치고 있었다. 그러게 말이야. 왜 여기에 왔을까? 자닌느는 그런 생각을 하면서 잠이 들었다.

잠시 후에 눈을 떴다. 주위는 아주 고요했다. 그러나 시가지 변두리에서 목 쉰 개 짖는 소리가 묵묵히 잠든 밤을 요동시키고 있었다. 자닌느는 몸서리를 쳤다. 다시 옆으로 돌아누웠다. 어깨에 남편의 단단한 어깨가 닿는 것을 느꼈다. 어렴풋이 잠이 깬 자닌느는 그에게로 몸을 기댔다. 아주 잠들어 버리지 못하고 졸음을 더듬고 있었다. 자닌느는 가장 안심할 수 있는 안식처나 되는 것처럼 남편의 어깨에 무의식적인 열정으로 매달렸다. 말을 하고 있었지만, 자기 자신에게도 들리지 않았다. 마르셀의 체온밖에는 느낄 수 없었다. 20년 동안 아플 때나 여행할 때나 그의 체온 속에서 두 사람은 매일 밤 이렇게 지내 왔던 것이다. 그 외에 집에서 자닌느는 무엇을 할 수 있었겠는가? 아이도 없었다! 자닌느에게 부족한 것이 바로 그게 아니었을까? 알 수가 없었다. 그녀는 어떤 사람이 자기를 필요로 한다는 것을 만족히 여기며 마르셀을 좇았을 따름이다. 그뿐이었다. 마르셀은 자닌느에게, 자닌느가 필요하다는 것을 느끼게 하는 기쁨 밖에는 주지 않았던 것이다. 아마 그는 아내를 사랑하지 않았는지도 모른다. 비록 증오(憎惡)에 찬 사랑일지라도 사랑은 그런 찌푸린 얼굴은 아니다. 그러면 어떤 것이 사랑의 얼굴인가?

그들은 밤에 마주 보지 않고 손으로 더듬어서 사랑해 왔다. 어둠 속의 사랑 외의 딴 사랑, 떳떳이 대낮에 외칠 수 있는 사랑이 있을까? 자닌느는 알 수 없었다. 그러나 자닌느는 마르셀이 자기를 필요로 하고, 자기는 그 필요를 필요로 하고 있다는 것을 알고 있었다. 언제나 자닌느는 그것 때문에 살아 왔다. 특히 밤에 그러했다. 밤에, 매일 밤 세상 남자들의 얼굴에서 가끔 볼 수 있는 그러한 완고한 태도로 마르셀은 혼자 있기를 싫어했고, 늙기를 싫어했고, 죽기를 싫어했다. 그런 태도는 망상(妄想)이 그들을 사로잡고, 아무런 욕망도 없이 그들을 여자의 육체 속에서 몰아넣어 고독과 밤이 그들에게 보여 주는 무서움을 거기에 파묻어 버리게 될 때까지 보통은 이성(理性)이라는 탈을 뒤집어쓰고 있는 광인(狂人)들에게 공통된 유일한 그런 태도였다.

마르셀은 아내에게서 떨어지려 하는 것처럼 꿈틀거렸다. 그렇다. 남편은 자기를 사랑하는 것은 아니었다. 다만 아내가 아닌 것에는 겁이 날 따름이었다. 그 부부는 오래 전부터 헤어졌어야 했으며, 끝내 혼자 자야만 했을 것이다. 하지만 누가 늘 혼자 잘 수 있는 것

일까? 그러나 어떤 사람들은 그것이 가능하다. 그들은 천직(天職)이
나 불행이 담을 막아 타인들과 격리시켜 놓아서, 밤마다 죽음과 같
은 잠자리에 드는 것이다. 마르셀은, 특히 그는 그럴 수 없었을 것
이다. 약하고 무력한 어린아이 비슷해서 늘 고통에 시달리고 있었
고, 자닌느를 늘 필요로 하고 있었던 그 어린아이는 그때 일종의 신
음소리를 냈다. 자닌느는 그에게 좀더 몸을 기대고 그의 가슴 위에
손을 얹었다. 그리고 그녀는 속으로 옛날에 자기가 남편에게 붙였
던 애칭으로 그를 불렀다. 그 애칭을 그 뒤에도 아직 사용하고 있
었으나, 그 의미에 대해서는 둘이 다 아무런 생각이 안 미치는 것이
었다.

　자닌느는 진심으로 그 이름을 불렀다. 자닌느 역시 남편과 그의
힘과 그의 기벽(奇癖)이 필요했다. 그녀 역시 죽는 것이 두려웠던 것
이다. '이 공포를 극복할 수 있으면 좋을 텐데……' 곧 알 수 없는
불안이 자닌느를 사로잡았다. 자닌느는 마르셀에게서 몸을 뗐다.
아니다, 아무것도 극복하지 못했고 행복하지도 못했다. 사실 자닌
느는 20년 동안 자기가 지니고 다니다가 갑자기 발견한 무거운 짐
과 그 짐 밑에서 온 힘을 다해서 지금 싸우고 있다. 그 무게 아래에
서 질식해 가고 있었다. 비록 마르셀이나 다른 사람들이 영원히 벗
어나지 못하더라도 자기만은 벗어나고 싶었다.

　눈을 뜨고 자닌느는 침대 위에 일어나서 앉았다. 그리고는 아주
가까이서 들리는 듯한 부름에 귀를 기울였다. 그러나 밤의 저 끝에
서 지칠 줄 모르고 낮게 짖고 있는 개소리만이 들려 올 뿐이었다.
미풍(微風)이 종려나무를 스쳐가는 소리가 들렸다. 바람은 남쪽에

서 불어오고 있었다. 거기에서는 사막과 밤이 바야흐로 움직이지 않는 하늘 밑에서 뒤섞이고 있었으며, 거기에서는 삶이 정지하고 늙은이도, 죽는 이도 없는 그런 곳이었다. 그러다가 바람의 물결이 그치고 무슨 소리를 들었는지조차 확실치 않아졌다. 하여간 묵살할 수도 있었고 알아낼 수도 있는 소리였지만, 자기가 당장에 거기에 대답을 하지 않으면 영원히 알 수 없게 될 것 같은 소리 없는 호소만이 들려왔다. 당장에, 그렇다. 적어도 그것은 확실했다.

자닌느는 살며시 일어나서 침대 곁에서 움직이지 않고 남편의 숨소리에 귀를 기울이고 있었다. 마르셀은 잠자고 있었다. 이내 침대 속에서 느꼈던 온기가 사라져서 추워졌다. 자닌느는 현관의 페르시엔느(덧문)를 거쳐서 길가로부터 스며들고 있었던 희미한 광선 속에서 주섬주섬 옷을 찾아서 천천히 몸에 걸쳤다. 구두를 손에 들고 문으로 갔다. 다시 잠시 동안 어둠 속에서 기다리다가 살며시 문을 열었다. 손잡이 소리가 삐걱거려서 흠칫 멈추었다. 가슴이 미칠 듯이 뛰고 있었다. 자닌느는 귀를 기울였다. 고요함에 마음이 가라앉아서 다시 손잡이를 돌렸다. 손잡이가 돌아가는 소리가 자닌느에게는 무한한 것으로 생각되었다. 마침내 문을 열고 밖으로 빠져 나가서 조심스럽게 다시 문을 닫았다. 그러고는 볼을 문에다 대고 잠시 기다렸다. 이내 어렴풋이 마르셀의 숨소리가 들려왔다. 자닌느는 돌아섰다. 얼굴에 밤의 찬바람이 부딪쳤다. 그녀는 복도로 뛰어갔다. 호텔의 문은 닫혀 있었다. 빗장을 빼고 있는 동안에 야경꾼이 찌푸린 얼굴을 하고 층계 위에 나타나서 아라비아 어로 말을 걸었다.

"돌아와요."

이렇게 자닌느는 말하고 어둠 속으로 뛰어나갔다.

별들의 장식(裝飾)이 하늘에서 종려나무들과 집들 위에 내리비치고 있었다. 자닌느는 짧은 신작로를 따라 달리고 있었다. 그 길은 성벽 쪽으로 뻗고 있었는데, 밤이라서 인기척이 없었다. 이제는 태양과 싸울 필요가 없어진 추위가 밤을 독점하고 있었다. 찬 공기가 폐부에 불을 지를 정도였다. 그러나 자닌느는 거의 장님처럼 암흑 속을 달리고 있었다. 신작로 끝에서 불빛들이 나타나더니 지그재그로 이쪽으로 내려왔다. 자닌느는 멈추어 서서 칼집 소리를 들었다. 그리고 점점 커 가고 있었던 불빛 뒤에 아라비아 식 외투들의 커다란 덩어리와 그 밑에서 반짝이는 가냘픈 자전거 바퀴들을 보았다. 아라비아 외투들이 자닌느를 스쳐 지나갔다. 뒤에 어둠 속에서 세 개의 붉은 불이 솟아오르더니 사라졌다. 자닌느는 다시 성벽을 향해서 뛰었다. 층계 한복판에 바람이 타오르는 듯이 가슴이 너무 아파서 좀 쉬고 싶었다. 마지막 기운을 내서 억지로 테라스 위에 올라가서 난간에다 몸을 던지고 배를 거기에 기댔다. 자닌느는 헐떡거리고 있었고, 모든 것이 눈앞에서 아물거렸다. 그렇게 달렸지만 몸은 조금도 녹지 않았고, 다시 온몸이 떨렸다. 그러나 크게 들이마시고 있던 찬 공기가 이윽고 몸속에서 순조롭게 돌아갔다. 희미한 체온이 떠는 몸에서 생겨나기 시작했다. 마침내 그녀는 밤의 공간에 눈을 돌렸다.

간혹 추위가 돌을 터뜨려서 모래로 만들어 버리는 자글자글 하는 어렴풋한 소리 이외에는 아무런 입김도, 아무런 소리도 자닌느를 둘러싸고 있었던 고적(孤寂)과 침묵을 방해하지 못했다. 그러나

잠시 뒤에는 어떤 무거운 소용돌이가 하늘을 주위로 끌어내리는 듯했다. 건조하고 차가운 밤의 장막 속에서 수천 개의 별들이 쉬지 않고 모여들고 있었다. 그 반짝이는 얼음 덩어리들은 순식간에 흩어져서 지평선 쪽으로 모르는 사이에 미끄러져 내려가기 시작했다. 자닌느는 그 표류(漂流)하는 불들을 바라보는 것을 단념할 수 없었다. 자닌느는 그 불들과 함께 돌고 있었고, 움직이지 않는 그 동일한 진행이 이제는 추위와 욕망이 싸우고 있는 가장 심오한 그 존재에로 차츰차츰 자닌느를 이끌어 가고 있었다. 그 여자 앞에서 별이 하나씩 하나씩 떨어져서 사막의 돌 사이로 사라져 가고 있었다. 그럴 때마다 자닌느는 밤을 향해서 자신의 마음을 좀더 열었다. 그녀는 호흡을 하며, 추위도 인간들의 중력도 삶과 죽음에 대한 오랜 불안도 잊었다. 공포에 쫓기면서, 목적 없이 정신없이 뛰어다녔던 몇 해 만에 그녀는 마침내 걸음을 멈추었던 것이다. 그러자 동시에 자기의 뿌리를 발견한 것 같았고, 수액(樹液)이 이미 떨리지 않고 있는 육체에 다시 솟아오르는 것 같았다.

배를 난간에 꼭 대고 움직이는 하늘을 향해서 자닌느는 아직도 흔들리는 자기의 마음이 가라앉아 고요함이 깃들기를 기다리고 있을 뿐이다. 성좌(星座)의 마지막 별들이 사막의 지평선 위 좀더 낮은 곳으로 덩어리를 지어서 떨어진 채 정지하고 있었다. 그때 견딜 수 없이 부드럽게 밤의 물결이 자닌느를 감싸 주기 시작했고, 추위를 가라앉히고, 그 몸의 어렴풋한 중심으로부터 조금씩 솟아올라 끊임없는 파도를 이루어 신음 소리가 가득 차 있는 입까지 넘쳐 흐르고 있었다. 그 순간은 하늘이 그녀의 머리 위에서 확대되더니 자닌느는 차가운 땅 위에 쓰러져 버렸다.

　나갈 때와 똑같이 조심하면서 자닌느가 돌아왔을 때, 마르셀은 아직 잠에서 깨어나지 않고 있었다. 그러나 자리에 가서 누웠을 때, 그는 끙끙거렸다. 몇 초 지나지 않아, 그는 요란하게 일어났다. 그는 무어라고 말했는데, 자닌느는 무슨 말인지 알아들을 수가 없었다. 그는 일어서서 불을 켰다. 불빛이 정면으로 자닌느의 얼굴을 때렸다. 그는 비틀거리면서 세면대로 걸어가 거기에 있는 식용수(食用水) 병을 들고 오랫동안 물을 마셨다. 그는 침대에 누우려고 한쪽 무릎을 올려놓고 영문도 모르고 아내를 바라보았다. 아내는 더 이상 참을 수 없어 눈에 눈물이 가득 괸 채 울고 있었다.

　"괜찮아요, 여보!"

　아내는 말했다.

　"아무것도 아녜요."

자라나는 돌

그는 이미 알고 있던
가난과 재 냄새를 몇 모금 마구 들이마시며
갑자기 자유로운 기분으로,
무어라 이름 붙일 수 없는 애매하고 벅찬 기쁨의 파도가
그의 마음속에서 용솟음치는 것을 들었다.

자라나는 돌

　질퍽한 황톳길을 차는 육중하게 돌았다. 헤드라이트는 갑자기 길 한쪽에서, 그리고 반대쪽의 양철이 덮인 목조 바라크 한 채씩을 각각 어둠 속에서 솟아나게 했다. 오른쪽의 둘째 바라크 곁에는 투박스럽게 생긴 뗏목으로 만든 원두막을 안개 속에서도 알아볼 수 있었다. 원두막 꼭대기에서 쇠로 만든 한 줄기 케이블이 내려 뻗고 있었다. 그것이 어디에 매어져 있는지는 볼 수가 없었지만 헤드라이트의 광선 속에서 그것은 아래로 내려올수록 반짝이며 길을 막고 있던 절벽 뒤로 사라지고 있었다. 차는 속력을 늦추고, 바라크에서 몇 미터 떨어진 곳에 멈추어 섰다.

　운전사 곁에 앉았다가 일어선 사나이가 문에서 빠져 나가려고 애를 썼다. 땅에 내려서자 거인처럼 커다란 몸이 휘청거렸다. 차 곁의 그늘에서 몹시 피곤한 듯이 땅 위에 버티고 서서 엔진 소리를 듣고 있는 것 같았다. 이윽고 그는 절벽 쪽으로 걸어가서 헤드라이트의 광추(光錐) 속으로 들어갔다. 그는 어둠 쪽으로 그의 넓은 등을 드러낸 비탈의 꼭대기에서 멈추어 섰다. 잠시 뒤에 그는 돌아다보았다. 운전사의 검은 얼굴이 계기반(計器盤) 위에서 반짝이며 웃고 있었다. 사나이는 손짓을 했다. 운전사는 엔진의 스위치를 껐다. 이내 싸늘한 침묵이 길과 숲속에 퍼졌다. 그때에 물소리가 들려 왔다.

　사나이는 강물을 보고 있었다. 낮은 쪽의 거대한 암흑의 움직임과 반짝거리는 조개껍질에 의해서만 강물이 있음을 알 수 있었다.

저편에 멀리 더 짙게 엉겨 있는 어둠은 아마도 강기슭인 것 같다. 그러나 잘 보면 먼 곳의 캥케등(Quinguet燈)처럼 그 강변에는 누런 빛이 움직이지 않고 있는 것을 볼 수 있었다. 그 거인은 차를 향해 돌아서서 고개를 끄덕였다. 운전사는 헤드라이트를 껐다가 도로 켰다. 그러고는 규칙적으로 그것을 깜빡거리게 했다. 절벽 위에서 그 사나이는 나타났다가 사라지곤 했는데, 다시 나타날 때마다 더 크고 육중하게 보였다. 갑자기 강 저편에서 보이지 않는 그 누가 등불을 서너 번 아래위로 휘저었다. 잠복자(潛伏者)의 마지막 신호를 보고 운전사는 헤드라이트를 완전히 껐다. 차와 사나이는 어둠 속으로 사라졌다. 헤드라이트를 껐기 때문에, 강물은 거의 보이지 않았다. 기껏해야 간혹 반짝이는 물의 긴 줄기가 몇 줄 보일 뿐이었다. 길 양쪽에는 숲의 검은 덩어리가 하늘로 솟아올라 아주 가까이 보이고 있었다. 1시간 전에 길을 적셔 놓았던 구슬비는 아직도 훈훈한 공기 속에 떠돌고, 그 처녀림(處女林) 한복판에 있는 커다란 공지(空地)의 침묵과 움직이지 않는 모습을 더 무겁게 만들고 있었다. 검은 하늘에서는 흐린 별들이 떨고 있었다.

그러나 저편 기슭에서 쇠사슬 소리와 숨을 죽인 듯한 잔물결 소리가 들려왔다. 아까부터 기다리고 있던 그 사나이의 오른쪽 바라크 위로부터 케이블이 팽팽해졌다. 희미한 마찰 소리가 케이블을 타고 들려 왔고, 또 강에서 물을 치는 소음이 약하게 들리기 시작했다. 마찰 소리가 규칙적으로 들리고 물소리가 점점 뚜렷이 퍼지더니 등불이 켜지고 있었다. 이제는 등잔을 감싸고 있는 등잔불의 무리를 어렴풋이 식별할 수 있었다. 그것이 차츰 팽창했다가 다시 졸아들었다. 그 동안에 등불은 안개를 뚫고 반짝였으며, 등불 위와 주위에 굵은 대나무로 네 귀퉁이를 받친 마른 종려나무 잎으로 만든 네모진 일종의 지붕을 비치기 시작했다. 분명치 않은 그림자들이, 주위에서 움직이고 있던 그 괴이한 오두막집이 천천히 강기슭을 향해 전진하고 있었다. 그 지붕이 거의 강 한복판에 왔을 때, 노란 불빛에 떠오른 세 명의 작은 사나이들이 분명히 보였다. 그들은 상반신을 벗고 있었는데, 거의 흑인 같았고 원추형의 모자를 쓰고 있었다. 그들은 두 다리를 조금 벌리고 서 있었다. 보이지 않는 허덕이는 강물의 힘찬 흐름을 막기 위해서 아무렇게나 만든 큰 뗏목 위에 몸을 굽히고 있었다. 그 뗏목은 어둠과 물 속에서 솟아나 보였다. 그 나룻배가 더 가까이 왔을 때, 사나이는 지붕 뒤 하류 쪽에서 두 흑인을 보았는데, 그들도 역시 넓은 밀짚 모자를 쓰고, 갈색 천으로 만든 바지를 입고 있을 따름이었다. 나란히 서서 그들은 있는 힘을 다하여 막대기들을 내리누르고 있었다. 그 막대기들은 강 속의 뗏목 뒤쪽으로 박혀 들어가고 있었다. 그 동안 여전히 느린 동작으로 물 위의 평형선(平衡線)까지 몸을 굽히고 있었다. 앞에서는 세 명의 혼혈아들이 묵묵히 움직이지 않고, 그들을 기다리고 있던 사람에게 눈도 쳐들지도 않고 강기슭이 가까워지는 것을 바라보고 있었다.

뗏목배는 물 속까지 뻗고 있던 방파제에 갑자기 부딪쳤다. 그래서 등불이 충격을 받고 흔들리며 방파제를 비추었다. 키가 큰 흑인들은 움직이지 않았다. 두 손을 머리 위에 올려놓고 겨우 박혔을까 말까 한 막대기의 끝에 매달려 있었다. 그러나 근육은 긴장되고 물 자체와 그 무게에서 오는 듯한 경련으로 떨리고 있었다. 딴 사람들이 둑의 말뚝 둘레로 쇠사슬을 던졌다. 그러고는 판자 위에 뛰어올라서 일종의 괴상한 번전교(飜轉橋)를 내려놓았다. 그것은 뗏목 전면을 기울어진 평면으로 덮었다.

사나이는 차에 돌아와서 앉았다. 그 동안에 운전사는 시동을 걸었다. 차는 천천히 절벽을 올라가서 차의 포장을 하늘 쪽으로 솟아올리더니 강물 쪽으로 내려가게 함으로써 그 비탈을 넘어섰다. 기어를 건 채 차는 굴러서 진흙 위를 좀 미끄러져 내려가다가는 멈추어 서고, 그리곤 다시 출발했다. 차는 판자가 튀는 소리를 내며 둑 위에 이르렀다. 그러고는 여전히 침묵을 지키고 있는 혼혈아들이 나란히 서 있던 끝까지 가서 뗏목 쪽으로 천천히 잠겨 들어갔다. 뗏목은 차의 온 무게를 받아서, 차의 앞바퀴가 닿자마자 물 속으로 들어박히고 말았다. 그래서 운전사는 등잔이 걸려 있는 사각형의 지붕 앞까지 차를 뒤쪽으로 굴렀다. 곧 혼혈아들은 둑에 걸쳐 놓았던 기울어진 판자를 걷어 올리고 뗏목 위에 가볍게 뛰어올랐다. 그러고는 질퍽한 기슭에서 뗏목을 떼어 놓았다. 강물은 밑을 떠받치고 그것을 물의 표면까지 뜨게 하였다. 뗏목은 물 위에서 케이블을 따라서 공중에서 매달려 있었던 기다란 장대 끝에 매어져 떠나갔다. 그때 키가 큰 흑인들이 힘을 늦추고, 삿대를 거두어들였다. 그 사나이와 운전사는 차에서 나와 상류 쪽을 향해서 움직이지 않고 뗏목 끝에 서 있었다. 작업 중에는 아무도 입을 열지 않았고, 지금도 역시 각자가 움직이지 않고 묵묵히 자기 자리에 서 있었다. 다만 키가 큰 흑인 하나가 찢어진 종이에 담배를 말고 있었다.

그 사나이는 강물이 브라질 대삼림(大森林)에서 솟아나와 그들에게로 흘러 내려오는 그 골짜기를 바라보고 있었다. 몇 백 미터의 넓이를 가진 그 넓은 강은 뗏목의 옆구리에 탁하고 부드러운 물을 밀어붙였다. 그러다가 뗏목의 양편 끝에서 벗어나서 뗏목 위에 넘쳐흘렀다가 다시 힘찬 한 줄기의 파도로 변해서 어둠침침한 숲을 지나 바다와 어둠 쪽으로 천천히 흘러가고 있었다. 물에선지, 해면(海綿)처럼 부석부석한 하늘에서 오는 것인지 맥빠진 냄새가 감돌고 있었다. 이윽고 뗏목 밑에서 잔물결 소리가 들려 왔고, 양쪽 기슭에서 강 두꺼비의 소리와 신기한 새들의 울음소리가 들려 오고 있었다. 거인이 운전사에게로 가까이 왔다. 키가 작고 마른 운전사는 대나무 기둥에 기대어 있었는데, 옛날에는 푸른빛이었겠지만 지금은 온종일 뒤집어쓴 불그스레한 먼지로 덮인 양복 주머니에 두 손을 틀어박고 있었다. 젊은 나이인데도 몹시 주름이 잡힌 얼굴에 미소가 가득 찬 운전사는 축축한 하늘에서 아직도 헤엄을 치고 있는 별들을 무심히 바라보고 있었다.

그러나 새 우는 소리는 한층 더 뚜렷해지고, 이름 모를 새의 지저귐이 거기에 섞여 들려 왔다. 그러자 곧 케이블의 마찰 소리가 들려 오기 시작했다. 흑인들은 삿대를 박고, 장님처럼 강바닥을 더듬었다. 사나이는 방금 자기네들이 떠나온 기슭을 돌아다보았다. 그 기슭은 이제는 어둠과 물에 덮여서 저쪽으로 수천 킬로미터나 뻗쳐 있는 수목의 대륙처럼 무한히 넓고 야성적이었다. 멀지 않은 대양(大洋)과 이 나무와 어둠의 바다 사이에서 황막한 강에 떠도는 몇 명의 사람들은 마치 길 잃은 사람들 같았다. 뗏목이 또 다른 둑에 닿

앉을 때는 닻줄이 끊어져 무서운 며칠 간의 표류 끝에 어둠 속에서 한 섬에 도착한 것 같았다.

땅에 내려서자, 겨우 사람의 목소리가 들려 왔다. 운전사는 그들에게 돈을 지불했다. 그러자 곧 그 무거운 어둠 속에서 신기하게도 쾌활한 목소리가 다시 움직이기 시작한 자동차를 향해서 포르투갈 어로 고맙다고 인사를 했다.

"이과프까지 60킬로미터랍니다. 3시간만 달리면 되죠. 소크라트는 기뻐요."

이렇게 운전사는 말했다.

사나이는 착하게 웃었다. 그에게 어울리는 무게 있고 따뜻한 웃음이었다.

"나도 기쁘네, 소크라트! 길이 나쁘군."

"너무 무거워요. 다라스트 씨가 너무 무겁죠."

운전사도 참지 못하고 줄곧 웃고 있었다.

차는 좀 속력을 냈다. 구수하고 달콤한 냄새 속에서 초목들이 얽혀 있는 높은 벽을 끼고 차는 달리고 있었다. 야광충들이 마구 날아서 끊임없이 숲의 어둠 속을 횡단하고 있었다. 여기저기서 눈이 빨간 새들이 날아와서, 눈 깜짝할 사이에 앞창에 부딪친다. 때때로 이상한 울림 소리가 깊은 어둠 속에서 들려 오고 있었다. 그러자 운전사는 우스꽝스럽게 눈을 휘둥그레 뜨고서 옆에 앉은 사나이를 바라보는 것이었다.

길은 꼬불꼬불했고, 차는 덜거덕거리는 나무다리 위를 지나서 조그만 시냇물들을 건너갔다. 1시간쯤 지나니 안개가 더욱 짙어졌

다. 가랑비가 내리기 시작해서 헤드라이트 빛을 흩어지게 하고 있었다. 다라스트는 흔들리면서도 졸고 있었다. 그들은 이미 습기에 찬 숲속을 달리지 않고 다시 상파울루로 나가는, 그들이 아침에 달렸던 셰라의 길을 달리고 있었다. 줄곧 그 황톳길에서는 붉은 먼지가 올라와서 지금까지 그 맛이 남아 있었다. 그리고 그 먼지는 양쪽에 산재되어 있는 스텝(황무지의 초원)의 수목들을 아득한 저 멀리까지 뒤덮고 있었다. 태양은 무겁게 내리쬐고 있었으며, 산들은 창백하게 갈라지고, 굶주린 제뷔(Zébus: 흑소)들이 길 위에 드문드문 보였으나, 유일한 동행자로서 사막의 오랜 여행에 지친 위르퓌스(Urfus: 매의 일종)가 기운 없이 날고 있을 뿐이었다. 그는 펄쩍 뛰었다. 자동차가 멈추어 섰다. 그들은 일본(日本)에 와 있었던 것이다. 길 양편에는 앙상한 장식을 한 집들이 있었는데, 집 속에는 은근한 기모노(일본옷)들이 들여다보였다. 운전사가 어떤 일본 사람에게 말을 걸었다. 일본 사람은 더러운 양복을 입고 브라질 밀짚 모자를 쓰고 있었다. 좀 있다가, 차가 시동을 걸었다.

"40킬로미터밖에 안 남았다는군요."

"아녜요. 레지스트로죠. 우리 고장에선 일본인들이 모두 여기로 온답니다."

"왜?"

"모르죠. 그들은 황인종이지요. 그렇지 않아요, 다라스트 씨?"

그러나 숲은 약간 밝아졌다. 미끄러지기는 했지만, 길은 점점 편해졌다. 차는 모래 위에서 미끄럼질을 하고 있었다. 자동차 문을 통해서 축축하고 훈훈하면서도 몸에 스며드는 미풍이 불어 왔다.

"냄새가 나죠. 바답니다, 곧 이과프이지요."

운전사가 말했다.

"가솔린이 충분할까?"

다라스트는 이렇게 말했다.

그는 조용히 잠들었다.

새벽에 다라스트는 막 잠이 깨어난 침대 속에서 놀라운 눈으로 방을 둘러보았다. 넓은 벽들은 중간 높이까지 갈색의 석회를 새로 발랐다. 더 높은 곳은 옛날에 하얀 칠을 했었는지 누런 부스러기가 천장까지 덮여 있었다. 두 줄로 놓인 여섯 개의 침대가 마주 보였다. 다라스트는 자기 줄의 맨 끝에 있는 침대만이 흐트러져 있음을 볼 수 있었다. 그 침대는 비어 있었다. 그러나 왼쪽에서 소리가 들렸으므로 문 쪽으로 몸을 돌렸더니 거기에는 두 손에 식용수병을 든 소크라트가 웃으면서 서 있었다.

"기쁜 추억이래요!"

그렇게 그는 말하는 것이었다.

다라스트는 기운을 냈다. 그렇다, 지난밤에 면장(面長)이 그들을 재워 준 병원의 이름이 '기쁜 추억'이었다. 소크라트가 말을 계속했다.

"분명한 추억이라야지. 그들의 말로는 먼저 병원을 건설하고, 다음에 수도(水道)를 건설한다더니, 아직까지는 기쁜 추억이라우. 자, 따스한 물로 세수나 해요."

그는 웃고 노래하며 사라져 버렸다.

그는 간밤 내내 그를 뒤흔들고, 다라스트의 잠을 방해했던 지독한 재채기를 했었으나 피로한 빛은 조금도 보이지 않았다.

　이윽고 다라스트는 완전히 잠에서 깨어났다. 철망을 친 담 너머 정면으로 비에 젖은 조그만 붉은 진흙 마당이 보였다. 갈대 수풀 위에 소리 없이 내리고 있는 비로 땅은 촉촉이 젖어 있었다. 머리 위에 쓴 노란 명주 목도리를 손끝으로 잡은 한 여인이 지나가고 있었다. 다라스트는 다시 누웠다가 곧 일어나서 침대에서 내려왔다. 침대는 눌려서 몸의 무게로 삐걱거렸다. 바로 그때, 소크라트가 들어왔다. "다라스트 씨, 면장이 밖에서 기다려요." 그러나 다라스트의 모습을 보고, 덧붙여 말했다. "서두를 건 없어요. 그 사람은 결코 바쁘지는 않으니까요."

　식용수로 면도를 하고, 다라스트는 건물의 현관으로 나갔다. 몸집이 작고 금테 안경을 쓴 상냥한 족제비 같은 얼굴을 한 면장은 우울하게 비를 바라보며 명상 속에 잠겨 있는 것 같았다. 그러나 다라스트를 보자, 얼굴에 웃음이 감돌았다. 그는 작은 몸을 쭉 펴고 바삐 걸어와서 팔로 '기사(技師)'를 껴안으려고 하였다. 바로 그때, 차 한 대가 브레이크를 걸고 마당의 낮은 벽 쪽으로부터 진창 속을 옆으로 미끄러져 비스듬히 정거하였다.

　"판사요!"

　면장이 말했다.

　판사는 면장처럼 곤색 양복을 입고 있었다. 그러나 그는 훨씬 젊어 보였다. 어쩌면 그 큼직한 맵시 있는 몸집과 놀란 청년 같은 신선한 얼굴 때문인지도 몰랐다. 그들을 향해서 그는 우아한 태도로, 물구덩이를 피하면서 마당을 건너오고 있었다. 다라스트에게서 몇 발자국 떨어진 곳에서 그는 벌써 팔을 벌리고 환영한다는 말을 했다. 그는 기사님을 맞이하는 것을 자랑으로 여기고 있으며, 기사님 일은 이 가난한 마을의 명예이며, 낮은 지대의 정기적인 범람(氾濫)을 방지하는 제방 건설로서 기사님이 이과프에 제공할 그 존엄한 봉사에 대해서 무한히 기뻐하는 바이며, 물을 지배하고 강을 정복한다는 것은 아! 참으로 위대한 직업이요, 필연코 이과프의 빈민들은 기사님의 이름을 기억할 것이며, 몇 해를 두고 기도를 올릴 때마다 그 이름을 욀 것이라는 것이었다. 다라스트는 이 굉장한 애교와 웅변에 어안이 벙벙해져서 감사하다고만 말할 뿐 제방 공사에 무슨 관계가 있는지를 감히 알아볼 생각도 하지 못했다. 게다가, 면장의 말로는 낮은 지대를 시찰하러 가기 전에 유지들이 정중하게 기사님을 맞아들이기를 바라고 있는 클럽에 가야만 한다는 것이었다. 유지들이란 누구를 가리키는 것일까?

"가령 면장인 저 그리고 여기 계신 항무소장(港務所長) 카르발로 씨, 그리고 고위층은 아니지만 몇 명이 있습니다. 하여간, 그 사람들에게 신경을 쓰진 마십쇼. 그들은 프랑스 어를 못하니까요."

면장이 말했다.

다라스트는 소크라트를 불러서 점심때 만나자고 말했다.

"그럽시다. 샘마당으로 가지요."

소크라트는 대답했다.

"샘마당으로?"

"네, 모두가 아는 곳이죠. 걱정 마세요. 다라스트 씨!"

다라스트는 나오면서 병원이 숲 언저리에 서 있는 것을 발견했다. 숲의 무성한 나뭇잎들이 지붕을 거의 뒤덮고 있었다. 나무들의 곁에는 고운 물의 장막이 내려오고 있었는데, 무성한 숲은 거대한 스폰지처럼 소리 없이 그 물을 빨아들이고 있었다. 퇴색한 기와를 씌운 집이 약 백 호(百戶)쯤 되는 그 마을은 숲과 강 사이에 퍼져 있었고, 멀리서 강의 숨결이 병원까지 풍겨 오고 있었다. 자동차는 처음에는 물에 흠뻑 잠긴 길로 들어왔다가, 이내 커다란 장방형(長方形)의 광장으로 나왔다. 그 진흙 속에는 물구덩이 사이에 타이어 자국과 마차 바퀴와 말굽 자국들이 남아 있었다. 그 주위에 가지각색의 칠을 한 얕은 집들이 광장을 막고 있었는데, 광장 뒤에는 식민지 스타일의 푸르고 흰 교회의 둥근 탑들이 보였다. 그 헐벗은 배경 위에 강가에서 풍겨 오는 소금 냄새가 감돌고 있었다. 광장의 한복판에는 비에 젖은 사람들의 모습이 서성거리고 있었다. 나란히 서 있는 집을 따라서 고쇼(Gauchos: 아르헨티나의 목동), 일본인, 혼혈 인디언, 그리고 여기서는 이국적으로 보이는 검은 양복의 고상한 옷차림을 한 유지들이 법석거리고 있었는데, 그들은 잔걸음으로 지루하게 돌아다니고 있었다. 그들은 차를 통과시키기 위해서 침착하게 옆으로 비켜서서 차의 뒷모습을 바라보곤 했다. 차가 광장의 어느 집 앞에 정거했을 때, 비에 젖은 한 무리의 고쇼들이 묵묵히 차를 둘러쌌다.

클럽에는 이층에 대나무로 된 카운터와 양철로 만든 둥근 탁자가 놓인 일종의 바가 있었는데, 유지들이 많이 모여 있었다. 면장이 손에 잔을 들고, 다라스트를 위하여 그의 도착과 모든 사람들의 행복을 축원하자, 사람들은 감자술을 마셨다. 그러나 다라스트가 창문 앞에서 술을 마시고 있는 틈에 승마용 바지를 입고 각반을 한 키가 크고 싱겁게 생긴 친구 하나가 약간 비틀거리며 그에게로 다가와서 빠르고 분명치 못한 이야기를 늘어놓았다. 그 말 속에서 기사는 패스포트라는 말밖에는 알아들을 수 없었다. 다라스트가 주저하다가 서류를 내밀었더니, 사나이는 그것을 후딱 빼앗았다. 패스포트를 들썩거린 뒤에 그 사나이는 아주 불쾌하다는 듯한 표정을 지었다. 그는 기사의 코앞에서 여권을 팔락거리며 연설을 계속했다. 기사는 무표정하게 그 골난 사나이를 보고 있었다. 그때 판사가 웃으면서 가까이 와서 무엇 때문에 그러냐고 물었다. 주정꾼은 그의 말을 중단시킨, 약하게 생긴 인간을 훑어보았다. 그러다가 더 위태하게 비틀거리면서 이번에는 새로운 말 상대의 눈앞에 여권을 내흔드는 것이었다. 다라스트는 침착하게 탁자 옆에 앉아서 기다렸다. 대화는 대단히 격렬해졌다. 그러자, 갑자기 판사는 그의 목소리라고는 생각할 수 없는 떠나갈 듯한 소리를 질렀다. 예기치 못한 일이었으니 싱거운 사나이는 못된 일을 저지른 어린애처럼 뒤로 물러났다. 판사의 단호한 명령으로 사나이는 벌 받은 열등생처럼 게걸음으로 문 앞으로 가더니 사라져 버렸다.

　판사는 곧 다라스트에게 와서 다시 부드러워진 목소리로 저 버릇없는 녀석은 경찰서장이며, 여권이 위법이라고 감히 주장했다는 말을 전하고, 그러한 예의에 벗어난 언동은 벌 받아야 할 것이라고 설명을 했다. 카르발로 씨는 이어서 유지들에게로 갔다. 그를 둘러싼 유지들에게 판사는 질문을 하는 것 같았다. 잠시 동안 의논을 한 뒤에 판사는 다라스트에게 정중히 사과를 하고, 이과프 읍(邑) 전체가 기사님에게 바쳐야 할 존경과 감사의 마음을 망각한 것은 오직 술 때문이라고 양해할 것을 간청하면서 끝으로 그 비참한 인간에게 내릴 마땅한 처벌을 기사님이 직접 결정해 달라고 당부했다. 다라스트는 그가 처벌을 원하지 않을뿐더러 그런 것은 사소한 사건에 불과하며, 빨리 강으로 가봐야겠다고 말했다. 그때 면장은 지극히 상냥스러운 말투로 처벌은 꼭 해야 하며, 범인은 체포될 것이라고 말하고, 모든 사람들은 귀중한 손님께서 그의 운명을 결정하기를 기대할 것이라고 말했다. 어떠한 반대로도 그의 미소에 찬 엄격한 태도를 굽힐 수는 없었다. 다라스트는 생각해 보겠다고 약속할 수밖에 없었다.

강은 낮고 미끄러지기 쉬운 기슭에 널찍하게 그 누런 물을 펼치고 있었다. 그들은 이과프의 맨 끝에 있는 집들을 지나서 강과 높고 험한 비탈 사이에 서 있었다. 그 비탈에는 진흙과 나뭇가지로 만든 오두막집들이 매달려 있었다. 눈 앞의 둑 끝에서 삼림(森林)은 맞은 편 기슭과 마찬가지로 변화 없이 뻗어 있었다. 그러나 물의 흐름은 노랗기보다는 좀 더 회색기가 나는 바다 빛깔을 띠고 나무들 틈으로 잘 보이지 않은 선까지 빠른 속도로 확대되고 있었다. 다라스트는 아무 말 없이 물이 범람했을 때의 제각기 다른 수면이 아직도 생생한 흔적을 남기고 있는 절벽의 옆구리 쪽으로 걸어갔다. 질펀한 지름길이 오두막집 쪽으로 나 있었다. 그 앞에선 흑인들이 서서 낯선 손님을 묵묵히 바라보고 있었다. 몇몇 쌍의 남녀가 손을 잡고 있었고, 흙더미 끝의 어른들 앞에서 배가 불룩하고 넓적다리가 가느다란 흑인 아이들이 한 줄로 서서 둥근 눈들을 커다랗게 뜨고 있었다.

오두막집들 앞에 이르자, 다라스트는 몸짓으로 부두 책임자를 불렀다. 그는 흰 제복을 입고 늘 싱글벙글 웃고 있는 몸집이 커다란 흑인이었다. 다라스트는 스페인 어로 오막집에 들어가 봐도 괜찮느냐고 물었다. 책임자는 물론 괜찮다고 말하고 좋은 생각이라고까지 말했다. 그러면 기사님은 대단히 흥미를 끄는 일들을 보게 되리라고 했다. 그는 흑인들에게 가서 다라스트와 강을 가리키며, 길게 설명을 했다. 책임자가 말끝을 맺었을 때, 아무도 반응을 보이지 않았다. 그는 답답하다는 듯이 다시 한 번 설명했다. 그러고는 한 남자에게 질문을 했으나 그 남자는 머리를 흔들었다. 책임자는 명령조로 몇 마디를 했다. 사나이는 무리에서 빠져 나와 다라스트 앞으로 와서 몸짓으로 길을 가리켰다. 그러나 그의 시선은 적의(敵意)에 차 있었다. 그는 제법 나이가 들어 보였다. 머리는 짧은 반백(半白)의 머리털로 덮여 있었고, 얼굴은 마르고 여위었으나 그래도 몸은 아직 젊어서 거칠고 단단한 두 어깨와 근육이 아랫바지와 찢어진 내의를 통해서 보였다. 그들은 뒤에 책임자와 흑인들을 거느리고 전진했다. 그들은 더 험한 다른 절벽 위로 올라갔다. 거기에는 양철과 갈대로 만든 오두막집들이 억지로 땅 위에 매달려 있었다. 그래서 그 밑을 큰 돌로 괴지 않으면 안 되었다. 그들은 맨발로 가끔 미끄러지며 머리에는 물이 가득 든 함석통을 이고 지름길로 오는 한 여자를 만났다. 이윽고 세 채의 오두막집에 둘러싸인 좁은 공터에 다다랐다. 사나이는 그 중 한 집을 향해서 걸어가서 대나무 문을 밀었다. 문의 받침틀은 칡덩굴로 만들어져 있었다. 그는 아무 말 없이 여전히 냉정한 눈초리로 기사를 노려보며 그 속으로 들어가 버렸다. 오두막집 안에서 처음에 다라스트는 방 한복판에서 흙바닥 위에서 꺼져 가는 반딧불밖에는 아무것도 볼 수 없었다. 잠시 뒤에 그는 방구석 한 모퉁이에 밑이 빠지고 스프링이 빠져 나와 있는 구리 침대 하나와 또 다른 한 모퉁이에 질그릇을 올려놓은 책상과 그 사이에 성(聖) 조르주의 색판화가 한 장 의젓하게 장식되어 있는 일종의 무대 같은 것을 보았다. 그 밖에는 출입구 오른쪽에 누더기가 쌓여 있는 것과 천장에 세탁해서 널어놓은 가지각색의 파뉴(토인들이 허리를 두르는 치마)가 몇 벌 걸려 있었다. 다라스트는 움직이지 않고 연기와 땅 바닥에서 올라오는 숨 막힐 듯한 가난의 냄새를 맡고 있었다. 뒤에서 책임자가 손을 두드렸다. 기사는 돌아보았다. 문턱에 햇빛을 등지고 우아한 흑인 처녀의 모습이 다가와서 무엇인지 그에게 내미는 것을 보았다. 그는 컵을 들어서 그 속에 든 독한 감자술을 마셨다. 처녀는 쟁반을 내밀어 빈 컵을 받아 가지고 나갔다. 그 동작이 너무나 부드럽고 싱싱하여 다라스트는 문득 그녀를 붙잡고 싶은 충동을 느꼈다.

그러나 처녀 뒤를 따라 밖으로 나갔을 때, 오두막집 주변에 둘러서 있던 흑인들과 유지들 틈에서 그 처녀를 찾아볼 수 없었다. 그는 말없이 고개를 숙인 늙은 남자에게 고맙다고 인사를 했다. 그리고 그는 떠났다. 뒤에서 감독이 다시 설명을 늘어놓고는 언제 리오에 있는 프랑스 회사가 공사를 착수할 수 있으며, 장마가 지기 전에 둑의 건설이 끝날 수 있겠는지를 물어 보았다. 다라스트는 그것을 모르고 있었다. 사실 그는 그 문제에 대해서는 생각을 하지 않았다.

그는 아주 조금씩 내리는 비를 맞으며, 강 쪽으로 걸어 내려가고 있었다. 그는 줄곧 그 막막한 소음을 듣고 있었다. 그 소리는 그가 도착한 이래 끊임없이 들려 왔는데, 그것은 물의 소리인지, 나뭇잎들의 소리인지를 분간할 수 없는 그런 소리였다. 강가에 이르자, 그는 멀리 바다의 어렴풋한 선, 수천 킬로미터나 되는 적막한 물, 그리고 아프리카와 저 멀리 그가 떠나온 유럽을 바라보고 있었다.

"소장, 우리가 지금 막 만나고 온 그 사람들은 무엇으로 생계를 유지합니까?"

"그들은 노동이 필요할 때는 일을 합니다. 우리는 가난합니다."

책임자는 대답했다.

"그들이 제일 가난한 편이오?"

"제일 가난하죠."

그때, 끝이 뾰족한 구두를 신고 얼음을 지치듯이 다가온 판사가 그들은 일거리를 줄 기사님을 벌써 존경하고 있다고 말했다.

"하지만 그들은 매일 춤추고 노래하고 있답니다."

잠시 뒤에 그는 불쑥, 다라스트에게 처벌에 대해서 생각해 보았느냐고 물었다.

"무슨 처벌을?"

"아니, 우리 경찰서장의⋯⋯."

"내버려 둡시다."

판사는 그럴 수는 없으니 처벌해야만 한다고 말했다. 그는 벌써 이과프 쪽으로 걷고 있었다.

가랑비가 내려 신비하고 우아하게 보이는 작은 샘마당 속에서

꽃송이들이 바나나 나무들과 팡다뉘스(Pamdanus-榮蘭科의 식물) 사이의 칡덩굴을 따라서 늘어져 있었다. 축축한 돌더미들이 지름길과 지름길의 교차점을 이루고 있었는데, 그 시간에 거기에는 온갖 사람들이 오가고 있었다. 잡종과 혼혈종들, 그리고 서너 명의 고쇼들이 거기에서 지껄이고 있었다. 또 어떤 사람들은 역시 느린 걸음으로, 나지막한 소리로 이야기를 하면서, 대나무 밭의 길을 더듬어 잡목이 무성하여 서로 얽혀 더 이상 들어갈 수 없는 곳까지 깊숙이 들어갔다. 거기에서 갑자기 숲이 시작되고 있었다.

다라스트가 군중들 속에서 소크라트를 찾고 있었다. 그때 뒤에서 그의 기척이 들렸다.

"잔치 같은데요."

소크라트는 웃으며 말하고, 그 자리에서 껑충 뛰어 보려고 다라스트의 어깨를 짚었다.

"무슨 잔치야?"

"아니! 아직 모르슈? 예수님 명절이지요. 해마다 모두들 망치를 가지고 동굴로 갑니다."

소크라트는 다라스트를 마주 보며 말했다.

소크라트가 가리킨 것은 동굴이 아니고 공원의 한 구석에서 무엇인가 기다리고 있는 것처럼 보이는 한 떼의 사람들이었다.

"아시겠죠! 어느 날, 예수의 자비로운 조상(彫像)이 강을 거슬러서 바다로부터 왔지요. 어부들이 그것을 발견했죠. 참 아름다운 것이었어요! 아름다운 것이었어요! 그래서 어부들이 조상을 동굴에서 씻었지요. 그런데 그 동굴에서 그 조상이 자라난 거예요. 해마다 그것이 행사예요. 망치로 그것을 부수고, 축복받은 행복을 위해서 가루가 되도록 부수는 겁니다. 그러나 조상은 여전히 커지고, 늘 부수고…… 그것은 기적입니다.”

그들은 동굴에 도착했다. 기다리고 있는 사람들의 머리 너머로 낮은 입구가 보였다. 내부에 바람에 나부끼는 촛불이 켜진 어둠 속에서 그 밑에 웅크린 그림자가 망치로 두들기고 있었다. 그 사나이는 긴 콧수염을 기른 마른 고쇼였다. 그는 다시 일어나서 나왔다. 축축한 편박석(片剝石)의 부스러기를 손에 쥐고 나와서 사람들에게 펴 보였다. 곧 그는 조심스레 손바닥을 다시 오므리고 사라져 버렸다. 그때 딴 사나이가 구부린 채 동굴 안에 들어갔다.

다라스트는 뒤로 돌아섰다. 주위에는 순례자들이 그를 보지도 않고 서 있었다. 나무에서 고운 망사처럼 떨어지는 빗물을 태연히 맞고 있었다. 그도 역시 동굴 앞에서 안개 같은 빗물을 맞아 가며 기다리고 있었다. 그러나 그 이유를 모르고 있었다. 정말 이 나라에 도착한 이래 한 달 동안이나 그는 줄곧 기다려 왔던 것이다. 그는 축축한 날씨의 붉은 열기 속에서 밤하늘에 깜박이는 조그만 별들을 바라보며, 둑을 건설하고 도로를 개통한다는 그의 직무에도 불구하고 그가 여기에 하러 온 일은 구실에 불과하다는 듯이, 상상조차 하지 않았던, 그러나 이 세상의 끝에서 끈기 있게 그를 기다렸을 어떤 놀라움의 또는 어떤 만남의 기회를 기다리고 있었다. 그는 몸을 돌려서 사람들에게서 떠났다. 그러나 아무도 그를 보는 사람은 없었다. 그는 출입구로 걸어갔다. 강으로 돌아가서 일을 해야만 했다.

그러나 문에서 소크라트가 기다리고 있었다. 그는 키가 작고 뚱뚱한데다 허리가 굵고 검다기보다 노란 피부빛을 한 어떤 남자와 열심히 이야기를 하고 있었다. 박박 깎은 머리 때문에 그 사나이의 이마의 곡선은 더 넓게 보였다. 윤기 있는 그의 넓적한 얼굴은 그와 반대로 시커멓고 모나게 붙어 있는 턱수염으로 꾸며져 있었다.

"이 사람이 맨 앞에 서요."

소크라트가 소개했다.

"내일 이분이 행렬을 한답니다."

그는 육중한 사지로 만든 수부복(水夫服)을 입고 해군 작업복 아래에는 청백(淸白)의 줄을 친 셔츠를 입고 있었는데, 검고 침착한 눈으로 주의 깊게 다라스트를 관찰하고 있었다. 동시에 그는 두꺼운 입술을 벌려 희고 반짝이는 이를 내놓고 웃었다.

소크라트는 그 미지의 사나이를 돌아보고 이렇게 말했다.

"이 사람은 스페인 말을 하지요. 이야기해 보세요, 다라스트 씨!"

그러고 나서, 소크라트는 춤을 추면서 딴 사람들 쪽으로 가 버렸다. 사나이는 웃음을 멈추고, 솔직한 호기심을 보이면서 다라스트를 보았다.

"재미있으슈? 대장."

"난 대장이 아닌걸!"

다라스트가 말했다.

"상관없어요. 그러나 당신은 귀족이시라죠? 소크라트가 그러더군요!"

"난 아닌데. 하지만 우리 할아버지가 그랬었지, 고조할아버지도 그렇고, 또 그 할아버지들도 모두 그랬지만 지금 우리나라엔 귀족은 없어졌다네."

"아! 알겠어요. 모두가 귀족이란 말이죠."

흑인이 말했다.

"아니, 그게 아냐. 귀족이나 평민의 구별이 없단 말일세."

그는 가만히 생각하고 있더니 이윽고 납득한 것처럼 말했다.

"일하는 사람이 아무도 없고 고통받는 사람도 없어요?"

"수백만의 인간들이 일하고 고통받고 있네."

"그럼 그것이 평민이구먼요."

"바로 그렇지, 평민들이 있단 말이야. 그러나 그들의 상전들은 경찰이거나 장사꾼들이지."

그의 상냥한 얼굴은 다시 긴장했다. 그러다가 그는 꿍꿍거렸다.

"흥! 사고, 팔고, 응! 더럽군! 그리고 경찰과 함께, 개놈들이 명령을 하겠군."

갑자기 그는 웃음을 터뜨렸다.

"당신은 팔지 않나요?"

"거의 안 팔지. 나는 다리를 놓고, 길을 닦지."

"거 참 좋습죠. 나는 배의 요리사죠. 원하신다면, 당신을 위해서 검정콩 요리를 만들지요."

"그럼, 좋지!"

요리사는 다라스트에게로 와서 그의 팔을 잡았다.

"여보슈, 당신 말씀이 마음에 들어요. 나도 말하겠어요. 당신도 마음에 드실 것 같군요."

그는 다라스트를 출입구 근처 대나무 숲 아래의 축축한 나무 의
자로 데리고 갔다.

"난 이과프 바다에서 해변의 항구에 기름을 공급하다가 전복한
조그만 급유선(給油船)을 타고 있었죠. 배에 불이 났거든요. 내 잘못
은 아니었죠. 절대로! 난 나의 직책을 알고 있고 말고요! 내 잘못이
아니라, 운이 나빴던 거죠! 우리는 보트를 물에다 내려놓을 수 있었
어요. 파도가 으르렁대는 밤에 보트는 뒤집혔고, 나는 물에 빠졌죠.
내가 다시 떠올랐을 때, 내 머리는 보트에 부딪쳤어요. 난 표류했지
요. 캄캄한 밤이었고 물결이 센데다 나는 수영이 서툴지 않았겠어
요? 참 무서운 일이었죠. 문득 멀리서 불빛이 보이더군요. 나는 이
과프 예수교회의 돔(둥근 지붕)을 봤어요. 그때, 나는 예수님께 나를
살려 주기만 하면 50킬로그램의 무게를 가진 돌을 머리에 이고 행
렬을 따라가겠다고 말했죠. 믿을 수 없으실 거예요. 그러나 물은 잔
잔해졌고 내 마음도 가라앉았거든요. 난 천천히 헤엄을 쳤고, 마음
이 기뻤어요. 그래서 난 해변가에 닿았습죠. 난 내일 내 약속을 지
켜야 합니다."

그는 문득 의아스러운 태도로 다라스트를 보았다.

"안 웃으시는군요?"

"웃을 일이 아냐. 약속한 것은 해야지!"

흑인은 그의 어깨를 쳤다.

"자, 강가에 있는 우리 형 집으로 갑시다. 콩을 볶아 드리죠."

"아냐, 난 할 일이 있어. 괜찮거든 저녁으로 하세."

"좋아요. 그러나 오늘 저녁엔 오두막집에서 춤을 추고 기도를

올립니다. 성(聖) 조르주의 명절입죠."

다라스트는 그도 역시 춤을 추느냐고 물었다. 요리사의 얼굴이 갑자기 사무룩해지더니 처음으로 두 눈을 숙였다.

"아니, 아닙니다. 난 춤 안 춥니다. 내일 돌을 날라야 하거든요. 돌은 무거워요. 난 오늘 저녁에 성자를 예배하러 가겠어요. 그래서 일찍 떠나야겠습니다."

"오래 걸리나?"

"밤새도록이죠. 새벽까지일 걸요."

그는 어렴풋한 수줍음을 나타내며 다라스트를 바라보았다.

"춤추러 오십쇼. 그래서 나중에 날 데려다 주세요. 그렇지 않으면 난 남아서 춤추고 말 거예요. 안 추곤 못 배길 것 같아요."

"춤을 좋아하나?"

요리사의 눈은 어떤 탐욕스러운 빛으로 빛났다.

"오! 그럼요. 좋아하다마다요. 게다가 여송연도 있고, 성자들, 여자들이 있거든요. 모든 것을 잊고, 아무에게도 복종 안 해도 되거든요."

"여자들도 있어? 마을의 모든 여자들이?"

"마을의? 아녜요. 오두막집의 여자들이죠."

요리사는 다시 미소를 지었다.

"오세요. 대장에게 복종하겠어요. 오셔서 내일 약속을 지키도록 도와주십시오."

다라스트는 막연히 귀찮은 생각이 들었다. 그 어리석은 약속이 도대체 무슨 상관이란 말인가? 그러나 다라스트는 그 널찍한 얼굴이 신뢰심에 가득 차고, 그 검은 피부가 건강과 생기에 넘치며 반짝이고 있는 것을 보았다.

"그래 가 보지. 그럼 지금 자넬 좀 따라가 볼까?"

왜 그런지 이유는 알 수 없었지만, 그는 자기에게 환영의 선물을 주었던 흑인 처녀의 모습이 눈에 떠올랐다.

그들은 공원에서 나와 질퍽한 거리를 여기저기 걷다가 푹 내려앉은 광장 앞에 이르렀다. 광장을 둘러싸고 있는 집들이 낮아서 광장은 더 넓어 보였다. 벽의 칠 위에는 비가 더 내리지도 않았는데 습기가 흐르고 있었다. 하늘의 해면 같은 공간을 통해 강과 나무들의 웅성거리는 소리가 어렴풋이 그들에게까지 들려 왔다. 그들은 똑같은 속력으로 걷고 있었다. 다라스트는 다리가 무거웠고 요리사는 다리가 켕기는데도 걸었다. 가끔 요리사는 고개를 들고 동료들에게 미소를 지어 보였다. 그들은 집 너머로 보이는 교회당 쪽의 길을 걸어서, 광장 끝을 지나 지독한 음식 냄새가 감돌고 있는 질퍽한 길에 접어들었다. 가끔 가다 여인들이 접시나 취사 도구를 손에 들고, 호기심에 찬 얼굴을 내밀었다가 곧 들이밀곤 했다. 그들은 교회당 앞을 지나서 똑같이 낮은 집들 사이에 있는 옛 시가(市街)를 거쳐, 갑자기 보이지도 않는 강의 소리가 들리는 구역에 들어섰다. 다라스트는 그 구역에 있는 토막집을 알아보았다.

"알았어, 저녁에 보세."

그는 말했다.

"네, 교회 앞에서."

그러나 요리사는 동시에 다라스트의 손을 움켜잡았다. 그는 망설이다가 이윽고 조심스럽게 말을 꺼냈다.

"당신은 여지껏 구원을 부르고 맹세한 적이 없나요?"

"있지, 아마 한 번 있었지."

"파선(破船)했을 때예요?"

"그렇다면 그렇지."

그러면서 다라스트는 갑자기 손을 뿌리쳤다. 그러나 발꿈치를 돌리다가 그는 요리사의 시선과 마주쳤다. 그는 주저하다가 웃음을 띠었다.

"대단한 일은 아니지만, 자네에게 말하지. 내 잘못으로 어떤 사람이 죽게 되었어. 내가 기도한 탓인 것 같아."

"맹세했어요?"

"아니, 맹세하고 싶었지."

"오랜 전 일이에요?"

"여기 오기 전 일이야."

요리사는 두 손으로 수염을 잡았다. 그의 두 눈은 반짝이고 있었다.

"당신은 대장이에요." 그는 말을 이었다. "내 집은 당신의 집이나 다름없어요. 그리고 당신은 내가 맹세를 지키도록 도와주실 테니까, 그것은 당신이 몸소 하시는 거나 마찬가지죠. 당신에게도 도움이 될 거예요."

다라스트는 미소를 지었다.

"그럴 것 같지 않은데……."

"당신은 거만하신데, 대장."

"거만했었지. 그러나 지금 난 고독해. 이것만 말해 봐. 자네의 예수님은 늘 자네에게 대답을 하던가?

"늘요? 아뇨, 대장!"

"그럼?"

요리사는 맑고 천진한 웃음을 터뜨렸다.

"그거야. 그분 자유 아녜요?"

그는 말했다.

다라스트는 클럽에서 유지들과 점심을 먹고 있었다. 면장은 그가 이과프에 왔다는 대사건의 표적을 적어도 후대에 남기기 위해 마음의 서명첩(署名帖)에 서명해야 된다고 말했다. 판사는 판사대로, 내빈의 미덕과 재능뿐만 아니라 내빈께서 국민 된 영광을 가진 그 위대한 나라를 대표함에 있어 취한 바 지극히 담담한 태도를 찬양하는 몇 마디의 치사를 했다. 다라스트는 그저 자기는 그 영광을 가졌으며, 그의 확신에 의하면, 그것은 과연 영광스러운 일이긴 하지만, 이 장기간의 공사 낙찰(落札)을 획득한 것은 자국 회사의 이익이기도 하다고 답변했다. 거기서 판사는 그러한 겸손에 대해 항의를 하며 말을 이었다.

"그것은 그렇고. 서장에 대해서 우리가 할 일을 생각해 두셨나요?"

다라스트는 웃으면서 그를 바라보았다.

"정했어요."

다라스트는 이과프의 아름다운 마을과 훌륭한 주민을 알게 된 것을 퍽 기쁘게 생각하고 있으며, 그의 체류를 협조와 우호적 분위기에서 시작하기 위해서, 자기 이름으로 그 경솔한 사나이를 용서해 준다면, 자기는 이것을 개인적인 은혜로 생각하며, 특별한 호의로 생각하겠다고 말했다. 판사는 자세히 듣고 있다가 미소를 짓고 고개를 끄덕였다. 그는 전문가답게 틀에 박힌 태도로 잠시 생각을 가다듬었다. 그는 다라스트를 둘러싼 사람들에게 위대한 프랑스 국민의 관용(寬容)의 전통을 찬양하자고 말하고, 다음과 같이 만족스러운 결론을 내렸다.

"그렇게 됐으니 오늘 저녁 서장과 함께 식사를 합시다."

그러나 다라스트는 동굴에서 춤의 의식에 초대를 받았다고 말했다.

"아, 그러세요! 귀하께서 거기에 가시는 것은 참 반가운 일입니다. 보시게 되겠지만, 우리의 민중을 사랑하지 않을 수 없으실 겁니다."

판사는 말했다.

그날 밤 다라스트, 요리사 그리고 그 형은 기사가 이미 아침에 방문한 적이 있는 오두막집 한가운데서 꺼진 불을 둘러싸고 앉아 있었다. 형은 그를 다시 보고 별로 놀란 기색을 보이지 않았다. 그는 스페인 어를 거의 하지 않고, 대개는 고개만 끄덕였다. 요리사는 사원(寺院) 쪽에 정신이 팔려 있더니, 검정콩 수프 이야기를 지루하게 늘어놓았다. 이윽고 해가 거의 저물었다. 다라스트는 아직 요리사와 그 형을 보고 있었으나, 토막집 안쪽에 쭈그리고 앉아 있는 노파와 다시금 그에게 마실 것을 갖다준 그 처녀의 모습을 희미하게나마 분간할 수 있었다. 낮은 지대에서 강물의 단조로운 흐름소리가 들려 왔다.

요리사가 일어서서 말했다.

"시간이 됐어."

그들도 일어섰다. 그러나 여인네들은 꼼짝 하지 않았다. 남자들만이 밖으로 나왔다. 다라스트는 멈칫거리다가 그들을 쫓아갔다. 이젠 아주 밤이 되었고, 비는 멎어 있었다. 검푸른 하늘은 아직도 축축하게 보였다. 수평선 밑의 그 투명하고 어두운 물 속에서 별들이 빛나기 시작했다. 별들은 이내 꺼져서 마치 하늘이 마지막 빛을 뚝뚝 흘리듯이 하나하나 강 속으로 없어져 버리는 것이었다. 짙은 공기는 물과 연기 냄새를 풍기고 있었다. 거대하면서도 움직이지 않는 숲의 동요가 아주 가까이 들려 왔다. 갑자기 북과 노랫소리가 멀리서 어렴풋하게, 그러다가 똑똑하게 들려 왔다. 그 소리들이 점점 가까워지더니 멎어 버렸다. 잠시 후에 키가 작고 거친 흰 비단 옷을 입은 흑인 처녀들의 긴 행렬이 나타났다. 알록달록한 상아로 만든 목걸이를 늘어뜨린, 붉은 투구를 꼭 붙게 쓴 키가 큰 흑인 하나가 처녀들 뒤를 따라왔다. 그 뒤에는 흰 파자마를 입은 한 떼의 남자들과 트라이앵글과 넓고 짧은 북을 맨 악사들이 뒤를 따랐다. 요리사는 그들을 따라가야 한다고 말했다.

수백 미터 걸쳐서 몰려 있는 오두막집들을 지나서 그들이 도착한 오두막집은 크고 텅 비었으며 안쪽 벽에 칠을 하여 비교적 아늑했다. 땅바닥은 단단한 흙으로 되어 있었고, 짚과 갈대로 이은 지붕은 가운데가 기둥으로 받쳐져 있었으며, 벽은 발가숭이였다. 안쪽에 종려 잎을 깔아 놓은 제단 위에는 으리으리한 채색판화가 걸려 있고, 그 판화에는 성 조르주가 매혹적인 모습으로 굵은 수염이 난 한 마리의 용을 타고 있었다. 제단 밑에, 로코코식(루이 15세 때 프랑스의 공예 양식)의 벽종이를 바른, 일종의 벽장 속에 촛불 하나와 물 한 그릇 사이에 뿔이 돋친 신을 상징하는 붉은 물감을 칠한 진흙 조각상이 놓여 있었다. 그 신은 무서운 얼굴을 한 채 은종이로 만든 칼을 휘두르고 있었다.

요리사는 다라스트를 한쪽 구석으로 안내했다. 그들은 문 옆의 벽에 몸을 붙이고 서 있었다.

"이렇게 하고 있으면 간단히 출발할 수 있죠."

요리사가 이렇게 중얼댔다.

오두막집은 실상 남녀들이 꽉 차서 법석거렸다. 벌써 더웠다. 악사들은 작은 제단 양쪽에 자리를 잡았다. 춤을 출 남녀들이 두 개의 동심원을 그렸는데, 남자들이 안쪽으로 들어갔다. 중앙에는 빨간 투구를 쓴 흑인 추장이 와서 자리를 잡았다. 다라스트는 팔짱을 끼고 벽에 기대섰다.

그러나 추장은 춤추는 사람들의 원을 헤치고 나와, 그들이 서 있는 곳으로 와서 엄숙한 태도로 요리사에게 몇 마디 말을 했다.

"팔짱을 펴세요, 대장! 팔을 꼬고 있으면 성인의 혼이 내려오는 걸 막는답니다."

요리사가 이렇게 말을 옮겼다. 다라스트는 순순히 팔을 내렸다. 등은 여전히 벽에 기대고 있었는데, 그 길고 육중한 사지(四肢)와 땀이 흘러서 반짝이는 얼굴은 마치 그 자신이 믿음직한 짐승의 신인 양 싶었다. 그 흑인은 그를 바라보더니 적이 만족한 태도로 제자리로 돌아갔다. 곧 쨍쨍 올리는 목소리로 그는 곡조를 붙여서 첫마디를 불렀다. 모두들 북의 반주에 맞추어 그것을 받아서 합창했다. 그때, 춤추는 원들은 반대 방향으로 돌아가기 시작했다. 무겁게 힘을 쏟아 붓는, 춤이라기보다는 차라리 발을 구르는데다가 그저 허리들이 이중으로 파동치는 몸짓을 조금 한 것뿐이었다.

더위는 심해졌다. 그러나 조금씩 휴지(休止)는 줄고, 정지하는 시간의 간격이 멀어지고, 춤은 템포가 빨라지고 있었다. 딴 사람들의 리듬이 늦춰지지 않은 채 자기도 줄곧 춤을 추면서 그 키 큰 흑인은 제단으로 가기 위해서 다시 원을 헤치고 나갔다. 그는 물 한 잔과 불을 켠 초를 하나 들고 와서 오두막집 중앙의 땅바닥에 세웠다. 그는 촛불 주위에 동심원을 그려서 물을 쏟았다. 그러고는 다시 일어나서 광기가 도는 눈을 지붕으로 돌렸다. 온몸이 긴장된 채 꼼짝 하지 않고, 그는 기다리고 있었다.

"성 조르주가 오신다. 보아라, 보아라!"

그렇게 요리사는 속삭였는데, 그의 두 눈은 톡 튀어 나와 있었다.

사실 몇몇 춤꾼들은 바야흐로 성령의 감촉이나 받은 듯한 표정이었다. 그들은 두 손을 허리에 올려놓고 발을 꼿꼿이 뻗고, 눈은 멍하니 한 점만 바라보고 있는 응고(凝固)된 표정을 하고 있었다. 딴 춤꾼들은 경련을 일으키면서 그들의 리듬에 속도를 가하여 뜻 모를 고함을 지르기 시작했다. 고함 소리는 조금씩 높아 가더니 하나의 집단적인 노호(怒號)로 변했을 때, 여전히 눈을 치켜들고 있던 추장도 헐떡거리는 숨결로 말소리라고는 여겨지지 않는 기다란 아우성을 질렀다. 추장은 똑같은 단어를 되풀이하고 있었다.

"자기가 신의 싸움터라고 말하고 있어요."

요리사가 속삭였다. 다라스트는 요리사의 목소리가 변한 것에 놀라서 그를 보았다. 요리사는 몸을 앞으로 내밀고, 주먹을 쥐고 눈을 부릅뜨고, 딴 사람들의 리드미컬한 발 구르는 소리에 발을 맞추고 있었다. 그때, 다라스트는 자신도 조금 전부터 비록 발은 움직이지 않더라도 온몸의 무게로 춤추고 있었다는 것을 깨달았다.

그런데 북이 갑자기 미친 것처럼 울리고, 갑자기 그 붉은 키다리가 미쳐 날뛰었다. 눈은 불을 뿜는 듯했고, 팔과 다리를 몸 주위에 뱅뱅 돌리며, 사지가 분리될 것 같은 느낌을 줄 정도로 빨라진 리듬으로 두 다리를 한쪽 한쪽 굽혀서 무릎을 꿇더니, 마침내 덥석 주저앉고야 말았다. 그러나 갑자기 그는 북이 요란하게 울리는 가운데 거만하고 무서운 모습으로 동작을 멈추더니 관중들을 둘러보았다. 곧 춤꾼 하나가 어두운 한 구석에서 나타나서 무릎을 꿇고 그 신에 홀린 사람에게 짧은 칼을 내밀었다. 그 커다란 흑인은 줄곧 둘레를 바라보며 칼을 받더니 자기 머리 위에서 빙빙 돌리는 것이었다. 바로 그때, 다라스트는 사람들 가운데서 춤추고 있는 요리사를 발견했다. 기사는 그가 춤추러 나가는 것을 보지 못했었다.

불그스름하고 희미한 불빛 속에서 숨 막힐 듯한 먼지가 땅 위에서 올라와 공기를 탁하게 만들고 있었기 때문에 몸이 더 끈적거렸다. 다라스트는 조금씩 몸이 피곤해지는 것을 느꼈다. 점점 숨이 가빠졌다. 그는 춤꾼들이 춤을 계속 추면서 지금 피우고 있는 커다란 여송연을 어떻게 손에 들게 되었는지 역시 보지 못했다. 그 이상한 냄새는 오두막집을 자욱이 채웠고, 다라스트를 약간 도취시키고 있었다. 그는 여전히 춤을 추며 자기 앞을 지나가고 있던 요리사밖에는 아무것도 보지 못했다. 요리사도 역시 담배를 피우고 있었다.

"담배 피우지 말아."

다라스트가 말했다. 요리사는 발을 구르면서 중얼거렸다. 목덜미에는 끊임없이 긴 핏대가 돋아서 종소리를 들은 권투 선수처럼 중앙의 기둥을 노려보고 있었다. 그 옆에서 육중한 흑인 여자 하나가 그 동물적인 얼굴을 좌우로 흔들면서 줄곧 짖어 대고 있었다. 그러나 특히 젊은 흑인 여자들은 가장 무서운 실신 상태에 빠져 있었다. 발들을 땅에 붙인 채 발 끝에서 머리끝까지 온몸에 경련을 일으키고 있었는데, 어깨로 올라갈수록 더욱 격심해지고 있었다. 그때 그들의 머리는 문자 그대로 몸에서 떨어져 나온 것처럼 앞뒤로 흔들리고 있었다. 동시에 모든 사람들은 쉬지 않고 일제히 길고 힘없이 소리를 지르기 시작했다. 숨은 쉬는 것 같지도 않았고 억양도 없이, 마치 그때까지 절대 침묵을 지켜 온 어떤 존재에게 제각기 한 마디씩 말을 거는 것처럼 힘을 다해 내지르는 한 마디 소리 속으로 그들의 육체는 근육도 신경도 완전히 융합하고 있는 것 같았다. 여전히 소리를 지르며 여자들은 하나 둘 쓰러지기 시작했다. 추장은 쓰러진 여자마다 그 기다랗고 시커먼 근육이 솟은 손으로 재빨리 경련하듯이 관자놀이를 조르기 시작했다. 그러면 여자들은 일어서서 휘청거리면서 다시 춤을 추고, 처음에는 힘없이, 그러나 차츰 높고 빠른 소리로 고함을 치다가 또다시 오랫동안 쓰러졌다. 그것은 일동의 고함 소리가 약해져서, 딸꾹질이 나서 그들은 헐떡거리게 하고 목쉰 개 짖는 소리로 변해서 안 들리게 될 때까지 계속되었다. 다라스트는 자신이 부동(不動)의 기나긴 춤으로 인해 굳어져서 힘이 빠져 스스로가 벙어리처럼 숨이 막혀 휘청휘청하는 것을 느꼈다. 더위, 먼지, 여송연 냄새, 사람 냄새가 이제는 아주 숨을 막아 버렸다. 그는 요리사를 찾아내려고 애썼으나, 요리사는 어디 갔는지 볼 수 없었다. 그래서 다라스트는 벽을 따라서 미끄러져 나오다가 구역질을 참으면서 주저앉아 버렸다.

그가 눈을 떴을 때, 공기는 여전히 숨이 막힐 지경이었다. 그러나 소음은 그쳤다. 북소리만이 끊임없이 낮게 울리고 있었다. 그 소리에 맞추어서 오두막집의 구석구석에서 하얀 보자기를 쓴 무리들이 발을 구르고 있었다. 그러나 물그릇과 촛불을 치워 버린 실내의 중앙에는 흑인 처녀 한 떼가 반 최면 상태 속에서 박자에 조금 뒤떨어지게 느리게 춤을 추고 있었다. 눈은 감았으나 똑바로 서서 여자들은 거의 같은 자리에서 발끝을 세우고 조금씩 앞뒤로 몸을 흔들고 있었다. 그 여자들 중 지나치게 뚱뚱한 두 여자는 라피아 종려나무의 포장으로 얼굴을 덮고 있었다. 여자들은 키가 크고, 마르고, 라피아를 쓴 젊은 여자 하나를 에워싸고 있었는데, 다라스트는 그녀가 그 집 주인의 딸임을 알아챘다. 초록색 옷을 입은 처녀는 총사(銃士)의 새털을 단 여자 사냥꾼의 푸른 면사(綿紗) 모자를 이마 위로 올려 쓰고 있었다. 그리고 손에는 초록과 노란색 활을 들고 화살통을 둘러메고, 그 끝에는 알록달록한 새 한 마리를 꼬챙이에 꿰어 차고 있었다. 연약한 그 육체 위에 약간 뒤로 젖혀진 어여쁜 머리가 천천히 흔들리고 있었다. 그리고 무감각한 그 얼굴 위에는 냉담하고 말끔한 우울(憂鬱)이 반영되고 있었다. 음악이 멈출 때마다 여자는 꿈꾸듯이 휘청거리고 있었다. 더욱 커진 북의 리듬만이 그 여자에게 일종의 뒷받침의 역할을 하고 있었는데, 그 주위에서 여자는 기운 없이 아라베스크를 그리며 돌아가다가 마침내 음악과 함께 다시 멈추어 서서 균형을 잃을 정도로 휘청거리며, 찌르는 듯하면서도 음률적인 야릇한 소리를 질렀다.

그 느린 춤에 매혹된 다라스트는 그 검은 디아나(달의 여신)를 응시하고 있었다. 그때, 요리사가 그에게로 다가왔다. 번질번질해진 그의 얼굴은 일그러져 있다. 선의가 사라져 버린 그의 눈에는 알지 못할 일종의 탐욕만이 나타나 있었다. 퉁명스럽게, 마치 모르는 사람에게 이야기하듯 말했다.

"늦었습니다, 대장!"

이렇게 그는 말했다.

"그들은 밤새도록 춤을 출 작정이죠. 그러나 그들은 당신이 지금 여기 계신 것을 좋아하지 않아요."

머리가 무거워진 다라스트는 일어나 요리사를 따라서 벽을 끼고 문에 이르렀다. 문지방 위에서 요리사는 대싸리문을 붙잡고 옆으로 비켰다. 그래서 다라스트는 밖으로 나왔다. 그는 돌아서서 움직이지 않고 서 있는 요리사를 보았다.

"가세. 돌을 날라야지."

"난 있겠어요."

요리사가 쌀쌀하게 말했다.

"그럼 자네 약속은 어떻게 되는 거야?"

요리사는 아무 대답 없이 다라스트가 한 손으로 붙잡고 있던 문을 조금씩 밀었다. 그들은 그런 상태로 잠시 동안 서 있다가 다라스트는 어깨를 으쓱 올리고 물러났다. 그는 그곳을 떠났다.

밤은 신선하고 향기로운 냄새를 풍기고 있었다. 숲 위에는 남쪽 하늘에 드문드문 나타난 별들의 보이지 않는 안개에 가려 가냘프게 반짝이고 있었다. 축축한 공기는 무거웠다. 그러나 오두막에서 나오니 서늘하여 기분이 좋았다. 다라스트는 비탈길을 다시 올라가서 근처에 있는 집들에게 가까이 갔다. 구덩이가 파인 길에서 그는 취한 사람처럼 건들거리고 있었다. 아주 가까이 숲이 웅성거리고 있었다. 강물의 소리가 커지고, 온 대륙이 어둠 속에서 나타나고 있었다. 다라스트는 구역질을 느꼈다. 그는 이 나라 전체를, 그 넓은 고장의 슬픔이며, 그 숲들의 검푸른빛이며, 그 거친 거대한 강들의 밤의 물결 소리를 모조리 토해 내고 싶어졌다. 그 땅은 너무나 넓었고, 피와 계절들이 온통 뒤섞이고 있었으며, 시간은 용해(溶解)되고 있었다. 거기에서 생활은 땅과 붙어서 영위되고, 거기에서 어울리는 삶을 누리기 위해서는 여러 해 동안 질퍽하거나 건조한 같은 땅 위에서 눕고 자야만 한다. 저기 유럽에서는 그런 것은 치욕과 분노였다. 여기서는 말라빠지고 떨며 죽어갈 때까지 춤추는 그 미치광이들 가운데에는 유배(流配) 아니면 고독이 있었다. 그러나 축축한 식물의 냄새로 가득한 밤의 눅눅한 기운을 타고 잠든 미녀가 지르는 상처 입은 야릇한 외침 소리가 아직도 그의 귀에 들려 왔다.

심한 편두통을 머리에 느끼며 다라스트가 악몽 끝에 잠에서 깨어났을 때, 무더운 열이 마을과 움직이지 않는 숲을 짓누르고 있었다. 그는 멈춰 버린 자기 시계를 보며 몇 시인지도 모르고, 마을에서 떠오르는 환한 햇살과 침묵에 놀라서 병원 현관 아래서 기다리고 있었다. 새파란 하늘은 불을 끈 첫 번째 지붕들 위에 내려덮이고 있었다. 누런 매[鷹]들이 병원과 마주 서 있는 집의 지붕에서 더위에 지쳐서 잠자고 있었다. 그 중 한 마리가 갑자기 재채기를 하더니 주둥이를 벌리고 날아가려고 양지 쪽을 향하여 먼지가 뽀얀 두 날개를 제 몸에다가 두 번 털고, 지붕 위에서 삼사 미터 위로 날았다가 다시 주저앉아서 이내 잠들어 버렸다.

기사는 마을 쪽으로 내려갔다. 넓은 광장은 그가 막 지나온 길들처럼 쓸쓸했다. 멀리 강의 양 기슭에서는 낮은 안개가 숲 위를 떠돌고 있었다. 더위는 직각으로 내리쬐어 다라스트는 피해 설 그늘을 찾았다. 그때 그는 어떤 집의 처마 밑에서 손짓하고 있는 남자를 보았다. 더 가까이 가서 그는 그 사람이 소크라트임을 알아봤다.

"그런데 다라스트 씨, 명절놀이를 좋아하시나 보죠?"

다라스트는 오두막집 속은 너무 덥고, 하늘과 어둠이 더 좋아서 나왔다고 말했다.

"그렇죠."

소크라트가 대답했다.

"댁의 나라에서는 미사뿐이니까요. 아무도 춤은 안 추니까……."

소크라트는 손을 비비면서 한쪽 발로 뛰면서 그 자리에서 돌며, 숨이 막힐 정도로 웃고 있었다.

"할 수 없죠. 할 수 없는 사람들이에요."

그러다가 그는 호기심에 찬 눈으로 다라스트를 보았다.

"그래, 선생님도 미사에 나가세요?"

"아니."

"그럼 어디에 가슈?"

"아무 데도 안 가지. 모르겠어."

소크라트는 또 웃어 댔다.

"그럴 수가 있나! 교회 없는 귀족, 아무것도 없는 귀족이라니!"

다라스트도 웃고 있었다.

"그렇다네, 난 내게 마땅한 자리를 찾지 못해서 떠난 거야."

"우리하고 살아요, 다라스트 씨. 전 선생님이 마음에 들어요."

"그러고도 싶지만, 소크라트, 난 춤을 못 추는걸."

그들의 웃음 소리는 쓸쓸한 마음의 침묵 속에서 쨍쨍 울렸다.

"아참!" 소크라트가 말을 했다. "면장께서 보자더군요. 면장은 클럽에서 점심을 잡수신다나요."

그러면서 인사도 없이 병원 쪽으로 갔다.

"어디 가는 거야?"

다라스트가 소리쳤다.

소크라트는 코 고는 것 같은 소리를 냈다.

"잠자러요. 이제 곧 행진이 있으니까!"

그러고는 반은 뛰어가는 걸음걸이로 코 고는 소리를 또 냈다.

면장은 다만 다라스트에게 행진을 볼 수 있는 귀빈석 하나를 내주고 싶었던 것이었다. 그는 기사에게 고기 한 접시와 풍증(風症)을 고치는 데 좋다는 쌀밥을 같이 하도록 권하면서, 그런 설명을 했다. 우선 행렬이 떠나는 것을 보기 위해서 판사댁의 발코니 위에 교회

와 마주 자리를 잡아야 한다는 것이었다. 그 다음에는 면사무소에
가서, 교회와 광장으로 통하는 고해자(告解者)들이 돌아올 한길 앞
으로 간다. 판사와 경찰서장이 다라스트와 동행을 할 것이고, 면장
은 의식에 참여하게 되어 있었다. 사실 경찰서장은 클럽의 홀에 있
었는데, 사라지지 않는 미소를 입 언저리에 띠고, 다라스트의 주위
를 쉴 새 없이 둘러보며, 알아들을 수는 없지만 극진한 말을 그에게
걸었다. 다라스트가 아래층으로 내려올 때, 그는 앞의 문들을 손으
로 밀어 붙잡고는 길을 내주려고 서둘러 댔다.

여전히 텅 빈 마을에서 무거운 태양 아래 두 사나이는 판사댁으
로 걸어가고 있었다. 그들의 발자국 소리만이 고요한 가운데 울리고
있었다. 그러나 갑자기 멀지 않은 길거리에서 화약통이 터졌으므로,
모든 집 위에서 목털이 빠진 매들이 장중하게, 그리고 흩어져서 떼
를 지어 날아갔다. 곧 이어서, 십여 개의 화약통이 사방에서 터졌다.
문들이 열리고, 사람들이 집 밖으로 나와 좁은 길이 꽉 찼다.

판사는 자기의 누추한 집에 오셔서 영광이며 고맙다는 뜻을 다
라스트에게 표시하고 하얀 회를 바른 바로크 식의 아름다운 층계로
그를 안내했다. 다라스트가 층계를 지나갈 때에, 층계참 위에서는
문들이 열리고 밤색 머리털을 가진 아이들의 머리가 나왔다가 웃음
을 삼키고 사라져 버렸다. 훌륭한 구조로 만들어진 귀빈석에는 등
나무로 만든 집기(什器)와 시끄럽게 울어 대는 새의 커다란 새장밖
에 아무것도 없었다. 그들이 자리 잡은 발코니는 교회 앞의 작은 광
장과 마주 보고 있었다. 이윽고 군중이 그 광장에 모이기 시작했다.
신기할 정도로 고요했고, 거의 눈에 뜨일 정도의 광파(光波)를 이루

자라나는 돌 217

어 하늘에서 내리쬐는 더위 아래서 움직이지 않고 서 있었다. 아이
들만이 뛰어다니다가 멈추어 서서 화약통에 불을 당길라치면 폭발
소리가 곧 들려 오곤 했다. 발코니에서 보이는 울퉁불퉁한 벽과 푸
른 석회를 칠한 십여 개의 계단과 파르스름한 두 개의 금빛 탑이 있
는 교회당은 다 자그맣게 보였다.

갑자기 교회당 속에서 오르간 소리가 터져 나왔다. 현관 쪽으로
돌아선 군중은 광장 주변에 줄을 지었다. 남자들은 모자를 벗고, 여
자들은 무릎을 꿇었다. 오르간은 멀리서 일종의 행진곡을 오랫동안
연주했다. 그러다가 야릇한 날개 소리가 숲에서 들려 왔다. 투명한
날개와 연약한 기체를 가진 조그만 비행기 한 대가 연륜도 모르는
그 고장에서는 어울리지도 않게 나무 위로 솟았다가 광장 쪽으로
좀 내려와서 그쪽을 바라보는 사람들의 머리 위를 요란스럽게 부르
룽 소리를 내고 지나갔다. 비행기는 좀 흔들리더니 하구(河口) 쪽으
로 멀어져 갔다.

그러나 교회당의 그늘 속에서 모호한 소동이 생겨 다시 주의를
끌고 있었다. 이제 현관 아래 보이지 않는 곳에서 들려 오는 징소리
와 북소리에 뒤섞여 오르간 소리는 들리지 않았다. 검은 도복을 뒤
집어쓴 고해자들은 한 사람씩 교회에서 나와 사원 앞마당에 모여들
었다. 그러고는 층계를 내려오기 시작했다. 그 뒤를 백홍(白紅)의 깃
발을 든 흰 옷 입은 고해자들이 따랐고, 천사의 옷을 입은 조무래기
들, 검고 심각한 조그만 얼굴을 한 성모 마리아의 유아단(幼兒團),
그리고 끝으로 짙은 색깔의 양복을 입고 땀을 흘리는 저명인사들이
떠받든 울긋불긋한 빛깔을 칠한 성골함(聖骨函) 위에 그리스도의 성

상이 나타났다. 손에 갈대를 들고 머리에 가시관을 쓰고 피를 흘리는 그 상은 사원 앞마당의 계단에 몰려 있던 군중의 머리 위에서 흔들리고 있었다.

성골함이 층계 아래로 내려왔을 때, 잠시 동안 잠잠해졌다. 그 동안에 줄을 서는 듯한 모습으로 고해자들은 열을 지으려고 했다. 바로 그때, 다라스트는 요리사를 보았다. 그는 웃통을 벗고 사원 마당 위로 막 나선 참이었다. 수염이 덮인 얼굴 위에는 네모꼴의 커다란 덩어리를 이고 있었는데, 그것을 코르크 판대기에 대고 머리에 얹었다. 그는 교회당의 층계를 힘차게 걸어 내려왔다. 돌은 그의 짧고 근육이 드러나 활 모양으로 보이는 두 팔을 완전히 균형 잡히게 만들고 있었다. 그가 성골함 뒤로 오자마자, 행렬은 움직이기 시작했다. 그때 현관에서 짙은 빛깔의 저고리를 입고 리본을 단 관악기를 숨 가쁘게 불면서 악사들이 나타났다. 박자가 빨라진 곡조에 맞추어서 고해자들은 걸음을 빨리 옮겨 광장으로 면한 길에 다다랐다. 그 뒤를 따라서 성골함이 자취를 감추었을 때에는 이미 요리사와 맨 뒤의 악사밖에는 보이지 않았다. 그 뒤에서는 화약통 소리가 들리는 가운데 군중이 움직이기 시작했다. 한편 비행기는 피스톤을 요란하게 삐걱거리며 맨 끝의 군중에게로 돌아왔다. 다라스트는 그때 거리 속으로 사라져 버리려는 요리사만을 보고 있었다. 갑자기 그의 어깨가 굽은 것처럼 보였다. 그러나 그만한 거리에서는 잘 보이지 않았다.

텅빈 거리를 지나 문을 닫은 상점과 집집의 닫힌 문 사이를 지나서 판사, 경찰서장, 그리고 다라스트는 드디어 면사무소에 도착했다. 나팔과 화약 소리가 멀어지자 침묵은 다시 거리를 휩쓸었고, 마치 오래 전부터 그 장소를 차지하고 있었던 것처럼 이미 몇 마리의 매는 돌아와서 지붕 위에 앉아 있었다. 마치 오래 전부터 그 장소를 차지하고 있었던 것 같았다. 면사무소는 좁은 거리에 면해 있었다. 그 길은 변두리 마을에서 교회당 광장으로 통하는 기다란 거리였다. 그때, 거리는 텅 비어 있었다. 면사무소의 발코니에서 눈에 보이는 것이라곤 구멍투성이의 한쪽 길밖에 없었다. 그 거리에는 최근에 내린 비가 군데군데 물구덩이를 만들고 있었다. 이제 좀 가라앉은 태양은 길 건너편 집들의 닫혀진 정면을 아직 파먹어 들어가고 있었다. 그들은 오랫동안 기다렸다. 너무 오래 기다렸기 때문에, 다라스트는 마주 보이는 벽에 태양이 반사하는 것을 너무 오랫동안 보았고, 피로와 현기증이 되살아나는 것 같았다. 인기척 없는 집들이 나란히 서 있는 텅 빈 거리는 그의 마음을 사로잡는가 하면 동시에 구역질을 느끼게 했다. 또다시 그는 그 고장에서 도망치고 싶어졌다. 동시에 그 거대한 돌을 생각하고 있었다. 그 시련이 끝나기를 그는 원했다. 그는 소식을 알아보기 위하여 내려가 보자고 제의하려 했다. 그때 교회당의 종이 우렁차게 울렸다. 그 순간 길 저쪽 끝 왼쪽에서 소동이 일어났다. 미친 것 같은 군중이 나타났다. 고해자도 순례자도 한데 뒤섞여서 성골함 주위에 몰려드는 것이 멀리서 보였다. 그들은 화약 소리와 환희의 부르짖음 속에서 좁은 길을 계속 걸어가고 있었다. 이내 그들은 길 가장자리에 넘쳐서 표현하기 어려운 혼란 속에서 연령도, 종족도, 의상도 여러 빛의 한 덩어리로 뒤섞여 큰소리로 떠들어 대는 입과 눈만이 보일 뿐이었다. 그들은 교회당으로 다가오고 있었다. 거기에서 수많은 큰 촛불 한 덩어리가 마치 창처럼 솟아 나와 그 불꽃은 대낮의 뜨거운 빛 속에서 사라져 버렸다. 그러나 그들이 가까이 왔을 때, 그리고 발코니 밑에 이르러 너무나 촘촘히 몰린 군중들의 벽을 따라서 올라오는 것처럼 생각되었을 때, 다라스트는 요리사가 거기에 없는 것을 알았다.

인사도 없이 갑자기 그는 발코니와 방에서 빠져 나와 계단을 구르듯이 내려와서 종소리와 화약이 터지는 소리 가운데로 거리에 나왔다. 거기서 그는 기뻐하는 군중, 촛불을 든 사람들, 눈을 가린 고해자들과 부딪쳐야 했다. 그러나 악착같이 몸 전체로 인간의 물결을 거슬러 길을 열었다. 너무나 힘이 들었으므로 거기서 헤어 나와 군중 뒤, 길의 한쪽 끝에 와 섰을 때 휘청거려서 그는 쓰러질 뻔했다. 타오르는 듯한 벽에 붙어서, 그는 숨을 돌리고 있었다. 좀 있다가, 그는 다시 걷기 시작했다. 바로 그때 한 떼의 남자들이 거리로 밀려 나왔다. 맨 앞 사람들은 뒷걸음을 치고 있었다. 다라스트는 그들이 요리사를 둘러싸고 있는 것을 보았다.

요리사는 눈에 뜨일 만큼 기진맥진해 있었다. 그는 멈춰 서서 기다란 돌 밑에서 몸을 굽히고 하역인부나 쿨리(노동자)처럼 종종걸음으로 조금 뛰었다. 발바닥 전체로 땅을 치며, 그는 비참하게 뛰고 있었다. 그 주위에서는 촛농과 먼지에 덮인 도복을 입은 고해자들이 그가 멈춰 설 때마다 그를 응원하고 있었다. 왼쪽에서는 묵묵히 그의 형이 걷다가 뛰곤 했다. 그들과 자기가 떨어져 있는 간격을 통과하려면 시간이 꽤 걸릴 것 같다고, 다라스트는 생각했다. 그와 거의 같은 높이의 지점까지 이르러, 요리사는 다시 멈춰 서서 주위에 생

기 잃은 시선을 던졌다. 그는 다라스트를 보았을 때도 알아본 것 같
지는 않았으나, 다라스트 쪽을 향해서 움직이지 않고 서 있었다. 기
름처럼 더러운 땀이 그의 얼굴을 덮고, 턱수염에는 침이 줄줄 흐르
고 갈색 거품이 입술에 말라붙어 있었다. 그는 웃으려고 애썼다. 그
러나 이고 있는 짐의 무게로 꼼짝 못 하고 온몸을 떨고만 있었다.
두 어깨의 근육만이 눈에 띄게 경련하며 오그라들고 있을 뿐이다.
다라스트를 알아본 그의 형은 그에게, "벌써 넘어진 거나 마찬가지
이지요."라고만 말했다.

　그런데 어디서 나타났는지 소크라트가 그의 귀에 대고 말했다.
　"밤새도록 춤을 너무 췄거든요. 다라스트 씨, 피곤한 겁니다."
　요리사는 다시 빠른 걸음으로 걸어갔다. 그 모습은 앞으로 가려
는 사람 같지 않았고, 움직임으로써 그 짐의 무게를 덜려고 하는 사
람 같아 보였다. 다라스트는 자기도 모르는 사이에 그의 오른편 곁
으로 갔다. 그는 가벼워진 두 손을 요리사의 등에 놓고 무거운 걸음
으로 그의 곁을 걸어갔다. 거리의 저쪽 끝에서 성골함은 사라졌다.
군중은 이제 광장에 가득 차 있는 것 같으나, 더 이상 전진하지 않
고 있는 것 같았다. 몇 초 동안 요리사는 자기 형과 다라스트 사이
에 끼여서 전진했다. 이윽고, 그가 지나는 것을 보려고 모여 있던
어떤 군중들과 20여 미터밖에는 떨어져 있지 않게 되었다. 그러나
그는 다시 섰다. 다라스트의 손은 더 무거워졌다. "조금만 더 가!"
하고 그는 말했다. 요리사는 떨고 있었다. 침이 또 입에서 흐르기
시작했고, 한편 그의 온몸에서 문자 그대로 땀이 용솟음치고 있었
다. 그는 숨을 깊이 쉬려 했으나, 곧 막히고 말았다. 그는 또 휘청거

리더니 세 걸음 걷고는 비틀거렸다. 그러자 갑자기 돌이 그의 어깨로 미끄러져 내려와 어깨를 치고 땅에 떨어졌다. 한편 요리사는 균형을 잃고 그 옆에 주저앉고 말았다. 앞장을 서서 그를 응원하며 걷고 있던 사람들이 큰소리를 지르며, 펄쩍 뛰었다. 그들 중 하나는 딴 사람들이 요리사에게 다시 매게 하려고 돌을 움켜쥐고 있는 동안 코르크판을 들었다.

다라스트가 요리사에게 허리를 굽히고, 먼지와 피로 더럽혀진 그의 어깨를 손으로 닦아 주고 있는 동안에 그 키 작은 사나이는 얼굴을 땅에 대고 헐떡거리고 있었다. 그는 아무 소리도 들리지 않는 모양이었고 이제는 꼼짝달싹도 하지 못했다. 숨을 쉴 때마다 그의 입은 마치 그것이 마지막 숨결이라는 듯 뻐끔 열리곤 했다. 다라스트는 그의 팔뚝을 붙잡고 어린아이를 다루듯이 번쩍 일으켰다. 그는 선 채로 요리사를 꽉 붙잡고 있었다. 허리를 있는 대로 다 굽히고, 그는 마치 그의 힘을 불어 넣어 주려는 듯이 얼굴에 대고 말을 하고 있었다. 잠시 뒤에 요리사는 피와 흙투성이의 몸을 다라스트에게서 뗐다. 얼굴의 표정이 흉악했다. 비틀거리면서 그는 딴 사람들이 조금 들어 올린 돌 쪽으로 다시 걸어갔다. 그러나 그는 멈춰 서고 말았다. 그는 공허한 시선으로 돌을 보고 있다가 고개를 휘저었다. 그리고 그는 두 팔을 아래로 축 늘어뜨리고 다라스트에게로 돌아섰다. 구슬 같은 눈물이 그의 일그러진 얼굴 위에 소리 없이 흘러내렸다. 그는 말을 하고 싶었으나, 입은 가까스로 몇 마디 음정을 내뱉었을 뿐이다. "난 맹세했죠." 그렇게 입을 움직여 보였다. 그러고는 "아! 대장. 아! 대장." 눈물이 그의 목소리를 덮어 버렸다. 그의

형이 그의 등 뒤로 나타나서 껴안았다. 요리사는 울면서 기진맥진하여 고개를 뒤로 젖히고 하는 대로 가만히 있었다.

다라스트는 아무 말도 못 하고 그를 바라보고만 있었다. 다라스트는 멀리서 또 소리를 지르고 있는 군중을 돌아다보았다. 그는 갑자기 코르크판을 쥐고 있는 손에서 그것을 빼앗아 가지고 돌 있는 곳으로 걸어갔다. 그는 딴 사람들에게 그것을 들도록 눈짓을 하고, 거의 힘들이지 않고 판자에 돌을 얹었다. 돌의 무게에 다소 눌려서 어깨를 웅크리고 약간 허덕이면서 그는 요리사의 흐느끼는 소리를 들으며 자기의 두 발 밑을 보고 있었다. 그리고 이번에는 그가 힘찬 걸음으로 발을 내디뎌 군중과 벌어져 있던 공간을 길 끝까지 힘을 잃지 않고 걸어갔다. 그러고는 결단성 있게 맨 앞줄을 뚫자, 그 앞에서 모두들 비켜났다. 그는 종과 화약통의 요란한 소리를 들으며 광장으로 들어갔다. 그러나 놀라서 그를 바라보고 있던 양쪽 사람들의 울타리는 갑자기 조용해졌다. 그는 여전히 성급한 걸음걸이로 걸어가고 있었다. 군중은 교회당까지 가는 길을 비켜 주었다. 돌의 무게가 머리와 목을 짓누르기 시작하는데도 요리사는 교회당과 담 앞에서 그를 기다리고 있는 듯한 성골함을 보았다. 그는 성골함 쪽으로 걸어가고 있었다. 벌써 그는 광장의 한복판을 지나갔다. 그때 까닭도 모르게 그는 갑자기 왼쪽으로 돌아서서 순례자들이 그를 마주 보도록 교회당으로 가는 길에서 방향을 돌렸다. 뒤에서 빠른 발걸음 소리가 들려 왔다. 그의 앞에서 모두들 입을 벌리고 있었다. 줄곧 외치는 포르투갈 어 하나를 알아들을 듯했지만, 무슨 소리인지 알 수 없었다. 갑자기 소크라트가 눈이 휘둥그레져서 그의 앞에 나타나 두서없이 지껄이며 뒤쪽의 교회당 쪽으로 가는 길을 가리키고 있었다. "교회당으로 가요, 교회당으로!" 소크라트와 군중이 소리치는 말은 바로 그것이었다. 그럼에도 불구하고, 다라스트는 자기가 택한 길을 계속해서 걸었다. 그러니까 소크라트는 우스꽝스럽게 두 팔을 하늘 높이 들고 물러섰다. 그 동안 군중은 조금씩 조용해졌다. 다라스트가 이미 한 번 요리사와 지나가 본 일이 있고, 강변의 마을로 통한다는 것을 알고 있는 첫 골목으로 접어들었을 때, 광장은 그의 뒤에서 웅성거리고 있을 따름이었다.

이제 돌은 고통스럽게 그의 머리를 내리누르고 있었으며, 그는 모든 힘을 다해서 돌의 무게를 덜 필요가 있었다. 그의 두 어깨는 첫 골목 미끄러운 비탈길에 다다랐을 때, 이미 꽉 오그라들었다. 그는 멈추어 서서 귀를 기울였다. 아무도 없었다. 그는 코르크판 위에 놓인 돌을 꼭 쥐고, 조심조심, 그러나 아직도 꿋꿋하게 오두막집 마을까지 내려갔다. 그곳에 다다랐을 때 숨이 차기 시작했다. 돌 둘레에서 그의 팔은 떨고 있었다. 그는 걸음을 재촉해서 마침내 요리사의 집이 있는 마당에 도착했다. 요리사의 집으로 달려가 발로 문을 차서 열고, 방 한가운데 아직도 불그스레한 불 위에다 단숨에 돌을 내던졌다. 그러고 나서 몸을 쭉 펴고 일어나서, 그는 이미 알고 있던 가난과 재 냄새를 몇 모금 마구 들이마시며 갑자기 자유로운 기분으로, 무어라 이름 붙일 수 없는 애매하고 벅찬 기쁨의 파도가 그의 마음속에서 용솟음치는 것을 들었다.

오두막집 식구들이 왔을 때, 그들은 눈을 감고 방안 벽에 기대어 선 다라스트를 보았다. 방 한가운데 부뚜막 자리에 재와 흙에 덮인 돌이 반쯤 파묻혀 있었다. 그들은 앞으로 나가지 못하고, 마치 질문을 던지는 것처럼 다라스트를 바라보고 있었다. 그러나 그들은 입을 다물고 있었다. 그때 형이 요리사를 돌 앞으로 데리고 왔다. 요리사는 땅에 쓰러졌다. 그 형도 역시 땅에 앉아서 딴 사람들에게 손짓을 했다. 노파가 그 곁에 앉고, 다음엔 지난밤의 소녀가 역시 와서 앉았으나 아무도 다라스트를 보지 않았다. 그들은 돌 주위에 묵묵히 쭈그리고 있었다. 강물 소리만이 무거운 공기를 뚫고 그들에게까지 들려 오고 있었다. 다라스트는 그늘 속에 서서 아무것도 보지 않고 귀만 기울이고 있었다. 강물 소리는 벅찬 기쁨으로 그의 가슴을 채워 주었다. 눈을 감고, 그는 자신의 힘에 즐겁게 경의를 표하고 있었다. 한 번 더 그는 새로 시작되고 있는 생활에 경의를 표했다. 바로 그때 아주 가까이서 들리는 듯한 화약통의 폭발 소리가 들렸다. 형은 요리사를 좀 옆으로 밀고 다라스트 쪽으로 몸을 돌려 그를 보지 않은 채 빈 자리를 가리켰다.

"우리하고 함께 앉읍시다."

《페스트, La Peste》는 《이방인》에 이어지는 카뮈 소설의 두 번째 작품으로서 1947년 6월에 발표된 것이다. 《이방인》이후 어느 정도 기대가 있었다고는 하나, 이 작품에 대한 폭발적인 열광은 근년 프랑스 문단에서 매우 놀라운 사건이었다고 한다. 그래서 이 작품이 출간된 지 며칠 후에 『비평가상』이 수여되었을 때에도, '이로써 이 상도 유명해질 것이다'라고 말하는 사람이 있었을 정도였으며, 이내 이 작품은 여러 외국어로 번역되어, 말로의 《인간의 조건》이 15년이나 걸렸던 지역에서 겨우 6개월 사이에 널리 읽혀졌다고 한다.

이 작품에는 통상적인 성공작에서 흔히 볼 수 있는 상상과 감정에 강하게 호소하는 듯한 요소는 극히 적고, 주로 두뇌에 호소하는 요소로 되어 있어서 일반 독자로서는 이해하기 매우 어려운 작품이다. 그럼에도 불구하고 이 작품이 그렇게 폭발적인 성공을 거둘 수 있었던 이유는 과연 무엇일까? 그것은 바로 이 작품의 간결한 리얼리즘이 여러 가지 각도에서 매우 명료한 상징성을 지니고 있기 때문에, 독자들 각 개인이 거기에서 그 당면한 관심을 만족할 수 있었다는 점 때문이라고 카뮈 연구가 알베르 마케는 말한다.

페스트 때문에 외부와 완전히 차단된 한 도시 속에서 그 악성 전염병과 싸우는 시민들의 기록이라는 체재를 취하고 있는 이 이야기에서, 페스트란 제목은 어쩌면 인생의 모든 종류의 악을 상징하고 있는 것처럼 생각될 수도 있을 것이다. 즉, 죽음과 질병과 고통 등, 인생의 근원적인 부조리로 볼 수도 있고, 인간 내부의 악덕과 취약함 혹은 빈곤, 전쟁, 전체주의 등 정치악의 상징으로 볼 수도 있다는 것이다. 하지만 이 작품은 전쟁 직후의 생생한 체험을 바탕으로 하여 독자들에게 거의 상징으로 느껴지지 않게 할 만큼 박력 있는 인상을 주고 있기 때문에, 그것이 이 작품의 커다란 성공의 이유가 되었을 것임은 의심할 여지가 없다.

또한 거기에는 카뮈의 범상치 않은, 문학적 수련으로 배양된 문체의 매력 역시 크게 작용하고 있다는 사실을 간과해서는 안 될 것이다. 압축된 이 청결한 문체는 언뜻 보기엔 자못 객관적으로, 그리고 무감동한 묘사로 일관되어 있는 것처럼 보이지만, 그 간결한 표현 뒤에는 억제된 감동의 아름다움이 마치 수줍어하듯 도처에서 은밀하게 숨쉬고 있다.

예컨대 늙은 관리 그랑의 생애 등은 간결한 필치로 아무런 수식도 없이 담담하게 서술되고 있지만, 사실상 이야기하는 사람과 그 이야기를 듣는 사람의 마음의 아름다움은 독자의 가슴속 깊이 감동적으로 전해지고 있다. 마음과 마음이 서로 닿는 미묘한 감촉을 이토록 아름답게 전할 수 있는 문체를 지닌 작가가 전에도 과연 있었을까 생각될 정도이다.

 이것은 물론 작품의 성질이 다르긴 하지만, 그의 초기 에세이와 《이방인》에서는 찾아볼 수 없었던 문체의 특질로서, 그의 작가로서의 큰 성장을 잘 보여 주고 있다. 이렇게 볼 때, 그가 단 한 작품에 의해 대번에 세계적인 작가가 되었다는 사실이 결코 부당한 결과는 아니며, 오늘날 그의 명성 역시 문체의 청결한 아름다움에 힘입은 바가 결코 적지 않다고 생각된다.

 카뮈가 이 작품을 착상하게 된 것은 멜빌의 《백경》에 감동한 결과라고는 하지만, 1941년에 착수하여 46년 말에 겨우 탈고했다고 하니 이 방대한 가공의 사건 기록에 충분한 박진성을 부여하기 위한 그 구성상의 고심은 매우 깊었던 모양이다. 이것은 그의 작품 중에서도 제일 고심한 것으로 보이는 작품인 만큼, 이 치밀한 대작을 충분히 이해하며 읽는다는 것은 그리 쉬운 일이 아닐 것이다. 따라서 독자는 먼저 이 작품의 구조를 분석해 볼 필요가 있다.

 이 이야기의 서술자는 의사 리외지만 그의 서술과 병행하는 또 하나의 서술로 타루의 '수첩' 을 들 수 있다. 리외는 처음엔 엄정한 역사가의 입장을 서술하려고 하지만, 사건이 점차 외적인 것에서 내적인 것으로, 그리고 개인적인 것에서 집단적인 것으로 진전해 감에 따라, 그의 서술에는 무언의 공감과 애정이 감돌기 시작하여,

마지막엔 결국 이런 고백까지 하게 된다.

　그는 선의의 증언자답게 어떤 종류의 조심성을 지켰다. 그러나 동시에 또 공명한 마음의 율법에 따라 그는 단호하게 희생자 편을 들어 사람들, 같은 시민인 사람들과 한 몸이 되어 그들이 공통으로 가지고 있는 유일하게 확실한 것, 즉 사랑과 고통과 추방을 맛보려고 했다.

　희생자 편을 든 선의의 증언자, 그것은 바로 작가인 카뮈 자신의 입장으로, 그 서술이 충분히 '희생자 편을 든' 증인이 될 수 있게 하기 위해 스스로 사건의 중심에 뛰어들었던 리외는 작가의 대변자로서 이미 선택되었던 것이다. 사건의 일반적인 부분과 중요한 국면은 바로 이러한 입장에서 서술되고 있다.

　한편, 타루의 '수첩'은 이것과 현저하게 다르다.

　이 기록은 사소한 일만을 다루는 방침을 따랐다고 생각되는 아주 특수한 기록이다……. 일반적인 혼란 속에서 그는 결국 이야기가 없는 것에 관한 화자이고자 애쓰고 있는 것이다.

이것은 '부조리한 인간' 의 수첩이라고 할 수 있다. 그러나 이것은 《이방인》의 무관심하고 고립적인 뫼르소가 아닌, 항상 이해하려고 애쓰고 궁극적인 무엇인가를 찾고자 했던 '부조리' 의 고행자에 의해 씌어진 수기이다. 사람들이 페스트와 부조리와의 싸움에 마음을 빼앗겨 페스트에 대한, 그리고 부조리에 대한 경계를 거의 잊고 있을 때, 이 고행자의 수기는 끊임없이 그것을 상기시키는 역할, 이를테면 '부조리' 를 각성한 양심으로서의 기조 저음을 부단히 연주하는 역할을 담당하고 있었던 것이다.

이 두 가지 흐름 외에도 이 작품 속에는 떠도는 세 개의 작은 섬 같은 세 편의 완전한 전기가 들어 있다. 리외가 들은 늙은 관리 그랑의 생애와 타루의 생애, 그리고 타루가 적어 둔 어느 천식 환자 할아버지의 생활. 여기서 한 사람은 아내의 가출에 의해, 또 한 사람은 사형 집행을 본 것에 의해, 그리고 한 사람은 노경에 접어들었다는 사실에 의해, 이들은 모두 '부조리' 를 각성한 '부조리한 인간' 의 삶을 살았던 것이다. 이 전기들은 눈앞의 페스트로 인해 '부조리' 를 각성하게 된 사람들을 현재로부터 과거와 역사, 그리고 인류에 결부시켜 줌으로써, '부조리' 를 집단적이며 역사적인 문제로 부각시키고 있다.

《페스트》는 이상과 같은 세 가지의 차원에 의해 구성되어 있다.

결국 이것은 인생의 근본적인 부조리에 근저를 두고 그 머리 부분은 '역사'의 구름 속에 디밀면서, 특히 현재의 행복을 위해 살려고 하는 한 도시 주민들의 투쟁을 다룬 기록이라 하겠다.

한편 이 이야기 속의 작중 인물은 크게 두 유형으로 나누어 볼 수 있는데, 그들은 즉 페스트의 발생으로 인해 두드러지게 변모를 보이는 사람들의 유형과 거의 변함이 없는 사람들의 유형, 이 두 가지이다. 전자에는 신부 파늘루, 판사 오통, 신문기자 랑베르, 그리고 범죄자 코타르 등이 속하며, 이들은 저마다 신과 사회와 인간의 정의를 각각 대표하는 인물로서 그런 정의, 특히 사회의 정의에 반항하는 그림자인데, 이 미증유의 체험에 의한 그들의 심각한 변화는 정의의 문제가 인생에 대한 이해와 사랑에 얼마나 깊이 연관되어 있는가를 나타내 주고 있다. 또한 후자에 속하는 인물로는 리외, 타루, 그랑, 천식 환자 할아버지, 그리고 카스텔을 들 수 있는데, 카스텔 노인을 제외한 그들 모두는 '부조리한 인간'들이다. 그들의 불굴의 태도는 '부조리'의 절망에 입각한 인간이 공동의 이상과 희망을 위해 얼마나 힘차게 싸울 수 있는가를 잘 보여 주고 있는데, 이 중에서 특히 타루는 리외와 표리일체를 이루는 리외의 분신으로서, 그들은 행동에서도 서로 일치하고 있다.

단 아주 미묘한 것이지만 그 두 사람의 차이점을 든다면 가장 근본적인 것으로서, 타루는 이미 모든 것을 알고 있다고 믿는 반면, 리외는 아직 모든 것을 찾고 있다는 것이다. 이렇게 모든 것을 알고 있다고 믿고, '마음의 평화'라는 목표까지도 명확하게 파악하고 있었던 타루로서는 그 목표에 도달하기 위해, 말하자면 신과 같은 책략을 써서 사람을 움직이는 일도 허용했던 것이다. 이런 의미에서 그는 리외의 정치적 분신이라고도 할 만하며, 겉은 '공감'을 지향하면서 리외의 '성실'의 모랄에 대해서 그의 모랄이 '이해'인 것도 바로 그 때문이다.

《페스트》에서는 처음으로 연대감의 윤리가 확립되어, '부조리'와의 끊임없는 싸움이라고 하는 그의 사상의 긍정적인 면이 힘차게 나타나 있다. 짐작컨대 이 성장은 제2차 세계대전 중 레지스탕스의 동지적 활동이 가져다 준 것으로서, 1945년에 발표된 《반항론》에는 개인에서부터 연대성으로의 승화가 명확하게 서술되어 있다.

부조리의 체험에 있어서 고통은 개인적인 것이다. 반항의 충동이 일어난 순간부터 그 고통은 만의 일이 된다……. 그때까지 단 한 사람의 인간이 느끼고 있었던 악은 집단의 페스트로 되는 것이다.

이것은 1951년에 발표된 대작《반항적 인간》의 출발점을 이루

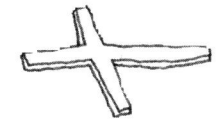

는 사상이며, 이 사상을 구상화한 《페스트》는 그런 점에서 《반항적인 인간》에 대해, 《시지프스의 신화》에 대한 《이방인》과 같은 관계에 있다고 하겠다.

성실한 인간 리외를 중심으로 신을 믿는 파늘루 신부에서부터 이성을 믿는 타루에 이르기까지 될 수 있는 한 광범위한 사람들의 입장을 규합하여, '인간'을 위한 강력한 공동전선을 결성해 보이고자 했던 작품 《페스트》는, 결국 공산주의와 기독교와의 사이에 보다 인간적인 제3의 길을 추구하려고 했던 카뮈의 입장을 가장 잘 표현해 주고 있는 그의 대작이라고 할 수 있겠다.

《이방인》은 일상적인 논리의 일관성을 잃어버린 주인공 뫼르소의 행위를 통해, 근원적인 인생의 여러가지 부조리를 부각시킨 작품이다.

인간 세계에 있어서 존재라는 것은 곧 인생이다. 그리고 이성을 가진 인간에게는 합리의 욕망이란 것이 있으므로 인간은 곧 합리적으로 인생의 의미를 파악하려 한다. 그러나 이 세계에서 인간의 이성으로써 파악할 수 있는 것이란 아무 것도 없다. 인간이 가진 바 합리의 욕망과 세계의 비합리라는 상반성, 또한 그러한 이율배반에서 생기는 모순, 그것이 바로 소위 카뮈의 부조리요, 절대적이며 피치 못할 인간의 숙명이요, 인간 조건인 것이다. 그래서 카뮈의 이런 사상은 흔히 '부조리의 문학', '절망의 문학', '실존주의'라는 이름으로 불리어졌던 것이다. 프랑스에서는 이미 제2차 세계대전 이전에 인간과 현실 사이의 관계가 무의미하고 반이성적이라는 생각이 싹텄다고 한다. 그러나 이런 생각에 일정한 이름이 붙여진 것은, 《시지프스의 신화》에서 카뮈가 이것을 정의한 이후부터이다.

《시지프스의 신화》는 《이방인》보다 몇 개월 앞서 발표된 철학적 평론인데, 《이방인》은 그 작품을 이론적 배경으로 하고 있다. 여기서 뫼르소는 카뮈가 《시지프스의 신화》 속에서 부조리한 인간이라고 부른 사람들의 한 전형에 지나지 않는다.

모순에 맞딱드릴 때, 거기에서 벗어나려고 하는 것은, 이성을 가진 존재인 인간으로서는 지극히 당연한 욕구이다. 그런데 카뮈는 부조리를 인간으로서 도저히 벗어날 수 없는 모순으로 보고 있다. 그는 부조리 해소의 희망을 거부하고 있는 것이다. 여기서 희망이란 절대성, 부조리의 결과로 모순에 맞닥뜨린 의식이 체험하는 유혹은 의미 없는 삶, 그리고 비합리한 세계에 의미와 합리성을 부여하려는 희망이다.

평범한 샐러리맨인 뫼르소는 어머니의 장례식 다음날, 여자 친구 마리와 바닷가로 가서 해수욕을 즐기고, 영화를 보고, 하룻밤을 함께 지낸다. 그 후 어느 날, 그는 알제의 바닷가에 갔다가 말다툼을 하고 있던 아라비아 사람을 권총으로 쏘아 죽인다. 그리고 체포되어 재판정에 선 그는, 왜 그 사람을 죽였느냐는 재판관의 물음에 단지 '태양 때문에'라고 대답한다. 그는 재판관에게도, 검사에게도 변호사에게도, 그리고 더 나아가서는 모든 일상사에 대해서도 역시 무관심한 태도를 보인다. 판결은 '사형'. 그는 재판도, 세상도 얼마나 부조리하고 우스꽝스러운 것인가를 느끼고, 교화 신부(敎化神父)의 권고도 거부한 채, 고독한 이방인으로서 사형 집행을 기다린다. 하지만 독방의 창으로 내다보이는 별빛 찬란한 하늘과 자연이 그에게는 인간에 대해 무관심한 것처럼 보이고, 또 그것이 그의 인생에 대한 무관심과 일치된다는 생각이 들어, 그는 자기 자신이 행복하다고 느끼게 된다.

1930년대 청년들의 기쁨과 괴로움을 한 몸에 구현한 듯한 뫼르소는, 비극적 휴머니즘의 상징적 인물이며, 《이방인》은 그것을 단적으로 보여 주고 있는 작품이라 할 수 있겠다. 그리고 역시 같은 부조리의 작가 사르트르의 말처럼, 어쩌면 '이방인이란 결국 자기에 대한 자기를 말하며, 정신에 대한 자연의 인간'을 가리키는 것일지도 모르겠다.

〈편집부〉

알베르 카뮈 年譜

1913년 11월 7일, 프랑스령 알제리아 콩스탕틴 현(懸) 몽도뷔에서 출생.

1930년 알제 대학에 입학. 대학 축구부 선수로 활약. 폐질환에 감염됨.

1933년 결혼.

1936년 알제 대학 졸업. 철학학위논문 〈프르탱과 성아우구스티누스를 통해서 본 헬레니
        즘과 크리스차니즘의 관계〉 집필. 알제 방송국 전속극단의 배우로 활약. 희곡 《아
        스뛰리의 반란》발표.

1937년 "작업대"(아마추어 연극단체)를 조직했다가 "에키프좌(座)"로 개칭. 에세이《표리》
        간행. 건강상 이유로 교수 자격 획득을 단념.

1938년 〈알제레 블리깽〉지 기자. 에세이《혼례》간행.

1939년 희곡 《칼리굴라》집필. 앙드레 말로와 교우.

1940년 재혼. 〈파리 스와르〉지 편집부 입사. 소설 《이방인》탈고. 에세이 《시지프의 신
        화》제1부 탈고.

1941년 오랑 모(某) 사립학교에서 교편을 잡음. 《시지프의 신화》탈고. 《모비딕》의 영향을
        받고 소설 《페스트》기고.

1942년 소설 《이방인》, 에세이 《시지프의 신화》간행. 저항운동기관지 〈콩바〉의 파리 책
        임자.

1943년 빠스칼 삐아와 〈콩바〉주간(主幹) 사르트르와 교우. 갈리마르 사(社)와 거래.

1944년 희곡《오해》,《칼리굴라》발표

1947년 소설《페스트》간행. 곧 호평을 받음.

1948년 희곡《계엄령》발표.

1949년 남미에서 귀국. 에세이《반항인》집필.

1950년 에세이《미노토르 또는 오랑의 정지(停止)》간행. 희곡《정의의 사람들》발표. 평론

　　　　집《악튜엘》1 발표.

1951년 에세이《반항인》간행

1953년 유네스코에서 탈퇴. 평론집《악튜엘》2 발표.

1954년 모든 정치 활동에서 물러남. 에세이《여름》간행.

1955년 신문계로 복귀.

1956년 소설《전락(轉落)》간행.

1957년 소설《적지(謫地)와 왕국》간행. 노벨문학상 수상.

1960년 1월 4일, 자동차 사고로 사망.

일신 베스트북스 15

이방인 外

저　자 : 알베르 카뮈　　최정순　옮김
발행인 : 남　용
발행처 : 일신서적출판사
주　소 : 서울시 마포구 신수동 177-3
전　화 : 703-3001~5
팩　스 : 703-3009
등　록 : 1969년 9월12일 제 10-70호

ISBN 978-89-366-0375-5
　　　978-89-366-0360-1(세트)

ⓒILSIN PUBLISHING Co, 1990,